谨以此书献给与我并肩作战的援友们

援川散记
——此生必念雅江情

吴志平 著

浙江工商大学出版社

图书在版编目(CIP)数据

援川散记：此生必念雅江情 / 吴志平著. — 杭州：
浙江工商大学出版社，2023.5（2023.7重印）
ISBN 978-7-5178-5439-5

Ⅰ．①援… Ⅱ．①吴… Ⅲ．①散文集－中国－当代
Ⅳ．①I267

中国国家版本馆CIP数据核字(2023)第078200号

援川散记——此生必念雅江情
YUANCHUAN SANJI——CI SHENG BI NIAN YAJIANG QING

吴志平 著

策划编辑	郑　建
责任编辑	徐　凌
封面设计	朱嘉怡
责任校对	何小玲
责任印制	包建辉
出版发行	浙江工商大学出版社
	（杭州市教工路 198 号　邮政编码 310012）
	（E-mail：zjgsupress@163.com）
	（网址：http://www.zjgsupress.com）
	电话：0571-88904980，88831806（传真）
排　　版	杭州彩地电脑图文有限公司
印　　刷	杭州高腾印务有限公司
开　　本	710 mm × 1000 mm　1/16
印　　张	17.5
字　　数	294 千
版 印 次	2023 年 5 月第 1 版　2023 年 7 月第 2 次印刷
书　　号	ISBN 978-7-5178-5439-5
定　　价	69.00 元

序
Preface

跨越山川与文化的暖心记忆

读吴志平老师深入藏地的《援川散记——此生必念雅江情》，我非常感慨。

刚拿到这个书稿时，潜意识中的预期还是一种市面上常见的、充满着神奇高原异域风情的书写风格。但读下来之后，才知道并非如此。

关于异域秘境的描写随处可见，真正深入当地人生活的文字却不易看到。有时候，即使读到一些在当地生活、工作过十数年的朋友写的回忆文字，你也可能很难从中窥见真正的当地人的生活。

当然这并不奇怪，也无可厚非。对于来自远方的人，记录自己的所见所闻，既没有记录特定内容的义务，也不可能要求接受任何非此即彼的先验风格。所见即所得，每个人眼中的"真实"无庸置疑。一花一世界，你眼中的世界就是独一无二的宇宙；每个人眼中的藏地，每个人眼中的康巴，自然都是一叶一菩提。

说到记叙藏地游历中常见的异域风情，我便想起跨文化交际中的刻板印象。有客自远方来，正是一种跨文化交际现象，而深入连言语都无法沟通的环境更是如此。吴志平老师在给家人的信中写道："很多当地人用藏文书写，用藏语交流。藏文，我一个也不认识；藏语，我一句也听不懂。"书稿中也多次记录了他与藏族乡民交流时言语不通，只得依赖孩子们从中翻译的情形，可以说，吴老师经历的正是非常典型的跨文化交际过程。然而难能可贵的是，跨文化交际中很容易见到的刻板印象，在吴老师的记述中却难觅踪迹。

刻板印象可以是美好的、理想化的"刻板"，如对于藏族聚居区，人们常见的是蓝天绿地、圣地秘境、世外桃源般的想象。越是远离藏族聚居区的人们，越容易有如此美好的印象。当然，刻板印象也不都是正面的。

美好的"刻板"印象看上去固然不错，然而如果是猜忌与疑虑，就没有那么美好了，甚至可能带来无法言喻的后果。迄今在这个星球上，仍然保持着如此多元丰沛的文化，是人类的幸事：一花独放不是春，百花齐放春满园。假如满世界全是同样的语言、同样的服饰和同样的城市，恐怕很无聊。避免跨文化交际中的误解与疑虑，纾解刻板印象造成的障碍，是多元文化和睦相处的重要前提。因此，跨文化交际（intercultural communication）及其中的刻板印象（stereotype），向来是人类学的重要研究对象。刻板印象建立在对不同文化背景群体有限认识的固化、引申与偏见之上。它不仅存在于民族、国度之间，也存在于不同地域、不同行业之间，跨文化交流与刻板印象往往无所不在。因为无所不在，往往让人们习焉不察，乃至将偏见当作常识，引发疑虑甚至矛盾与冲突。明了跨文化交际的基本特点，了解产生刻板印象之后的认知逻辑，显然有助于打破这种由自以为是的有限了解带来的"所知障"或"见思之惑"。

而要真正打破这种刻板印象，乃至消解猜忌、疑虑与误解，唯有尊重与沟通。与走马观花、到此一游的观光客不同，也与长年在当地生活却无法见到真正当地人生活的人们不同，吴志平老师在短短一年多的时间中，深入当地学生之中，深入当地社区，深入当地农牧民家中。这种频繁的走近与交流，令我相当意外、吃惊和钦佩。

书稿中，记载了他刚入职半年，就"跑遍了雅江县每一所学校"的情形。要知道，雅江虽人口数只有几万，但面积却达七千多平方千米，超过了"杭州的十个区"，甚至超过整个上海全市的面积；而且人们分散居住在高山峡谷中，交通条件有限而复杂。要跑遍全县的学校，殊为不易。更让人感动的是，这主要出于他自身的主动努力，出于他期望贴近当地教育、深入当地民众中的决心，并非完全是上级的安排与要求。尽管"每一次出发我都感到恐惧，路途实在是太远了，……高原反应严重，头痛得厉害，半天才缓过神来"，"同事……过几个弯后就开始晕车呕吐，脸色煞白，表情极其痛苦"，尽管"头痛欲裂，我的肚子里翻江倒海，……一下车我就在停车场的水沟边一手扶着墙，一手拿着矿泉水瓶呕吐不止"，但是仍然义无反顾，奔赴各个乡村。

同时，"每次下乡我都要这样近距离地和孩子们接触，试图了解雅江县最真实的教育现状，我会和孩子们一起聊聊天，看看孩子们住的寝室，翻翻孩子们写的作业"。

跟着吴老师，咱们一路可以看到乡村学校的各种场景。

麻郎措小学在雅砻江下游峡谷……学校只有六个班，一百九十六名学生，二十五位老师。孩子们来自五个乡镇，离学校最远的有一百多千米的山路，不要说是放学回家了，就算是周末也很难成行，有很多孩子和老师长期住在学校里。

德差乡中心小学挺小的，只有一到三年级，七十三个孩子来自方圆几十千米的各个村庄，九位老师，其中五位是非编教师。……德差乡应该是雅江最偏远的乡了，海拔三千八百多米，……"那里的老师进县城一趟不容易，估计都没菜吃了。"

更小的学校，则在这里：

去……八衣绒乡中心小学调研，看到小学教室里只有四名小学生。我去的时候孩子们正低头写生字，看到此景我感慨万千。

在木绒小学——

走进三年级教室，我随手拿了一本抄写本，上面密密麻麻地抄写了一些字，但是我一个也认不出。翻到封面看看名字，我让孩子们把本子的主人找来，孩子们都围过来，说本子是小曲扎的。……"你们到现在为止写了几篇作文了？"我问。孩子们异口同声地回答："三篇。"我仔细看了看本子上的第一篇作文——只有二十一个字，由两句不通顺的话组成。

在瓦多小学——

白玛拉姆心里有个愿望，想拥有一个玩具熊娃娃，当爸爸妈妈不在的时候，可以抱抱它，可是家里条件有限，大人们一直舍不得买。

白玛拉姆家住学优村，她从一年级开始就在这里上学，今年读三年级。每天上学、放学，她要走四千米山路，当然，天气特别恶劣的时候，大人会来接送几次。这里的孩子们要比平原的孩子早一些放寒假——因为实在是太冷了。平时为了抓紧时间，孩子们周六要上半天课，"双休"对他们来说是一种奢望，不过一切都习惯了。

吴老师不仅深入学校和班级，还常常去学生家中家访。他和同事首先来到了县城中的学生的住所。

我们走进租住在路边的两名学生的家。房子比较矮小，里面铺了两张床，一张是孩子睡的，一张是爷爷奶奶睡的，床上的铺盖比较凌乱，中间用彩条编织布隔开，里面算是卧室，外面是烧饭吃饭的地方，堆满了东西。我问孩子回家在哪里看书，孩子指着床头的台子说，可以在那里写作业，接着爷爷按下开关，屋里一根电线穿过彩条编织布悬挂在屋顶，垂下的灯泡发出昏黄的灯光。我通过孩子翻译和家长交流，希望他们能把房间整理得干净整洁，要给孩子们提供一张写字看书的桌子，最好买一个台灯。家长点头答应。

一座不大的两层小楼房依山而建，……丁真曲登家就住在这座房子的二楼，上楼得沿着房子外搭建的一条很陡的铁楼梯爬上去。铁楼梯接近八十度，孩子爷爷几下就爬上了楼，我和郝老师因为穿了长款的羽绒服，在这条狭窄陡峭的铁条焊接而成的简易楼梯前显得臃肿而笨拙，我们双手紧紧抓住铁楼梯的扶手，一步一步往上爬……二楼有两个房间，住着七口人，爷爷奶奶常年在这里照顾三个孩子，爸爸妈妈在虫草季和松茸季都要到乡下去。家里还养了牦牛，乡下的家里一定要留一个人照看着。

一间稍微宽敞一点的房子里有一个铁炉子，是平时烧水做饭兼取暖用的，边上有一张高低铺的铁床，是丁真曲登的两个姐姐睡的。另一边的一张小床是爷爷奶奶睡的。爸爸妈妈大部分时间在乡下，丁真曲登就和爷爷奶奶睡。爸爸妈妈如果来城里，会在地上打个地铺。房间有两扇窗，阳光从西南方向的窗户里射进来，照在房间中央。窗台上放了两大包药，孩子说奶奶脚痛刚刚去医院配了药，我们无法想象奶奶是怎样爬上那个陡峭的简易铁楼梯的。我们围坐在地上的藏毯上聊天，了解了孩子们在家的学习情况。妈妈和爷爷奶奶都是讲藏文的，奶奶向我们竖起大拇指，两个姐姐翻译告诉我们，奶奶说丁真曲登回家会说郝老师对他很好，妈妈也说感谢老师。

我们问孩子平时在哪里看书写字，妈妈便领着我们到另外一个房间，这个房间更小，放了一个衣柜，堆满了杂物，中间放着一张很小的低矮的方桌，只到大人的膝盖那么高，靠窗那边还用木板搭了一个简易的台子，上面放着孩子们的书，这就是他们学习的地方。

我们去拜访的第二户是扎西勒布家。从丁真曲登家出来往下走很多级台阶，穿过小巷子，再从解放后街往北走大约一百米，就到扎西勒布家……他们原本是八角楼乡的人，为了孩子读书，在城里租了这间房子，烧饭睡觉都在这里。房子还挺新的，混凝土结构，只是扎西勒布的奶奶说，房子在北面，冬天基本晒不到太阳，冷得很。孩子奶奶很客气地拿出馍馍、腊肉，要烧火蒸给我们吃。我们说刚刚吃过午饭，还不饿。盛情难却，最后我和郝老师每人掰了一小块玉米馍馍吃。孩子很懂事，我们和奶奶聊天，他就实时翻译，让交流变得顺畅。

吴老师还和同事长途驱车来到了偏远乡村学生的家。

这次家访，主要是替我的同事张育花老师看看她资助的大学生青章志玛……一路上我们边聊天边看风景，经过"天路十八弯"，穿过剪子湾山隧道，车子拐进了一个垭口，这里海拔有四千四百多米，我感觉有点头晕。青章志玛的舅舅说，接下来的路况很差，他会慢慢开的。

青章志玛的爸爸个子不高，不像康巴汉子的模样。头上裹着一块黑色的头巾，脸上的皮肤呈枣红色，穿一件灰色的卫衣，外面套了一件黑色的羽绒背心，扣子敞开着，脚上穿着一双黄色的胶鞋，见我们的车子来，他停下手中的锄头，笑着向我们招手。他们用藏语交流，我听不懂他们说什么，青章志玛的哥哥告诉我："爸爸说怕路不好特意过来接我们，前面的路很多地方他都挖过了，在有些地方把沟填平了，在有些地方把落石捡了。"我很感动，一个朴素的牧民带着锄头走了三四千米来修路，迎接杭州来的客人。大约又用了半个多小时，快到下午

2点时，我们才到了青章志玛在山坡上的家。

我说，"我的同事，杭州的张老师，已经承诺资助她大学期间的全部学费。"青章志玛当翻译，将我的话翻译给他们听。他们向我竖起了大拇指，嘴里不停地说着"噶真切"（藏语"谢谢"的意思）。

车子大约开了三个多小时，我们来到了苦则村。路上我们走访了丁则曲珍家，斯朗志玛家。

我不厌其烦地转录吴老师的这些文字，是因为：这些文字让我感慨、感动；这些文字让我得以触摸当地的人们当下真正的生活和生存状态；这些文字也可以看作是对这一特定地点、特定时期的民族志学（ethnography）般的客观记录。尤其是乡村老人们带着孩子在县城挤住狭窄简陋的租房，陪读孩子上学的情形，可能是迄今为止对这种特定生活状态最为生动的记载，留下了来自山村的人们在小城镇夹缝中艰辛生活又充满期待的微观截面。

如此深入当地人之中，使得吴老师在面对与他处于跨文化关系中的民众之时，没有了疑虑，充满了信任。显然，只要真诚地、深入地走进对方、尊敬对方，即使是在语言障碍之下的跨文化交流，也能够以真心换得真心，心心相印。

"人同此心，情同此理"，在跨文化交际中能够和睦相处，在于人类最根本的道义、情感与价值是相通的。读吴老师的书稿中记叙的他儿时浙南庆元的家乡，记叙当年的乡村与父母的艰辛，记叙他的母子情深，令人动容。个中的深情与温馨，与我们藏族聚居区别无二致。所不同的，只不过是在表现方式上存在不同民族文化的差异。而这种差异与特色，恰恰是多元文化的美妙之处。

在跨越文化的差异、享受多元文化的美轮美奂的同时，真诚地走近，发自内心地相互尊重，便有望在领略多元之美中求得和睦，各美其美，美美与共。

我想，这也就是吴老师所说的"一名来自杭州钱塘的援川者，在康巴热土生活工作一年半，对此地的人文地理有独特的感受和理解。不以游客的身份，他将以一个普通雅江人的视角，带你走进这片圣洁的热土"的真谛。我想，他几近做到了一个"普通雅江人"的地步，这是令人感佩的。

"阅读书写这片土地的文字，我越发感觉到历史的厚重，对这里的人、这里的事，乃至这片土地上的生灵都肃然起敬。"这是来自远方又真正深入这一片土地的朋友的由衷赞美，个中的深沉与情谊，让我为之心折，为之打心底里感动。向吴老师致敬！

阿　错

2023年3月30日

　　（原文较长，有删节。作者意西微萨·阿错系南开大学教授、博士生导师，教育部长江学者特聘教授）

目 录
Contents

第一辑
康巴风物记

康巴藏区亦称康区或康巴地区，这里人杰地灵，山川秀丽。那嵯峨峭拔的冰山雪岭、奔涌腾跃的急流大川、澄澈湛蓝的高原湖泊、牛羊遍布的绿色草原，那剽悍粗犷的康巴汉子、婀娜多姿的藏族姑娘、绚丽多彩的民族风情，无不令人耳目一新，心胸坦荡，神往流连。一名来自杭州钱塘的援川者，在康巴热土生活工作一年半，对此地的人文地理有独特的感受和理解。不以游客的身份，他将以一个普通雅江人的视角，带你走进这片圣洁的热土。

迷你小县城

雅江的小是出了名的，但雅江县域并不小，全县总面积七千六百八十一点五平方千米，一个县所占面积抵得上杭州的十个区。说雅江小是指县城小，曾经听人说雅江是全国最小的县城，后来从网上看到很多地方都说自己是全国最小的县城，我没有去过其他地方，也不知道所言之虚实。看来全国之最，哪怕是最小，也是一个很好的宣传资源，大家都在争抢。

在这里生活工作了一年半，我已经对这个并不大的县城非常熟悉了。若是登上县城对面的公孜德莫①神山俯瞰雅江县城，它有点像上海的陆家嘴，雅砻江在县城拐了一个弯，县城方寸之间高楼林立，看上去颇为繁华。

雅江县是318国道的一个驿站。雅江地处峡谷，到处都是悬崖高山，据说当年建县城的地方是一个平缓的小土坡，种了玉米、青稞，牧养牦牛，住着十六户藏族群众，有几座用当地独有的片石垒砌起来的藏族特色房屋。后来聚集的人多了，就有了现在的县城。

雅江县因县城依雅砻江而建改名，沿用至今。雅江藏语名"亚曲喀"，即"河口"之意。雅江县位于甘孜州南部，距州府康定一百五十一千米，距成都五百二十千米。湍急的雅砻江水滚滚向前，挡住了茶马古道的商队，过去人们只能靠渡船过河。在雅江这一段分设三个渡口，分别叫上渡、中渡和下渡。上渡在

① "公孜德莫"为当地音译。

第一辑 康巴风物记

今呷拉乡，中渡便是现在的县城所在地，下渡在县城往下游几千米的地方，现在有个村子便叫"下渡"，可见雅江的地理位置之重要。不管是原先的茶马古道，还是现在的318国道，雅江在其中都是一个名副其实的驿站。从川藏线进藏的游客，一般从成都出发，第一天住康定，第二天翻越折多山，在新都桥吃午饭是再合适不过的，晚上住在雅江休整一下，第三天再前往海拔更高的"天空之城"理塘游玩，这是很多旅游攻略里推荐的。不管是自驾还是骑行，或者是徒步，在海拔相对较低的雅江歇歇脚，应该是最佳的选择。

因为雅江县城地盘小，所以用一个"挤"字来形容最为恰当。你若不是真正踏上过雅江这片土地，根本体会不到雅江的"挤"。

最主要的是路很少。县城只有两条窄窄的主干道，加上沿河两边各有一条滨江路，这就是全县的主要交通网。主街道叫解放街，南北贯穿整个县城，不到两千米，还有一段从318国道进城的街道叫川藏街，从入城的大桥算起也不过四百米，到农贸市场门口与解放街交汇便结束了。解放街有两段很短的支路，分别叫解放新街和解放后街，通往人们居住的各个小区，这就是雅江县城的全部交通网。

雅江的路很挤。川藏街勉强算两车道，解放街北边是两车道的，过了木雅广场到三棵核桃树后，就变成一个半车道了，要是有一辆车临时停一下，后面的车就能堵成一大片。这里的司机驾驶技术很好，有时候会把一边的轮子开到人行道上勉强通过。特别是每年的七八月份，到了旅游旺季，自驾进藏的游客很多，路上堵车非常严重。2022年下半年，为了缓解堵车状况，交通部门改变交通组织形式，干脆在县城范围内实行单向通行，车子在县城里绕着圈走，通行状况才有了好转。

车行道挤，人行道就更挤了。川藏街两边的人行道长四百多米，绝大部分不到一米宽，最窄的地方只有二三十厘米，有时候人行道上还立着一根电线杆子，或者杵着一根路灯杆子，一个人侧身能过，两个人迎面相向的话，非等一个人过去了才能通行。更有甚者，人行道本来就不宽，又被边上的窨井盖割去了半个圆，人行道就剩下不足一个成人脚印那么宽了。

雅江地盘小，很多房子都建在雅砻江边的悬崖之上。为了提高利用率，县城最中心的木雅广场周边的房子都建得很高，有二三十层，房子与房子之间的间距很窄，显得有些挤。民房更是拥挤不堪，很多民房前面一户人家的后窗就对着后面一户人家的前窗，诚如网上流传的段子说的那样：一户人家烧菜没有酱油了，喊一声，前面一户人家就可以从后窗递一瓶酱油过去。因为平坦的土地有限，很多民房就依山而建，楼梯接近九十度，所以靠后山那一带的民房和雅砻江边的民房有很多铁条焊接起来的楼梯，从下往上爬让人气喘吁吁，从上往下走让人双腿直发抖。

雅江县有一条著名的梯子巷，上头连着解放街，下面直抵川藏街。这条巷子不能通车，从上到下有几百级台阶，穿过两边的房屋，最窄处不过一两米宽，因为落差很大，所以很陡，相当于架在悬崖边的一条梯子。据说当年没有用石头砌成台阶之前，住在上面的农牧民到雅砻江里去挑水，搭起了一段一段的梯子，后来人们在梯子两边盖了房子，就形成了一条窄窄的、陡峭的巷子，故名梯子巷。

2022年11月1日写于雅江

悠悠梯子巷，漫漫步行街

　　县城中有一条步行街与解放街平行，横贯城中，与梯子巷垂直交叉，像是铺在雅江县城这个斜坡上的一个"十"字。梯子巷虽小但不缺繁华，两边开满了各种店铺，有专门为人量体裁衣的藏装店，有网红小餐厅，还有理发店、杂货店……一条小小的巷子连接着百姓的生活。2022年底，梯子巷进行升级改造，希望下次展现在我们眼前的是更有文化品位、更能讲述雅江故事的网红景点。

　　步行街北起川藏街，一幅长长的浮雕讲述着康巴地区的人文风情。步行街两旁多是酒店与饭店，大大小小有几十家，各有特色，有汤锅，有串串，有小吃，有火锅，可以满足游客和当地人的各种需求，还有各种手机店、服装店和卖虫草松茸的特产店及生活小超市。梯子巷从步行街往上走到解放街这一段比较宽，与步行街交叉的地方矗立了一组表现牧民生活情景的铜雕：一群牦牛正在吃草，弯弯的牦牛角已经被游客摸得油光锃亮，显露出铜的金黄本色；边上三名木雅姑娘穿着藏装迈开步子，好像正从梯子巷下往上爬，眼神好似在与人交流。步行街路面上还有几幅铜地雕，讲述雅江作为茶马古道和康巴驿站的故事。步行街的另一头止于木雅广场旁的高楼大厦间。尽头还有一座雕塑，展现了康巴汉子放牧的场景：康巴汉子威武雄壮，腰间佩戴宝刀，边上的藏獒体格强健，威猛无比。

2022年11月5日写于雅江

三棵核桃树

因为街道并不宽敞，雅江的街边似乎没有行道树，木雅广场周边和路边的绿化也都没有大树，更多的是通过种花来美化环境。县政府门口有几棵并不高大的樱花，四五月间开得很热闹。雅江县最具有代表性的行道树，要数三棵核桃树了。解放街经过木雅广场再往南走，路边生长着三棵高大的核桃树，据说已经有几十年、上百年的历史了，树叶茂密，树冠宽大，可以覆盖整个路面，有三四层楼那么高。春天，核桃树发出嫩黄的叶芽，预报着春到雅江；过几天，叶芽慢慢展开，透过太阳的光亮可以清晰地看到小小的叶脉均匀地生长着，似乎可以看到叶子里的叶绿素正在阳光的作用下制造营养，叶脉里的水正源源不断地运送到核桃树的每一个地方，孕育着花朵，期待着果实。核桃树的花期很短，花冠也不大，没过几天好像就完成了花的使命，我们还没有察觉，它便悄无声息地结出了碧绿的小小的果实。

夏天，整棵树的叶子都张开了，树叶由嫩黄色变成绿色，深绿色的树冠像一把大伞擎于马路之上，为人们遮蔽阳光。树下的三把长椅是当地阿爷阿婆们摆龙门阵的地方。阿爷们戴着牛仔帽，手里捻着佛珠，口中念念有词，见了面便相互问候。阿婆们穿着具有藏族特色的服装，额前缠着一条红黑相间的辫子，黑色的是阿婆的头发，红色的是一簇红线。也有保洁阿姨劳动完了坐在边上休息，长椅边还放着橘红色的簸箕和长长的竹扫把。

　　整个夏天，核桃树都帮人撑伞乘凉，大家似乎谁也没有注意树上挂着的果实，当然这并不影响果实的长大。进入秋天，果实长得足够大了，枝条开始慢慢下垂，有时候风大了还会掉落几个果子，不过这些果子其实都还没有成熟，也不引人注意，任由环卫工人扫了去。只有到了国庆节前后，树上的大核桃成熟了，掉下来才会有人去捡。今年国庆节后，有一天傍晚，我刚好路过三棵核桃树，一阵大风刮来，树上的果实如冰雹一样砸下来，马路上到处都是青皮核桃果子。孩子们、大人们、老人们都乐呵呵地、动作麻利地捡起来，有的捧在手心中，有的抓在手掌里，有的拿出塑料袋子装起来，有的干脆掀起衣襟兜着。雅江盛产核桃，所以地上的这些核桃并不稀罕，只是一阵大风送来核桃树对大家的恩赐，给人们傍晚的行程增添了一段插曲，增加了一点趣味。这些核桃要先用刀切开外面的青皮，再砸开里面硬硬的核桃壳，剥去核桃仁上一层薄薄的浅褐色的薄衣，吃起来才不会有涩味。因为核桃刚刚从树上掉下来，没有比这个更新鲜的了。吃一颗满嘴清香，非常满足。

　　三棵核桃树在雅江的知名度非常高。我刚到雅江时，对县城还不熟悉，搞不清方向，习惯了用广场、政府、银行等标志性建筑物来指示方位。有一次，同事说在三棵核桃树下集合。我问："三棵核桃树在哪里？"同事先是一愣，接着冲我笑："你不是本地人，本地人都知道雅江的三棵核桃树在哪里。"我无言以对。

2022年11月5日写于雅江

雅江的桥

因为有江，所以有桥。以前过江靠渡口，现在雅江有五座桥。最古老的一座应该是20世纪60年代修建318国道时筑的铁桥，现在已经不通车辆，只走行人；另外一座是进城的大桥；还有一座是现在318国道上的公路桥；城南有一座铁索斜拉桥，并排还有一座公路桥。

最有特色的是铁索斜拉桥，这座桥全部由钢铁造成，两岸有两个桥头塔，架着两条很粗的钢缆，桥梁也是由钢条组成，上面铺着钢板，护栏也都是钢铁绳子。据说原来这座桥的两边挂满了经幡，十分好看，差点就成了网红桥。后来因为挂的经幡太多了，导致风一吹桥身就来回晃动，出于安全方面的考虑，就把经幡全部取掉了。据桥头的石碑记载，这座桥修建于2004年，当时设计是可以通车的，估计也通过几年车，后来并排造了公路桥，铁索桥就只用于行走了。2022年11月，这座铁索桥横跨在雅砻江面十八年后，终于完成了它的历史使命，被拆除了。我曾想，这十八年来，有多少人在微微摇晃的铁索桥上通过？桥头便是雅江中学，在此就读的广大学子曾经是早出晚归走在桥上的翩翩少年，十八年过去了，少年已经长大成人，他们对桥是否还保留一丝记忆？

雅江县城实在是太小了，后来城东的一块空地便毫无悬念地被开发了出来，建成了东城小区和雅江中学。我在雅江的这一年半见证了雅江县城的建设，东城小区沿江的河堤加固了，滨江路又宽敞了一些。据说县政府正规划在木雅广场边上建一座桥直通东城小区。木雅广场和东城小区落差极大，我至今无法想象这座桥建成后是什么样子。

雅江地无三尺平，出门就得爬坡，特别是我们这些从低海拔的杭州到高海拔的雅江生活的人，每爬一段坡总会气喘吁吁。

随着社会经济的发展，依着那句"此生必驾318"的心灵呼唤，自驾的人越来越多，停车成了县城里很大的难题。我们住的楼下路边停满了车，多次看到前后两辆车之间只差十几厘米甚至几厘米，靠边的车，车子和墙也只差那么几厘米，我总是忍不住赞叹司机的停车水平。

援友周丹说："雅江的发展就是在一个'挤'字上做文章。"我认为概括得极其准确。

雅江县城虽小，但是行政机构五脏俱全，雅江县委、县政府在解放街边各有一幢房子，但是很难容纳下全部单位，所以很多政府单位并不在这两幢房子中。有时候走在步行街上，你会看到财政局、卫健局就在街边的一个小门面里。而我所在的教育和体育局，要从县政府边上的一条小弄堂进去，往上爬六十八级台阶才能到。对雅江不熟悉的人要去哪个部门办事，也许根本找不到地方。

2022年11月7日写于雅江

味在雅江

地处康巴高原，很多农作物在高原上是种不了的，雅江的农作物和农产品并不丰富，没有江南的"七菜八蔬"。雅江种的最多的，要数土豆、玉米和青稞，有些半农半牧区还可以种小麦和豌豆，至于其他地区，比如牙衣河乡种的西瓜，那都是小众化的。在县城周边的几个乡镇，老乡们还种了很多核桃。有时候能看到广场边上有人在售卖葡萄，我曾经买过两次，葡萄的颗粒小，看上去很新鲜，但味道偏酸，后来就不再买了。另外的就是本地的苹果和梨，吃过几次，苹果感觉没有丹巴的好吃，梨也没有特别之处，所以印象并不深刻。

一

给我印象最深刻的是烤玉米，也许是高原寒冷，这里的很多食物都会拿来烤。烤玉米就是其中最广泛、最大众的一种。木雅广场边上有一条小巷子，斜斜的上坡通往城关第一完全小学，开学后这里是全县最热闹的地方，每天放学时，家长都站在巷口接孩子。巷子一头在解放街上，另一头连着学校大门，在巷子和解放街的交叉口就是烤玉米的固定点。每年七八月份，玉米成熟了，就能见到两三个小火炉出现在巷子口。

今年7月12日，一个名叫卓玛的姑娘出现在巷口，这是我认为今年雅江第一个在此烤玉米的人。那天，我走过解放街，看到巷子口有一个身穿浅橘色衣服、扎着马尾辫、戴着眼镜的姑娘坐在小板凳上认真烤玉米。她身旁有两个编织袋，一个里面放着没有剥壳的玉米，另一个里面放着从新鲜玉米身上剥下来的"衣"。她有两个圆形的小火炉，一个是用来烤玉米的，里面的炭火烧得旺旺的，另一个上面放着一个烧黑了的铁丝网，里面焖的是文火，主要是让烤好的玉米不至于凉了——凉了就不好吃了。铁丝网上面放着几个已经烤好的玉米，这玉米烤得金黄，玉米粒突出的地方黝黑发亮，看上去已经有烤焦了的痕迹，散发出阵阵香味。她边上还有一个用布条编成的、绿白蓝三色相间的方形背篓，里面装了木炭和一把长长的火钳，火钳的手柄上套了和她衣服一样的淡淡的橘黄色塑料管。我从解放街往北走，去吃午饭，走过巷子口的时候感觉今天多了一道风景，便用手机记录了下来。

吃过午饭回来，我看到这个姑娘还在烤玉米。她动作熟练，拿起长长的火钳，先捅一下木炭，待木炭燃烧发出毕毕剥剥的响声，星星点点的火星飘到了空中后，便拿起一个玉米剥开来放在上面烤，过几十秒钟就用火钳翻一下。她专注地盯着玉米，看着玉米粒在炭火的高温下慢慢变黄，散发出诱人的香味。我刚刚吃过午饭，并不饿，但还是被这诱人的香味吸引住了。"玉米多少钱一个？"我问。"五元钱一个，"她抬头看了我一眼，又低头看玉米，脸上露出了笑容，嘴角微微上扬，"没几个了，烤完我就回家吃饭了。"她将烤好的一个放到另一个小火炉上，放下火钳去掏身边的编织袋，里面只剩五个。她一一摆出来，认真地剥去上面的"衣"。我买了一个刚刚烤好的玉米。"你早上很早来吗？"我问。"也不早，先跟我爸去地里选玉米，然后我爸把这些行头送到这里，应该9点多了，上午烤了三个多小时，烤完我就回去。"她说自己就在县城对面的山背后村，从雅江中学背后的那条小路往上爬，弯过无数道拐才到。我记得去年冬天，有一个周末我曾经走过这条路，走到看不到县城了，我就回来了。道路很小，蜿蜒而上，她说走到看不到县城后，还要往里走很多路才能到她的村子，那得多远呀！

我告诉她，我来自浙江杭州，在雅江教育和体育局挂职。"你戴着眼镜，看上去并不像是种玉米的人啊！"我说。她笑了："我是大学生，在四川省内读职业院校，放假刚刚回来几天，趁暑假烤玉米挣点学费。"她说成熟的玉米并不是太多，今天只拿了六十多个，等过几天玉米成熟得更多了，一天烤到傍晚能卖一百多个。每一年爸爸都会种玉米，等着她放暑假了来烤，这是她读大学后自己挣学费的一种方式，已经坚持了两年，今年是第三年。

我拿了玉米，凑近鼻子闻一闻，实在是太香了。刚到雅江的时候，我曾经想买一个烤玉米尝尝，但听赵老师说，其实这个玉米还没有完全熟，我们不经常吃的人估计吃了会消化不良，于是就一直没尝过。其实刚刚吃过午饭也吃不下，回家后我将烤玉米放在窗台上，喂那一对洁白的鸽子，它们吃得可欢了。

夏季是高原上的黄金季节，来康巴大地的游客越来越多，烤玉米的人也越来越多，有时候可以看见在巷子口有四个人同时烤玉米，她们也烤当地种的土豆。令我感到奇怪的是，人群聚集在哪里，烤玉米似乎就服务到哪里。松茸季节到了，人们聚集到东城小区的桥头松茸市场，我们去买松茸的时候，便能看到路口也有烤玉米的人在叫卖。

烤玉米给我留下了深刻的印象，在雅江虽然没有经常吃，但是每当走过通往小学的那条巷子的时候，我总是会留心观察一下那些烤玉米的人，也许是一位老奶奶，或者是一位藏族大姐，还可能是一位大学生……她们烤出了玉米的醇香，烤出了一个地方的烟火味，还烤出了大学生的未来。

二

在雅江吃过的美食有很多，松茸是最鲜美的，必须排在第一位。到雅江之前，我并不知道这里是中国松茸之乡。我也不经常吃松茸，偶尔吃到几次，大多都是朋友从香格里拉带过来的。真正和松茸近距离接触、深度认识，是到了雅江之后。

2021年7月1日，雅江县教育和体育局陈银军局长来康定接我和赵老师回雅江，路过八角楼乡的时候，看到路边有人在兜售松茸。陈局长原来是八角楼乡的党委书记，对这里非常熟悉，于是他停车买了一小包松茸，看上去挺贵的。陈局长说："吴老师，赵老师，你们今天运气好，我买到松茸了，我们晚上尝一尝，这也是我今年第一次吃松茸哦！现在还太早，松茸刚刚长起，再过二十天，大约到7月底，松茸大量上市的时候，你们可以去市场买来吃，也可以寄一点到杭州去，让家人尝尝。"这是我们到雅江后第一次吃到松茸，除了品尝到鲜美的松茸，我们还感受到了雅江人民的热情好客。

松茸的做法很多，最普遍的做法是松茸炖土鸡。雅江的步行街上有一家松茸炖鸡体验馆，有时候客人来了，我们就安排在这里吃。有一次，杭州市钱塘区在理塘挂职的叶晓明副县长和周丹主任从康定开完会要回理塘，到雅江刚好是中午，我们就安排他们在这里吃午饭。体验馆的菜比较清淡，锅中炖一只土鸡，加入新鲜松茸的切片，再煮十五至二十分钟就可以吃了。松茸鸡汤味道鲜美，营养丰富，客人们吃了都说好。

要吃到松茸最正宗最原始的味道，那必须吃松茸刺身。当然这对松茸的要求很高，只有早晨上山、下午下山、晚上就吃才好，这样的松茸刚刚离开土地几个小时，是极其新鲜的，隔夜的松茸味道就差点了。厨师会将松茸简单处理，只去除松茸脚底的泥土杂质，用清水简单一冲，然后切成薄薄的片，这便是松茸刺身。切开的松茸片洁白鲜嫩、香味四溢，薄片一圈圈围着餐盘被精致地摆起来，边上放上一个小碟，倒一点酱醋等调料或者加一点芥末即可。拿筷子夹起一片，蘸一点点调料，放入口中，咬下去有脆脆的感觉，松茸独有的菌类的香味溢满口腔。我吃松茸刺身很少蘸调料，喜欢用筷子夹起两三片，一并放入嘴中细细品味。当然，同桌的人开玩笑说，这是有钱人的吃法，一盘松茸总共没几片，如果大家都夹好几片，估计还没转一圈呢，就空盘了，说得也不无道理。不过身在雅江，你就可以稍微放肆那么一丁点儿了，谁让这里是中国松茸之乡呢！有一次，我们援友家属团来雅江，为了满足大家吃松茸的愿望，我们特意去市场买了两斤最新鲜的，让厨师切了好几盘，大家大快朵颐。毕竟饭店里的松茸刺身一盘只有两三颗松茸切出来的量，很难保证人们吃得过瘾。

烤松茸也非常美味。刷上黄油，把松茸放在烧烤炉上、铁板上烤，像烤肉一样，待黄油化开烧热，松茸在铁板上滋滋冒气，微微发黄，香味充满整个屋子的时候就可以吃了。

松茸是大自然的恩赐，无法人工栽培，导致其价格昂贵，产量极不稳定。我们刚到雅江的2021年夏天，一般普通的松茸（当地人称通货）大约花一两百元便能买到一斤，到了2022年，因为天气干旱，产量下降，松茸的价格直接翻了一番，还经常买不到货。好东西要卖到远方去，松茸远销全世界。以前，特别是改革开放前，日本人特别爱吃松茸。现在国人富裕了，也很喜欢吃。我很幸运，在雅江期间能品尝到最新鲜、最美味的松茸。松茸是菌类产品，保鲜难度大，勤劳的人们从深山老林里寻得松茸，再背着背篓从山上下来，再拿到县城，往往已经一天过去了，很难保证新鲜。现在用高科技无人机运输，山上采到松茸后，由无人机运输到公路沿线，再由车子快速运输到县城，各大快递公司都在松茸季节开通了冷链运输和航空特快专线，保证松茸能够以最快的速度发到全国。

最好的松茸鲜货发走后，有一些已经开伞的松茸，商人们收购后会切片，烘干制成松茸干片，过了松茸季节也可以吃。还有人将松茸冰冻起来，鸡汤炖好后，无须解冻，直接带冰切片放入锅中煮，也能保持鲜美的味道。

与松茸同时采下山的，还有很多其他种类的蘑菇，当地人叫杂菌，我只认识扫把菌、青头菌。青头菌应该和汪曾祺老先生在《菌小谱》中写的是同一个菌种。

三

说到吃，应该讲一讲雅江的饭店。雅江有好几家网红饭店，大多集中在川藏街，其中"雅女饭店"最为知名，好像很多名人都在这家路边店用过餐。雅江的几家口碑饭店我都去吃过，在解放街菜场边上有一家叫"雅兴饭店"的小饭馆，是当地的人气饭店，菜品味道好还实惠，大家都喜欢到这里吃，我最喜欢吃这家的鱼。不管是旅游季节还是其他季节，饭点的时候几乎天天爆满。饭店不大，只有两张圆桌子、四张方桌子，几十个人就把小店挤得满满当当。饭店对面便是菜市场，食材相当新鲜。有一次在理塘挂职的援友徐晓明到雅江来，我们就在雅兴饭店吃饭。点了一个太安鱼，老板问："要多大的？"我们说五个人吃，她说："那就三斤差不多，要稍等一下。"只见她拿出手机拨打电话："杀条三斤的鱼。"不一会儿，就有人拎着杀好的鱼送来了。

在雅江最经常吃到的家常菜是麻婆豆腐和回锅肉。雅静饭店的麻婆豆腐虽然看不到花椒，但是味道极其麻，应该是将花椒粉作为调料放进去了。回锅肉，传说是人们在祭祀神佛的时候已经将肉煮熟了，等祭祀结束之后拿其中的二刀肉①回锅再烧制而成的。锅中放油、下肉，再放入辣椒、花椒和郫县豆瓣酱，加上蒜苗、芹菜、豆腐干等配菜炒制而成。回锅肉很下饭，让人吃得欢。有人说，川菜真正的灵魂是郫县豆瓣酱。

在雅江，我们有时候也吃火锅和汤锅，虽然没有成都和重庆那么普遍。汤锅主要有牦牛肉汤锅、牛杂汤锅、蹄花汤锅。先吃锅里的菜，后加入烫菜。我并不喜欢吃火锅，一来火锅大多很辣，吃得我满头大汗，极其难堪；二来吃完火锅身上都是火锅味，让人很不舒服。

一方水土养一方人，在雅江生活的五万多人中，百分之九十五是藏族同胞，他们喜欢就地取材吃藏餐，这应该是最好的选择。藏餐厅里的坨坨肉煮得酥烂，用刀一切，蘸点作料，大快朵颐，美味营养。吃坨坨肉印象最深刻的有两次，一次是我和同事倪健在孙光华家吃。在入冬之前，人们就会杀一头牛，或者两户人家合杀一头牛，将牛肉挂在窗前慢慢晾干，要吃的时候就割一块肉下来煮，因为天气干燥，气温很低，所以牛肉不会变质。

那天是周末，孙老师很早就起来煮牛肉，小锅开火慢慢炖，半天后牛肉就慢慢酥了，因为肉比较大块，一坨一坨的，故名坨坨肉。我们一手抓着肉，一手拿着刀，一块一块切来吃。冬天，气温低，屋里开着暖暖的电火炉，吃着牛肉，烤着土豆，摆摆龙门阵，惬意无比。

还有一次吃坨坨肉，是我随雅江县教育和体育局泽旺四郎副局长去德差乡做

---

① 二刀肉，川、桂、滇等地对猪坐臀肉的民间俗称。屠夫杀猪时，习惯第一刀割与猪尾相连的臀尖肉，第二刀割坐臀肉。二刀肉因此得名。

捐赠活动的时候。活动完成后，泽旺副局长带我们走访当地的寺庙，这也是我们下乡的时候经常要完成的统战工作。泽旺副局长来教育和体育局之前，在寺庙管理委员会工作过，对寺庙的喇嘛很熟悉，大家都很尊重他。我们将车停在寺门外，搬下来一编织袋从县城带来的蔬菜。每次下乡我们都要给学校或者出访单位带一些蔬菜。喇嘛拿来很大一盆坨坨肉和玉米馍馍招待我们。泽旺副局长熟练地拿出小刀切了一块给我吃，牦牛肉炖得酥烂，非常香。实在是太好吃了，我们每人都吃了两块。这是我吃过的最好吃的坨坨肉，至今难以忘怀。

藏餐多以牛肉为主，也有烤土豆、酥油茶、糌粑。刚开始我不知道糌粑是什么，是怎么吃的，有一次去家访时我看到一位老奶奶在吃糌粑，才知道是怎么回事。他们先把青稞麦炒熟，磨成粉，吃的时候直接吃那个粉，或者倒一点酥油茶，用手和着吃。

不管是吃汤锅还是火锅，也无论是太安鱼还是坨坨肉，都浓缩了雅江这个小县城对我的恩惠。雅江味道，无法忘却，值得珍藏。

2022年11月3日写于雅江

第二辑
援川 日记

　　浙川的情很深，援川的路很长，要做的事很多，只有深入体察，方能知民意、懂民情，落实精准帮扶，体现浙江精神。一年多来，我翻山越岭，跑遍了雅江县的所有学校。下乡，路遇塌方、晕车、高原反应都是常态，车子从悬崖边开过的时候，总是让人心惊胆寒。看到孩子们略带高原红的脸上绽放笑容，老师们坚守高原挥洒青春，我更坚定了信念。这一年半，无数次下乡，身体克服了重重困难，心灵打开了崭新世界。平时我喜欢写写日记，现选下乡日记三则、蹲点日记八则、家访日记两则，权当我援川的点滴记录吧！

下乡日记

2021年10月18日　周一　晴

几周前就谋划好要去德差乡一趟的，但蒋晓伟副县长最近特别忙，又是对接项目，又是联系驻村，一直排不出时间。德差乡中心小学校长桑巴邓珠打来电话："吴老师，不好再推迟了，到11月要下雪了，到时候要翻越月亮山那个海拔四千五百多米的垭口，估计就麻烦了。"

周末蒋副县长也没有闲着，叫我和郁主任到他办公室商量去德差乡的事情，最后确定周一赴德差乡，策划已久的杭雅学校远程精准结对终于得以落地。德差乡应该是雅江最偏远的乡了，海拔三千八百多米。昨天郁主任通知司机刘伟今天早上7点半出发，但最终还是8点钟才得以成行——因为快8点时菜场才开门。按照这边的惯例，下乡是要带一些菜给学校的。蒋副县长说："多带点去，德差远，那里的老师进县城一趟不容易，估计都没菜吃了。"司机刘伟笑了笑："不是来县上不容易，是根本来不了，据我所知，那里只有乡政府有一辆车，估计一个学期能来一两趟就差不多了。"说着他将两大包菜装进后备箱。

这是我第二次去德差乡中心小学，上一次是9月初的开学工作检查。每一次出发我都感到恐惧，路途实在是太远了，而且海拔比县城高了许多，上次我高原反应严重，头痛得厉害，半天才缓过神来。

德差乡中心小学挺小的，只有一到三年级。七十三个孩子来自方圆几十千米的各个村庄，九位老师，其中五位是非编教师。上次看了孩子们的作业和老师们的备课，我感觉这里的教育要发展，首先要改变教师，只有教师改变了，课堂才会改变，从而改变学生。从德差乡回来，我向蒋副县长汇报，希望搞一个试点，通过杭州的老师一对一帮扶雅江县德差乡中心小学的老师。蒋副县长听了非常重视，当即联系了杭州的学校落实此事，这才有了二赴德差。

出发后，车子沿着318国道的"天路十八弯"一直爬坡，海拔越来越高，不知过了多少个弯，翻了多少道坎，我们来到了高原的脊梁上，眼前已经没有树，只看到山脊上茫茫的草原。车子奔驰一段后，按照路边的指示牌拐进了开往德差乡的小路。离开318国道后一直下坡，慢慢地我们又看到了陡峭的山崖上长着一些树，远处山谷里出现的云海与瓦蓝瓦蓝的天空相连接，景色美不胜收。

下到谷底，美丽的康巴汉子村出现在眼前。我们的车在山谷间的小路上穿行，两边的山高高耸立，草已枯黄，层林尽染，展现出一幅深秋的美景。司机刘伟告诉我们，接下来要准备翻越月亮山垭口了，可以喝点可乐缓解高原反应带来的不适。车子沿着盘山公路攀升，越往上植被越少，到月亮山垭口，只见光秃秃的黑色岩石裸露在山头，山顶背阴面一小块积雪赫然在目——看来是前几天下过雪了。山路的急弯、路面的颠簸加上海拔太高，让我明显感到头晕不适。蒋副县长让司机停车休息一下，刘伟说："这个地方不行，要翻过垭口才可以，如果真的难受，可以拿出便携式氧气瓶吸一点氧。"他指了指陡峭的山崖："你看后山全是石头，如果我们运气好说不定可以看到盘羊，不过这个地方不能停留，开车时要观察山上的石头是否会掉下来，有时候动物经过会让松动的石头滚落下来。"路边我们确实看到一块"当心落石"的警示牌。车子不断爬升，翻越海拔四千五百多米的垭口后，我们离德差乡又近了一步。

我们的车不断下坡，再从谷底大片草原中穿过，在山谷间的林间小路上前行，经过三个多小时的奔波，终于来到了德差乡中心小学。桑巴邓珠校长和老师们为我们献上哈达，热情地迎接我们。耀眼的太阳照射着整个校园，在太阳底下身上的冲锋衣显得有些厚了，我想脱去身上的外套，老师说这里紫外线太强了，温差很大，必须穿一件长袖的衣服，不然会被晒伤的。脱了冲锋衣，我明显感到紫外线像一根根锋利的针透过薄薄的衬衫刺向皮肤，有种灼痛感。

孩子们已经等在操场上了，我们举办了一个简短的校服捐赠仪式，孩子们拿到九三学社杭州上城第八支社捐赠的校服非常高兴。三年级的孩子们围过来与我交谈，他们的脸颊上有明显的高原红，以两个颧骨下方为中心，红紫色逐渐向外淡去，皮肤上有小小的裂纹，泛着一层老冬瓜表皮一样的白霜，显得有点粗糙。

下午，我们连线杭州，进行校校结对仪式。杭州师范大学第一附属小学的俞富根校长非常热心，经过几次对接，我们商定，按照同年级、同学科的标准，杭州给雅江制定具体的教师帮扶方案。老师们通过互联网第一次见面，格外兴奋，经过简单的交流，确定了师徒，明确了任务，相互留了联系方式，相约定期交流。

这次结对就像在偏远的高原山区播下了一颗种子，希望杭州的力量能影响雅江教师的成长、教育的发展。

桑巴邓珠校长带我们实地考察了学校，我记录下学校缺乏窗帘、教师淋浴房、太阳能热水器等实际困难。下一步，我们将通过杭州的力量逐项解决，为孩子们、为坚守高原的乡村教师做一点力所能及的事情。

因为山高路远，我们下午3点多就离开了学校。回来的路上大家都很疲乏，连话也懒得说，车里回荡着郁主任播放的许巍的歌："没有什么能够阻挡，我对自由的向往……"在翻越月亮山垭口之前，我们很幸运地看到了高原上的一群鹿，大大小小，共有六只，它们像一家人，慢悠悠地从山坳上走过。为了能多看它们一眼，我们的车特意减速，但等我们拿出手机准备拍照时，它们已经走远了。何其幸运，这是我第一次在野外看到鹿群。司机刘伟说："现在牧民们不再拥有猎枪，自然保护意识也强了，这才能看到鹿群。"据当地牧民说，看到鹿群是好兆头，能让我们一路好运。

经过往返七小时的颠簸，晚上天黑前我们返回县城。下乡让我疲惫不堪。

2021年10月27日　周三　晴

"木绒"在藏语里意为"好人居住的地方""英雄居住的地方"。去木绒乡是因为县里赛课。经过深入调研，我们研判雅江教育发展的关键因素在教师，为了提高教师的综合素质，在浙江援雅工作队的建议下，从9月开始，雅江县组织了全县范围内的赛课活动。雅江地域广阔，赛课必须分片进行，先由各校初赛选出参加片区复赛的选手，再经过评选从各片区选出老师参加县里的决赛。这次去木绒乡中心小学，就是参加江北片区的复赛活动。

一路往北，车子穿过好几个很长的隧道就到了两河口水电站库区——天龙湖，这一路都还挺顺畅，再往前走，车子拐上了一条极其狭窄的土路，颠簸得厉害。我问同事："怎么要走这么小的路？"同事让我做好思想准备，并说好戏还在后头呢！据说这里本来是有水泥路的，但在修水库的时候路断了一截，现在我们要通过新修的"便道"翻一座很高的山才能到原来的路上。上山的路是挖土机刚刚挖掘的，仅仅能通过一辆车，路面坑坑洼洼，两道深深的车辙像两条水沟，越野车在上陡坡的时候打滑，司机叫我们下车来走一段。看着越野车一瘸一拐地往前，我们深一脚浅一脚地踩着泥巴跟在后面，走了两百多米后，我们脚上裹着泥巴重新上车。

在车上颠簸了半个多小时，终于到了山顶，在山顶可以远眺美丽的天龙湖，一大块碧如翡翠的水面镶嵌在两山之间，倒映着天上的朵朵白云，宛如仙境。阿白是驾龄二十多年的老司机，他告诉我们："现在要下山了，大家都抓稳了。"他还要求我们根据体重换好位置，如果一边轻一边重会导致翻车的，他这么一说，我们的惊恐程度立马爆表。都说上山容易下山难，果然，下山的路都是"之"字形的，下面就是悬崖，路极其窄，只容一辆车通过，要是摔下去定会粉身碎骨。我坐在后排系好安全带，紧紧地抓住车内的把手，不敢看窗外；同事小朱过几个弯后就开始晕车呕吐，脸色煞白，表情极其痛苦。只有坐在副驾驶的德吉小倪还算正常，一边紧紧抓住把手，一边和司机阿白吹牛："这样的路我在宜宾的时候也是开过的，那时候还不是越野车，是五菱宏光……"我听到刹车时轮胎抓地摩擦沙土的声音，一转头，车尾已扬起漫天的灰尘。

不一会儿，迎面开来一辆挖土机，这庞然大物挡住了去路。"这地方咋个错车①！"阿白说。开挖土机的师傅挥一挥手让我们的车往后倒。阿白和德吉小倪

---

① 错车，当地说法，意为两车交会时或超车时，一车让开，方便双方顺利通行。

对视了一眼说："你给我看一下你那边，轮子不要太靠边了，这么窄的路，上坡，倒车，还要过弯，真是个考验！"车子沿着山路慢慢往后倒，我们的心又一次悬起来，德吉小倪探出头专注地看着车轮，我们都屏住了呼吸，只听到车轮抓地的嘶嘶声。德吉小倪不时报告车轮离路边的距离："还有十厘米，慢点，慢点……"每一次汇报都让我们心惊胆战。我们的车倒了百来米，在"之"字形的拐弯处等候，庞大的挖土机缓缓地开过来，看样子还是不够宽，需要我们的车再往边上倒，这时，我们都申请下车，不敢再坐在车上。即使在边上看，我也替驾驶员捏了把汗。我们的越野车慢慢往后倒，车尾已经超出路基，后轮离悬崖仅十厘米，挖土机擦着后山而过，与我们的车最近的地方还不到五厘米，就这样一点一点挪移过去，终于完成了精准错车。

用了近一个小时，经过了无数个"之"字弯道，我们终于开到了柏油路上。穿过峡谷的小路，翻越山间的树林，慢慢爬升，看到了不远处山顶的皑皑白雪，海拔越来越高。我问阿白师傅是否快到了，他说，我们现在处于海拔最高的点——亚顿寺。

据说，这个寺有九百多年的历史了，它还有一个美丽的传说：相传这个垭口，风雪不断，环境恶劣，是这条山脉最高的地方，有个喇嘛想在此建一个寺，供人们念经祈福。有一天，他出去化缘，遇到一位施主，施主给了他一只碗（藏语发音为"素朗亚觉"），这个碗能让人的福报越来越多。第二个施主给了他一条藏毯（藏语发音为"顿"），喇嘛认为这是一个很好的预兆，预示着能使人衣食无忧，便决定把这个寺取名为"亚顿寺"。

阿白师傅说翻过这座山再一直往下，再过半个多小时就可以到了。

历经四个小时的车程，我们终于来到了木绒乡中心小学。校长和老师都等在校门口，孩子们很有礼貌地与我们打招呼。我们将布置会场要用的横幅等交给老师，叫上课的三名老师抽签确定顺序，紧锣密鼓地准备这场人数不多但是很正式的优质课比赛。

午饭后，我们有短暂的休息时间，孩子们在操场上热情地为我唱起藏歌，我和孩子们合影，并录一段小视频发给我的家人，和他们分享藏族的风土人情。每次下乡我都要这样近距离地和孩子们接触，试图了解雅江县最真实的教育现状，我会和孩子们一起聊聊天，看看孩子们住的寝室，翻翻孩子们写的作业……

走进三年级教室，我随手拿了一本抄写本，上面密密麻麻地抄写了一些字，但是我一个也认不出。翻到封面看看名字，我让孩子们把本子的主人找来。孩子们都围过来，说本子是小曲扎的。他说："老师，这是我写的《夜书所见》，老师让我们抄写五遍。"我还以为写的是藏文呢！怎么也看不出这是一首古诗，眼前的字让我感到无语。我再翻了翻本子，后面是孩子们写的作文。对，三年级是孩子们写作文的起始年级。"你们到现在为止写了几篇作文了？"我问。孩子们异口同声回答："三篇。"我仔细看了看本子上的第一篇作文——只有二十一个字，由两句不通顺的话组成。我对这样的作文感到震惊，我想这应该不是多数，于是让孩子们把全班的作文都拿来给我看一看。我觉得这位语文老师的教学水平有待提高哇！刚才孩子们阳光的笑脸、优美的歌声犹在耳畔，但眼前的场景让我怎么也高兴不起来。我找到校长了解情况："易校长，你在这里工作几年了？"易校长很热情，给我冲上一碗酥油茶："吴老师，我在这里九个年头了，今年是第十年，一毕业就在这里了。"看着他微微发福的肚子，我似乎看到了那个曾经意气风发的年轻人背着行囊初到这里的情景。"吴老师，我刚来的时候，公路还没有通到这里，走了一段很长的路，翻了好多座山呀！学生的课本是让马驮过来的。"看着这个把青春献给高原山区教育的校长，我心中五味杂陈。我问了这里最需要帮助的是什么。校长和我说，这里的老师有在编的，也有非编的，几个非编的老师没有接受过正规的训练，也没有人教他们怎么备课上课，所以现在最缺的应该是指导教师怎么教课。他谈到三年级语文是这学期刚刚来的非编老师教的，她很认真，但根本不知道写字怎么教，更不要说是教作文了……

我心中感慨万千，刚刚到雅江的时候，我看了年报数据，全县只有五百六十多名专职教师。我想，把老师们集中起来培训应该能够在很大程度上解决问题，但是下乡两次后，我就知道这样的想法是多么不符合实际。现场培训不实际，网络培训又不稳定，很多时候不是停电就是断网。所以我想，还是带领老师们读书更加有帮助，于是在心中酝酿起前天和同事讨论的"卓魅读书工程"来。"卓魅"在藏语里是灯光的意思，希望通过带领老师们读书，点亮心中的灯，照亮孩子们前行的路。

我不再那么生气，看着孩子们脸上的笑容和老师们辛勤的背影，我想他们是那么认真，坚守高原十年如一日，我要做的是帮助他们，和他们一起进步。

活动结束后，我们准备回县城，校长一再挽留我们住一晚再走。回来的路上太阳渐渐偏西，一路上尘土飞扬，同事小朱的黑色羽绒服上积满了灰尘，已经变成了灰色，还好我们赶在天黑之前通过了那条挖土机新修的翻山之路。

下山路上，德吉小倪说："今天是冒着生命危险下乡去的一天！"大家都表示认同，说要记住今天的日子。我突然想起，10月27日是我的生日！晚上8时许，我们安全抵达县城。就这样，我度过了一个难忘的生日。

2021年12月10日　周五　晴

麻郎措小学在雅砻江下游峡谷，两边都是高耸入云的山，校长说实在是太冷了，学校要9点多才能晒到太阳，所以把今天的活动安排在10点钟——课间活动时间。

同行的还有县融媒体中心的姚金花记者，一路上我们聊雅江的教育，聊雅江的民生。姚记者问我，这次捐赠的由来和最大的亮点。我向她介绍道："这是一个温暖人心的活动，浙江一家科技企业捐赠二十多万元的冬天衣物，希望能温暖寒冬里高原上乡村小学的孩子们。这次捐赠最大的亮点是精准，前期企业和学校老师都做了大量的工作，统计了所有学生的性别、身高、体重、鞋子尺码。杭州的企业根据这些数据精准定制，男孩子的鞋子是蓝色的，女孩子的鞋子是红色的，等会儿孩子们穿起来一定很漂亮，你可以多拍一点照片。"

9点多我们到学校，果然太阳还没有晒到操场，操场边上的水沟里结了冰。在这滴水成冰的冬天里，高原的日子特别难熬。上次来的时候是隆冬，早晚温差很大，我感觉孩子们身上穿了无数件单薄的衣服，层层叠叠的，少有羽绒服外套，没有保暖的羊绒衫和棉鞋，但是都很整洁。回去后我和蒋副县长汇报，很快，蒋副县长就联系上了爱心企业，于是这一次，带着杭州爱心的冬天衣物翻山越岭来到了麻郎措小学。

校园坐落在雅砻江边的半山腰上，只有两幢楼。一幢是学生上课的教学楼；另一幢，一楼是食堂，上面三层是学生宿舍。学校只有六个班，一百九十六名学生，二十五位老师。孩子们来自五个乡镇，离学校最远的有一百多千米的山路，不要说是放学回家了，就算是周末回家也很难成行，很多孩子和老师长期住在学校里。

活动10点钟准时开始，进行得很顺利，孩子们领到了上面写着自己名字的袋子，里面有一件羽绒衣、一条棉裤、一双棉鞋。姚记者要采访几个学生，校长让几个孩子换上了新衣服、新裤子和新棉鞋，簇新的衣服一穿，几个孩子显得更加精神了。孩子们说："第一个感觉是暖和，真的很暖和……"从孩子们的笑脸中我看到了捐赠的意义所在，拍了小视频传给杭州捐赠企业负责人陈女士，她很高兴："感谢你们援川干部的辛勤工作，帮助需要帮助的人是积德行善的事情，希望孩子们能喜欢。"

活动结束后，我照例和孩子们聊天，看看孩子们住的寝室。走进二楼的一间寝室，是高低铺，有八张床。寝室布置得很有童趣，一看那粉色的小拖鞋和小猪造型的粉色香皂盒，我就判断这是女生寝室，墙上贴了一些装饰画和格言。走进三楼的一个男寝室，只见墙上贴了宝伞、宝鱼、白海螺等藏族吉祥八宝的图案。贵东副校长向我们介绍："这里百分之九十五都是藏族孩子，老师和他们一起选了这些图案，这是米龙乡本子戎村的寝室。"我不解地问："这是高年级吗？""不，这是一个村的孩子，并不是同一个年级，他们中有大有小，"贵东副校长补充说，"这样的安排是我们经过深思熟虑和长期实践的结果，一切从实际出发嘛！"我为此感到非常好奇——走过很多学校，参观过很多学生寝室，第一次看到寝室是按村子来分的。见我迷惑不解，副校长接着说："这样的安排，一方面是大带小相互照顾，能干的大孩子周末还会给小的洗头呢！另一方面是同一个村风俗习惯都一致，可以避免出现矛盾……"

我有一种莫名的感动，在康巴大地深处，雅砻江边的乡村小学里，老师们一切从学生实际出发，关爱学生、服务学生的思想，就这样生动地落实在了对孩子的寝室安排上。

参观完学生寝室，我提出想看一看老师的住所。校长说，为了首先保证孩子们的住宿，老师们没有地方住，目前是住在板房里的。这让我大为惊讶。校长解释道："这里山高崖陡，可以建房子的地方很少，学校实在是太小了。以前有的老师住在村子老乡家里，后来发现，这样不便于晚上管理学生，所以在隔壁的乡政府楼顶搭建了临时的板房，老师都住过来了。"老师们住的板房虽简陋但整洁，只是这里的冬天实在太冷了，眼前的一切又一次让我震撼。不过，听蒋副县长说，杭州将投资几千万元援建这所小学，希望能早日动工，尽快落成。

中午临近，孩子们开始吃午饭，沿着操场围墙根，有一排用木板搭成的简易凳子。高年级孩子有序地坐在简易的木板凳子上吃饭，很是惬意。我问孩子们："你们怎么不在餐厅吃饭？"孩子们很高兴地回答："餐厅太小了，我们让给弟弟妹妹们坐。""如果下雨，我们也在餐厅吃，但是要晚一点。"一个戴红色发夹的女孩补充道。他们吃得那么香甜，回答得那么自然，我在内心深处为孩子们点赞。

今天所见让我感慨万千，乡村教师在"懂学生"方面做得那么深刻，在"爱学生"方面做得那么动人，让我为之赞叹。

天色渐晚，我们得回去了。车子里，姚记者说，这次的精准捐赠真正温暖了孩子们的心，她感到很欣慰。教研室的同事仍然在聊这所乡村小学："从去年的数据看，这所乡村小学的各项教学指标和县城的相差无几……"车子在山路上飞奔，扬起的灰尘像越野车拖着的一条长长的大尾巴。半山腰的小学校园渐渐远去，但孩子们的笑脸和校长坚毅的眼神却深深地印在我的脑海里。每次下乡对我而言都是一种学习、一次触及灵魂的冲击，这次也一样。

蹲点日记

2022年3月9日　周三　晴

　　刚回雅江不久便要下乡，并且这次是下乡蹲点，不是一两天，而是一个月。根据雅江县教育和体育局的要求，我被派到呷拉镇片区寄宿制学校蹲点一个月。过年后没几天，我人还没到，文件已经到了。之所以要蹲点，是因为今年甘孜州要在全州推进师德师风专项整治行动，为期一年。呷拉镇片区寄宿制学校作为全县的试点，要求成立专班，蹲点一个月，我有幸成为专班组成员，其他三位成员分别是教育和体育局同事毛成军、李太兵，以及从宜宾到雅江挂职的倪健副局长。

　　前些天到雅江后，我整理了一些手头急需完成的事情，今天是第一天和专班的同志们会合，也是我年后第一次到呷拉镇片区寄宿制学校。记得去年我来过好多次，印象最深的一次是去年9月"普通话推广周"活动。之所以印象深刻，是因为我作为嘉宾在操场参加活动，被强烈的紫外线晒了近一个小时，脸上的皮肤火辣辣的，身上的衣服像被点着了一样，到活动结束的时候，我快支撑不住了，因此我对这所学校有了刻骨铭心的记忆。后来要不去听课，要不去调研，或者是检查工作，又去过很多次，但都是走马观花，对这所学校没有很全面、很深刻的了解。这次不同了，要去一个月，可以"解剖麻雀"，研究雅江县教育发展的方方面面。

　　因为要住在乡下学校一个月，我得准备好衣物，于是本来被束之高阁的密码箱重新派上用场。因为早晚温差巨大，我得把厚的衣服都带上，早晚穿羽绒服，中午穿两件长袖就行了。我得把球鞋、皮鞋都带上，晚饭后可以到呷拉镇片区寄宿制学校的操场上走几圈；进班听课时尽量穿皮鞋，这样显得更加正式一点。电脑要带，听课本要带，看来挪个地方住几天还真是一件挺麻烦的事情。我得把茶杯带上，高原上干燥，每天都要多喝水；还有防晒霜、润肤露、剃须刀三件套，更加不能忘记……杂七杂八地收拾了一大堆，最后箱子都装不下了，我把去年援友郝赫留下来的一个淡蓝色的手提袋也用上了，装得鼓鼓囊囊才算放心。第二天，我拉着箱子，戴上我的牛仔帽，奔赴呷拉镇片区寄宿制学校。当我踏出家门的时候，突然想起了一件事——忘了给花儿浇水。于是我又折回来，把花都浇了水才放心地锁上房门。

　　到了呷拉教育园区，专班组的伙伴倪健、毛成军、李太兵都已经到了。我们开了个碰头会，做了简单的分工就分头忙去了。下午雅江县委常委、组织部部长王晓延到学校调研，我们都和他进行了交谈，这位领导谈吐之间给人感觉博学多才，他对康巴大地的文化非常了解，对教育也很关心。

　　傍晚，我要把搬过来的随身物品搬到住处，教师的宿舍和食堂比教学楼高很多，要走一段很长的上坡才到，伙伴们一起帮我搬行李，才让我安顿下来。

　　我和专班组的倪健、李太兵三人住同一套教师宿舍，毛成军住另外一套。我们宿舍有两个小房间，每间大约五六平方米。李太兵和倪健合住稍大一点的房间，里面放进了两张高低铺的学生铁架床和一张学生课桌，中间再放一个烤火的炉子，已经把整个房间塞得满满当当。我单独住一小间，面积稍微小一点，放了一张铁制的高低铺学生床，床头和门边各放一张学生课桌，再加上一个红色的烤火电炉，也不宽敞了。因为太冷，我们晚上睡觉都要开电炉烤火，可是开了电炉又太干燥，生活在高原上的人们很聪明，他们会把水壶灌满放在炉子上烧，这样水蒸气能够补充室内的湿度，所以几乎每家都能看到好几只硕大的铝水壶，那并不仅仅是拿来烧开水的。

不管是出差还是下乡，我都会带几本书，虽然白天很累，但是晚上睡觉前我照例会看看书。隔壁的李老师和倪副局长说水已经烧开了，倪副局长提了冒着热气的水壶进来，让我边泡脚边看书。我舒舒服服地泡了个脚，白天的疲劳消除了大半。泡了脚的洗脚水我们一般都不倒掉，放在房间里可以提高房间的湿度。我看见倪副局长用一个红色的塑料桶在泡脚——那是一只很深的塑料桶，脚放下去水能到膝盖那么深。倪副局长说这样泡才舒服。

窗外是漆黑的夜，关了灯，我看到窗外夜空中明亮的星星逐渐显现出来。我已经好久没有看到这么多星星了，举起手机想拍照，但试拍了几张，都因为手抖动了，拍不出好效果。我想是不是应该把星星存在脑子里，就是那种可以意会不可言传、身临其境但描绘不出来的感觉。看着窗户，我发现一扇窗的下半段糊了一张不透明的塑料纸——权当是窗帘，另一扇干脆空着。我躺在宿舍小小的床上，下乡蹲点的第一夜，仰望窗外的星空，好好休整自己的身体。下乡蹲点，不也在修炼自己的心灵吗？

2022年3月11日　周五　晴

来呼拉第三天，我和老师们慢慢熟悉起来，但是对这里的环境好像还不是很适应，饮食也不是很适应。早餐是一盒牛奶、一个玉米馒头加一个鸡蛋。中午是土豆炖肉、肉片炒芹菜、炒莜麦菜加一个紫菜蛋花汤，菜基本都是辣的，连炒莜麦菜也放了许多花椒和辣椒，吃得我直冒汗，还好汤不辣。晚餐也大抵如此。来这里的第一感觉是皮肤特别干，嘴唇都干得开裂了。

今天是周五。下午4点，学校召开了第一次全体教师大会，这也是我们专班组成员第一次和全体教师见面。虽然在校园里彼此也见过面，但是这样的正式场合还是第一次。会前，倪副局长说，吴老师，等会儿会上你也讲一讲。我说好的，于是赶紧准备我的发言提纲。我想第一次和老师们交流，总不能太没水平吧，于是迅速转动脑子列好提纲。轮到我发言之前，我环视了一下会场，六十四人参会，其中有七八个人在低头看手机。为了让大家集中注意力，发言时我问了老师们两个问题：一是你想不想不上班又很有钱；二是你想不想成为好老师。

六十四人中，有六十三人举手表示想成为好老师，我调侃说："没有举手的那位老师估计是坐错了会场，或者他不想成为好老师，而是想成为好校长。"老师们一下子把注意力都集中到我的发言上来了。我问老师们有多想成为好老师，是仅仅白天想想，还是没日没夜都想成为好老师？是毕业入职时想，还是自从教书开始都想？老师们若有所思，我才开始我的发言。

下面回顾一段我的发言，写在今天的日记里：

老师们，我是来自杭州市钱塘区的吴志平老师，第一次和大家在正式场合见面，想和大家交流我这两天在学校的感受。主要申明一点，讲两个观点：

这两天在校园里，我一直在思考一个问题。是什么让我来到这个叫呷拉的地方？呷拉是藏语，翻译成汉语就是铁匠的意思，也可以说是打铁、锻炼、锻造的意思。我想，这是上天要锻炼我，要把我锻造得更好。我认为我们的见面是缘分。席慕蓉说，五百年修炼才换来一次回眸；我说，一起共事是前世几千年修来的福分。我们要珍惜这种缘分，我愿意和大家一起把学校的事情做好。

孔子说："公生明，廉生威。"我先申明：我是一名共产党员，到雅江来，到呷拉来，不图任何功名利禄，只想和大家一起努力，让学校发展得更好，让老师进步，让学生成长，所以只要是对学校发展、老师进步、学生成长有利的事情，我都愿做。只要是与上述目标相反的事情，我都会公开反对。请大家和我一起营造风清气正的育人环境。

我的第一个观点是：请努力成长为自己想要的样子。去年从杭州来这里支教的朱一花老师，在和大家交流的时候曾经讲过一个观点，我至今依然清晰记得。她说："我想把自己的孩子送给什么样的老师教，我就努力成为这样的老师。"老师们，当我们为自己的孩子遇见一个好老师而高兴的时候，请你想想，你是不是别人眼里的好老师？在座的年轻老师、党员老师要率先行动起来。工作中要有担当，要主动作为，努力长成自己想要的样子。不要长着长着就长残了，长成了连自己也讨厌的样子。

我的第二个观点是：请老师们带着研究的眼光去看问题。从听课、调研的情况来看，老师们看书不多，问题不少，特别是在教学中，存在的问题还有不少。我们接下来的工作目标重点是研究教学、研究学生的学习。为了提高教学效率，我们要带着研究的眼光去看问题，不要将学生基础差、家长不管作为自己教学成绩不理想的借口和理由。要相信，办法总比困难多，没有要求你和成都的老师比，但你要和县内的老师比一比，和周边县的老师比一比，我们处于什么位置，心中要有个清醒的认识。请老师们静下心来教书育人，潜下心来研究教学，给自己和学生一点成长的动力。

一切过往皆为序章，从现在开始，拿出一点精气神，追求自己心中的美好，实现自己心中的愿望。要成长为自己喜欢的样子，请从今天开始努力。请记住呷拉镇片区寄宿制学校的校训：炼能炼德百炼成钢，同心同德同舟共进。我将与大家同舟共济，一起成长！

我的发言完毕，老师们报以热烈的掌声。

晚餐时，好几位老师说我讲到他们心坎里去了。洗碗时，厨师对我说："老师，看你嘴唇干裂，早餐有没有喝酥油茶？"我说："我还不太习惯。"他说："明天早上来一碗酥油茶，肯定会好些。到了这里就要按照我们这里的饮食来，你才能尽快适应。"我想也许他说得对，我明天早上试试。

晚上，我们专班组走进学生寝室，检查学生就寝情况，和宿管员座谈，了解住校生管理中存在的问题。

2022年3月16日　周三　晴

我蹲点的第二周，重点任务是听课。这几天我和李太兵老师听了多位语文、数学老师的课。因为藏文我听不懂，不敢贸然进教室。我发现老师们上课满堂灌的现象比较普遍，很多课堂都是老师讲、学生听，效率极其低下。其中有一堂数学课，一节课就讲了三道题，内容是圆柱体体积的计算，老师在讲台上讲，学生将老师写在黑板上的算式抄到作业本上。我和太兵说，我们下午测试一下这些孩子是不是把这个知识点弄懂了。下课时，我们让学生举手，逐题统计老师没有讲之前作业就做对了的学生人数。中午，我们出了和上午老师讲的同一类型只是数字不同的六道题，让这个班的学生用十五分钟完成，批阅结果发现孩子们几乎没有进步，老师辛辛苦苦讲了一节课，孩子们并没有把知识点弄懂。也就是说，这位老师讲的一节课几乎是无效的。这样的现象，让我们担忧。

晚上专班组四人在宿舍碰头，总结一天的工作。倪副局长准备了一袋花生，我们一边吃花生，一边讨论学校发展中存在的问题，头脑风暴式地探讨解决方案。我和李太兵将听课情况作为一个议题抛出来讨论。大家各抒己见，最后达成一致看法，希望我能结合"师德师风整治行动"做一个专题讲座，题目就确定为"教好学生是最大的师德"。我答应结合这些天调研看到的情况和听课了解到的课堂现象好好准备。希望深入浅出地让老师们明白，只有课堂的转变才有可能促进教育发展，而课堂转变最主要的是真正体现以学生为主体，彰显学生是学习的主人这一角色定位。

倪副局长这边提出，他巡逻了几天，发现中午学生在进食堂吃饭时秩序比较混乱，值周老师根本管不过来，建议由上午最后一节课的老师带领学生排队入食堂。毛老师这边发现环境卫生差，主要原因是学生带零食进校园，从这周末起禁止学生带零食进校园，期望卫生状况有所好转。

我在巡视校园时发现，教学楼的厕所是锁着的，学生要到很远的运动场边上的厕所去方便，晚上也是如此。我心中一直有一个疑问，教学楼的厕所为什么是锁着的呢？后来了解到，因为学生行为习惯差，将垃圾扔进便坑，下水道老是堵塞，最后造成污水横流，不得不关闭厕所。我提出以这个为契机开放厕所，同时教育孩子们养成良好的卫生习惯，看是否可以推动学生进步。

对我提出的设想，专班组成员的意见并不统一，有的认为我太理想化了，孩子们的卫生习惯刚刚有所好转，但是还没有好到不往厕所丢垃圾的水平，对现在把厕所打开这一举动没有信心。我坚持自己的观点，为了学生方便和从教育学生的角度出发应该开放教学楼的厕所。争论僵持不下，最后我们决定先开一个楼层试一试，但是要先给班主任和这个楼层的任课老师开个会，了解实际情况，再教育学生，最后才可以试点。

2022年3月21日　周一　晴

经过几天的思考，我准备有节奏地推进教学楼厕所开放试点的事情。对此我一直心心念念，难以释怀。这是对我的心灵冲击最大的事情，因为我活了四十多年没有见过学校把厕所锁掉的，这与美丽圣洁的雅江极不相称。不仅仅是学校，社会上也不同程度地存在。这种现象，也许是这里的社会环境决定的。记得在雅江县城里也很难找到厕所，有一次，晚饭后我和龚盛去散步，路上想找一个厕所，从城南大桥往木雅广场方向走，在解放街上看到一个厕所，准备进去时发现上面有铁将军把门，给人一种很不好的感觉。

下午，我们专班组实地察看了第二教学楼一楼、二楼的厕所情况，布置后勤总务部门修缮坏掉的灯，清理好卫生，为下一步准备试点开放厕所做好准备。傍晚我们召集第二教学楼的六个班的班主任开会，说明此事的意义。我先从文明与厕所的关系说起，世界上不管哪个地方，最能考验人类文明程度的便是厕所的卫生，同时举例说杭州西湖边的厕所都是按照星级标准来设计和维护的，做到没有臭味。轮到班主任发言的时候，看得出老师们对我的想法很是担忧，其中一位班主任说："吴老师，你来呷拉还没有几天，对孩子们的行为习惯还没有完全了解，如果这样贸然打开厕所，我估计用不了一周厕所又会被堵塞了。"我看出老师们的无奈，其他老师的发言也大抵如此，对孩子们没有足够的信任。我让班主任先回班级教育孩子们，告诉他们有这样一件考验他们文明水平的事情，问问孩子们能否做到。

散会后，我不断反思：是我对孩子们不够了解，还是我太理想主义了？我开始动摇我原先坚定不移的想法。晚上专班组成员商量后，决定将这件事往后推一推。虽然我心里有一百个不甘心，但我还是尊重了学校老师们和专班组其他老师的意见。

2022年3月23日　周三　晴

上次布置给我的专题讲座，我经过几天的思考已经完成准备。为了减少对老师们上课的影响，我们决定采用夜学的方式，将专题讲座安排在晚上。今天晚上，全校老师都来了，教育和体育局领导带着局里师德师风整治办的老师也来了，总共有八十三人参加。我围绕甘孜州师德师风专项整治行动的要求切入主题。从一百年前《泰晤士报》的一则预言说起："伦敦将被马粪淹没。"然后抛出一个问题：大家想想，世界著名的新闻媒体《泰晤士报》的预言为什么没有实现？因为世界在变，从哲学角度看变才是永恒的。接着举例引导大家思考改革开放四十年来中国职业的变化，分析了原先非常受人欢迎的供销社售货员、公交车司机等热门职业在四十年中的演变。最后切入教师职业越来越受重视的观点，让老师们深刻感受到教师这个职业的崇高，预测教师这个职业的发展，将来会有更多优秀的人来从事教师这个职业，让大家安心从教，当教师有一种自豪感，要感到光荣。

我从这几天听课调研的情况讲起，让老师们要有爱心、有责任心，要有教书育人的本领。最后鼓励老师们要善于学习，要终身学习，与时俱进，当学生喜爱的老师，做一个有信心、有目标、爱学习、爱学生、有能力、有办法的好老师。

大家对今天的讲座评价很高，总算没有辜负专班组的信任。

2022年3月26日　周六　晴

3月25日，雅江县官方媒体"微雅江"以《"教好学生是最大的师德"这场夜学活动金句频出》为题，报道了我周三在呷拉镇片区寄宿制学校的这场夜学。媒体将我在讲座中提到的话摘录为金句："学校里有两群人：一群是学生，一群是老师。现实中，不可能由学生改变来推动老师改变，只能由老师改变来推动学生改变，推动学校改变，最终实现社会和国家层面的变化。"

那天，教育和体育局陈银军局长全程参与，他会后和我说："你讲得真好，我要让更多的老师听到你的讲座。"于是教育和体育局今天组织了全县师德师风专题学习，除了呷拉镇片区寄宿制学校那天八十三个已经参加过夜学的老师和几个偏远的乡村学校的老师来不了之外，全县有三百七十二人参加，这个数字对于雅江来说是空前的，因为这里全县只有五百六十个专任老师。因为来的人太多了，会场安排在县政府六楼的大会议厅，这是县里开大会才会使用的一个大会场，记得去年县里教育发展大会暨教师节表彰大会就在这里举行。

活动设计得很好，教体局领导班子带领教师代表面向国旗宣誓，然后是各学校和主管局签订师德师风承诺书，第三项议程才是我的专题讲座。讲座的整体思路和前一次差不多，插入了这几天发生的热门事例，公布了去年在雅江县教育系统问卷调查中阅读量的数据，大家看了数据都惊呆了。我在讲座中增加了教育要如何面对未来的内容，我在讲座中告诫老师们：如果教师不带头加强学习，将会被社会淘汰。现在的社会不是活到老学到老，而是学到老才能活到老。

会后，雅江高中的梁爽老师说："吴老师你讲得真好，这两个小时我没有看过一下手机。我的思路完全跟着你的讲座走，我觉得你讲得特别有道理。"我非常感谢老师们对我的肯定。回到办公室，同事们说："吴老师，这下子你出名了，成为雅江县的名人了，我路上都听到很多老师在讨论你的讲座，对你是赞不绝口啊！"

我对自己能在雅江教育发展和教师成长的道路上做出一点贡献感到欣慰，我将写信把这件事告诉我的儿子。

2022年4月12日　周二　晴

在呷拉蹲点一个多月了，今天要走进学生的家庭。我原先很奇怪，这里是寄宿制学校，为什么还有学生通校。老师解释说，这里有来自全县各个乡镇的学生，有些学生兄弟姐妹两三个都在这里读，如果小的刚刚读一年级，家里会在呷拉村里租一间房子，由一个老人来陪读，这样的现象并不罕见。

吃过晚饭，我和班主任、任课老师一起到村子里去家访。从校门出去往右拐进一条小路就进了村。沿着小路往上走，老师们说，上面是几班谁的家，这个孩子由爷爷奶奶照顾，老师们对情况非常清楚。走了一段路，看见天边是五彩斑斓的晚霞，山边一户人家门前立几根高大的木杆，上面系着五彩经幡，在风的吹动下，经幡猎猎作响。藏族同胞总是那么聪明，除了自己念诵经文，他们还把经文印在五色经幡上。每当风吹来，经幡随风飘动一次就是诵读了一遍经文。

我们走进租住在路边的两名学生的家。房子比较矮小，里面铺了两张床，一张是孩子睡的，一张是爷爷奶奶睡的。床上的铺盖比较凌乱，中间用彩条编织布隔开，里面算是卧室，外面是烧饭吃饭的地方，堆满了东西。我问孩子回家在哪里看书，孩子指着床头的台子说，可以在那里写作业，接着爷爷按下开关，屋里一根电线穿过彩条编织布悬挂在屋顶，垂下的灯泡发出昏黄的灯光。我通过孩子翻译和家长交流，希望他们能把房间整理得干净整洁，要给孩子们提供一张写字看书的桌子，最好买一个台灯。家长点头答应。

家访结束回宿舍，夜幕已经降临，远山的轮廓在星空下依然清晰。回到宿舍，我拿起倪副局长带来的手机三脚架，准备晚上拍星空。走到宿舍前的空地上抬头看，月亮还在天上，今天是农历初十，大约要半夜等月亮落下去了才是最好的拍摄机会，我先调试了一下三脚架就回房间看书了。

夜里快11点的时候，月亮已经偏西，我准备开始拍这满天的星辰，也许是因为高原离天近，或者是因为天气干燥没有水汽，高原上时常能看到满天的星辰。只要你抬头仰望，总能看到忽明忽暗的星星在对你眨眼。在乡下，夜里11点，绝大多数农户都熄灯睡觉了，天空更显宽广，能让人更清晰地看到星空。当然，乡下安静，心神安宁才会想起仰望星空。我记得自己在杭州是很少抬头仰望星空的，就连想都很少想起来，一是城市的光污染严重，二是城市空气污染严重，雾气重，根本看不到星星。

记得去年冬天，有一天雅江全城停电，我和郝赫老师穿好棉大衣到雅砻江边拍星空。当大家都觉得停电带来了诸多不便的时候，我们两人却享受了在黑暗中看璀璨星空的美好。郝老师下载了能对着夜里的星空定位星座的小程序，告诉我这个是小熊座，这个是仙女座，那颗最亮的是天狼星……

呷拉的星空给我留下了深刻的印象，我没有打开小程序找星座定位，只是用三脚架固定手机好好拍摄，另外就是抬头仰望星空。浩瀚的宇宙无穷深远，上面有适合人类居住的星球吗？银河系那发出亮光的星云到底是什么样的？我实在猜想不出来。夜里降温厉害，即使穿上了厚羽绒服，也难抵挡寒冷的侵袭。

拍了星辰，仰望星空，我心满意足地回去睡觉，房间里多么温暖啊！

2022年4月13日　周三　晴

在呷拉蹲点一个月很快就到了，学校在各方面都有了很大的起色，进步还是挺大的。大约半个月前，有一天中午，我和毛成军老师一起走一段上坡路到教师食堂吃饭，一边走一边聊教师专业成长的事情。毛老师说："老师们提议，让你为他们上一堂示范课。"我说："没有问题。我前几天与县教研室的同事一起帮甘孜州蒋志奎名师工作室成员陈红英老师集体备一堂课，我全程参与备课讨论，如果可以的话，我就上这一节吧！"毛老师说："太感谢了，就是辛苦你了，你提出的很多理念，老师们慢慢接受了，如果能亲眼看看你的课堂是怎样的，那就更好了。"毛老师当即打电话联系二年级的老师们，告知他们吴老师要在二年级班里上一堂语文课。

过了半天，毛老师告诉我说："吴老师，我和语文组的老师说了，你要给孩子们上一堂语文课，他们都很高兴，但是他们提出，你能否到普通班去上？"我想，为什么会提出这个问题？毛老师上次布置的是什么班级？毛老师见我疑惑，便回答说："上次布置的是想让你到好一点的班级去上。老师们说到普通班上，对老师们更具有借鉴意义。"我顺口答应了，事后想想，总觉得有点怪怪的，怎么特意要让我到普通班去上课，是不是老师们想看我出洋相？你们在杭州教的都是基础好的学生，到这里看你面对这些基础差的学生怎么教。想到这里，我心里咯噔了一下，我将我的想法和专班组的另外一位同事交流，他也觉得此事蹊跷，心中总有一丝疑惑。最后，倪副局长说，你问问毛成军老师，当时是谁提出来让你去二（1）班上的，分析一下这个人的动机就可以确定了。我觉得有道理，就去问毛老师。毛老师说："吴老师，你想多了，提出这个想法的老师是个很老实、很好学的老师，绝对没有要看你好戏的想法，就是想看看面对基础比较差的学生，您是怎么引导的、怎么教的。"我心中猜疑的石头落了地，顿时觉得是自己多心了。

接下来我好好备课。结合给陈红英老师几次磨课的经验，我对课文已经比较熟悉。这次上的是二年级古诗杜甫的《绝句》："两个黄鹂鸣翠柳，一行白鹭上青天……"这首绝句堪称经典，面对这里的孩子，如何上好这一课，对于我来说还真是一个不小的挑战。我首先查阅了关于古诗词教学的不少资料，包括小学古诗词编排特点、有关绝句的结构特点、杜甫绝句审美特征等理论材料，认真阅读了杭州师范大学王光龙教授的论文《小学古诗词学习的分段递进指导》，接着研究新课程标准对古诗词教学的要求，结合低年级学生的特点，对课程设计有了比较清晰的认识。之后，我进班听课一整天，将孩子们的座位用表格的形式标出来，把孩子们的学习状态、上课发言情况、作业情况等，都通过观察记录在案。下课时，我就和孩子们聊天，比赛读课文、对古诗等。从孩子们的作业本中可以看出，这个班的孩子基础不太好，书写潦草，平时积累不多。

对教材、对古诗教学理论、对孩子们都有一定了解后，我开始制定教学目标。面对这里的老师，我要展现给他们的课堂，主要是体现以学生为主体的教学理念在课堂上的操作。二年级学生对古诗词学习比较陌生，我的主要任务是在学习实践中让孩子习得学习古诗词的方法，激发学习古诗词的兴趣，低年级的教学任务要求我们在课内安排背诵和写字教学。我将这些都考虑在内，做好教学设计。公开课是今天下午2：45，呷拉镇片区寄宿制学校的全体语文老师都来了，教研室的同事也来了，其他学科这节没有课的老师也来了，还有几个老师从河口镇小学和麻郎措小学赶过来听课。看到这些，我很感动。综合楼四楼的录播教室坐得满满当当的。

我从孩子们一年级学习的《对韵歌》切入，复习学过的《画》，通过对比分析，孩子们发现了对仗的规律，了解了绝句的特点。接着带领孩子们用各种方式读好诗句，再理解诗句的意思，总结出"一读、二想、三说"的学习方法，通过读一读、想象画面、说一说诗句意思来学习古诗。最后教学生书写生字，孩子们学得很认真，课堂上表现非常好。其中拍手背诵古诗时，有个女生不敢读，最后在我的鼓励下和我拍手对读，找到了自信，赢得了学生和听课老师的满堂彩。

课后我就我如何备课、在课堂中如何体现以学生为主体进行梳理，并和老师们分享。从老师们认真的神态、频频点头的表情我感受到了老师们的收获。辛苦的付出总算让老师们有点收获，我兑现了我第一次在全体教师会上的承诺：只要是对学校发展、教师发展、学生成长有利的事，我都会不遗余力地去做。

家访日记

冰天雪地是高原冬天的常态。郝赫老师说，最怕的是高原的冬天。他教一年级，学生、家长都很喜欢他。前两天，他邀我一同去家访，要真正走进学生的家才能看到更真实的教育现状。昨天晚上，他让班主任联系要去家访的三家。今天是周末，我们准备走进学生家中。

我们去的第一户是丁真曲登家。因为我们不太认识路，家长说可以到城关第一完全小学校门口来带我们。午饭后，我和郝老师从宿舍出发，太阳暖洋洋地照在木雅广场一侧，靠解放街一侧，许多藏族老人手捻佛珠，口中念念有词地坐在那里晒太阳，或左手匀速摇着转经筒，闭目念经，转经筒上的坠子在离心力的作用下匀速运动着。对于雅江来说，太阳实在太重要了，山高谷深光照少，寒冷的冬天，人们都聚集到阳光能照到的地方，然后随着太阳西斜而不断挪移位置，老人们聚在一起摆龙门阵，脸上洋溢着幸福的笑容。

我们在城关第一完全小学门口等待，几分钟后，丁真曲登的爷爷便来接我们了。我们跟随他穿过本达宗村的一条小巷子，再往上爬好多级台阶，就到他们家了。一座不大的两层小楼房依山而建，外墙是用很有藏族特色的片石砌成的，门前很窄，因为雅江县城建在峡谷之中，两边都是高山悬崖，雅砻江从县城中穿过，有"悬崖江城"的美誉。丁真曲登家就住在这座房子的二楼，上楼得从房子外搭建的一条很陡的铁楼梯爬上去。铁楼梯接近八十度，孩子爷爷几下就爬上了楼，我和郝老师因为穿了长款的羽绒服，在这条狭窄陡峭的由铁条焊接而成的简易楼梯前显得臃肿而笨拙。我们双手紧紧抓住铁楼梯的扶手，一步一步往上爬，来到二楼时已是气喘吁吁、手心冒汗。

二楼有两个房间，住着七口人，爷爷奶奶常年在这里照顾三个孩子，爸爸妈妈在虫草季和松茸季都要到乡下去。家里还养了牦牛，乡下的家里一定要留一个人照看着。今天我们见到了孩子的爷爷、奶奶、妈妈和两个姐姐。一间稍微宽敞一点的房子里有一个铁炉子，是平时烧水做饭兼取暖用的，边上有一张高低铺的铁床，是丁真曲登的两个姐姐睡的。另一边的一张小床是爷爷奶奶睡的。爸爸妈妈大部分时间在乡下，丁真曲登就和爷爷奶奶睡。爸爸妈妈如果来城里，会在地上打个地铺。房间有两扇窗，阳光从西南方向的窗户里射进来，照在房间中央。窗台上放了两大包药，孩子说奶奶脚痛刚刚去医院配了药，我无法想象奶奶是怎样爬上那个陡峭的简易铁楼梯的。我们围坐在地上的藏毯上聊天，了解了孩子们在家的学习情况。妈妈和爷爷奶奶都是讲藏语的，奶奶向我们竖起大拇指，两个姐姐翻译告诉我们，奶奶说丁真曲登回家会说郝老师对他很好！妈妈也说感谢老师。

我们问孩子平时在哪里看书写字，妈妈便领着我们到另外一个房间，这个房间更小，放了一个衣柜，堆满了杂物，中间放着一张很小的低矮的方桌，只到大人的膝盖那么高，靠窗那边还用木板搭了一个简易的台子，上面放着孩子们的书，这就是他们学习的地方。丁真曲登比较腼腆，平时在班级里不够自信，两个姐姐也在本小（城关小学原是本达宗村的小学，故称"本小"）读书，比他开朗得多，成绩也不错。郝老师说，这个地方要好好整理一下，看书写字的桌子要和身高匹配才好。

通过姐姐的翻译，我们和家长聊了半个多小时。因为还要走访下一家，只好和孩子们告别，鼓励孩子努力学习，如果有什么困难可以找老师。孩子们走到房子二楼楼梯口送我和郝老师。在陡峭的铁楼梯前，我们双脚发抖，郝老师说："和刚才上来一样，面朝里往下退，双手抓紧不要往下看。"我们按照这个下梯要领一步一步下了楼。走到一楼我们抬头仰望，和丁真曲登一家挥手告别。郝老师说："我想给他们家三个孩子每人买一个台灯，改善一下孩子们在家的学习环境。"

我们去拜访的第二户是扎西勒布家。从丁真曲登家出来往下走很多级台阶，穿过小巷子，再从解放后街往北走大约一百米，就到了扎西勒布家。路上没有照到太阳的地方还积了很多雪。扎西勒布的奶奶在家迎接我们，家里还有一个妹妹在县城读幼儿园。他们原本是八角楼乡的人，为了孩子读书，在城里租了这间房子，烧饭睡觉都在这里。房子还挺新的，混凝土结构，只是扎西勒布奶奶说，房子在北面，冬天基本晒不到太阳，冷得很。

孩子奶奶很客气地拿出馍馍、腊肉，要烧火蒸给我们吃。我们说刚刚吃过午饭，还不饿。盛情难却，最后我和郝老师每人掰了一小块玉米馍馍吃。孩子很懂事，我们和奶奶聊天，他就实时翻译，让交流变得顺畅。

我们去的第三户是丹珍诺央家。这是一个活泼可爱的藏族小女生，家住雅江县城南大桥边上。我们从雅江县城最北边走到最南边，因为穿着长款羽绒服，后背直冒汗，一路过来，我们看到路边很多流水已经结成了冰溜子。

丹珍诺央和妈妈在路边等我们。她家住在马路下面的雅砻江边，家里整洁干净，藏式餐桌上已经打好了酥油茶，我们每人喝了一杯酥油茶，感觉全身温暖。丹珍诺央的妈妈虽然是藏族人，但能讲普通话，她很感谢郝老师对孩子的教育培养，说遇见一位好老师是前世修来的福，夸赞老师理念先进，普通话标准，很有亲和力，孩子们都很喜欢。聊到郝老师即将结束支教的时候她无不惋惜，说支教才半年时间，太短了，要是能延长时间就好了。很多家长都有这个想法，已经和县里的领导反映了，希望能把郝老师留下来。我们非常感谢家长的认可，同时也说明了这是组织的决定，希望家长能理解。

丹珍诺央说，爸爸是当地歌手，现在在县里酒吧驻唱，雅江县县歌《圣洁雅江》的MV就是她爸爸唱的。难怪孩子那么活泼可爱，都说藏族孩子能走路就能跳舞，会说话就会唱歌，我看确实如此。

傍晚时分，我们还顺便走访了在丹珍诺央边上的丁真拉呷家。所到之处，家长们对郝老师都竖起大拇指，可见郝老师平时的教育工作确实做得好，被孩子和家长广泛认可。

2022年8月27日　周六　晴

这次家访，主要是替我的同事张育花老师看看她资助的大学生青章志玛。张老师的女儿章依乐今年考上大学，社区给了奖学金，她希望帮助这边的学生，我想起了今年从雅江中学考上四川民族学院的青章志玛。

在开学前，我想去青章志玛家看看，了解是怎样的一个家庭培养了一名大学生。得知老师要去家里，他们全家都很高兴。我本想包一辆车去，青章志玛说她有个舅舅会开车来接我们一起上去，在城里包车的话，师傅是开不了那种路的。

上午10点钟，青章志玛和哥哥以及一位康巴汉子开车在雅江县菜市场边上等我。她哥哥名叫土登，在省内读职业技术学院还没有毕业，暑假刚好在家，看上去是一个清瘦的小伙子，很有礼貌。开车的康巴汉子是她的舅舅，身材高大，皮肤黝黑，脸庞方正，留着山羊胡须，长头发扎在脑后，很有特色。说来也是，康巴汉子村和他们在同一个镇，那里的汉子都是非常剽悍的，据说有几个"一"和"八"：身高一米八，体重一百八，头发一尺八，酒量一斤八。

一路上我们边聊天边看风景，车子开了一个多小时，经过"天路十八弯"，穿过剪子湾山隧道，拐进了一个垭口，这里海拔有四千四百多米，我感觉有点头晕。青章志玛的舅舅说，接下来的路路况很差，他会慢慢开的。果然越往山上开，路况越差，到山顶之前我们下车走了三次，路上坑坑洼洼的，车辆差点陷进去，坐在车上，我几次听到车底盘被石头刮到的声音，每发出一声"嘎吱"的声音，司机总是长长地叹一口气，喔唷……我们的心都会惊一下。走到山顶后，我们坐上车，路平了很多，坑也少了一些。但是小路极其狭窄，有些地方根本不是路，只是拖拉机开出来的两条沟。车子就在这样的路上前进着，司机笑着说：

"老师你别怕，不管多么差的路我都开过，我最怕的还是上高速，一上高速，开不了半个小时我就想睡觉。"看他一路上操作还熟练，我放心了许多。眼前的路一边高一边低，慢慢开过去的时候，车子左低右高，倾斜了二十多度，我的心一下子悬了起来。我不敢看外面，因为下面就是悬崖，要是翻滚下去完全没有生还的希望。路况实在是太差了，我们的车速非常慢，时不时还要下车捡后山滚下来的落石，即便捡了石头，很多地方仍然只容一辆车通过。

又开了一个多小时，我们还没有到目的地，一路上没有碰到一个人，可见这地方有多么偏僻。又前进了几千米，看到路边一位穿着黑衣的牧民，挥着锄头在挖路。我们的车慢慢接近。青章志玛说："吴老师，那是我爸爸，他来接我们了。"我问快到了吗？她说："还有七八里路。"车子开近了才看清楚，青章志玛的爸爸个子不高，不像康巴汉子的模样。头上鼓着一块黑色的头巾，脸上的皮肤呈枣红色，穿一件灰色的卫衣，外面套了一件黑色的羽绒服背心，没系扣子，背心敞开着，脚上穿着一双黄色的胶鞋，见我们的车子来，他停下手中的锄头，笑着向我们招手。他们用藏语交流，我听不懂他们说什么，青章志玛的哥哥告诉我："爸爸说怕路不好特意过来接我们，前面的路很多地方他都挖过了，在有些地方把沟填平了，在有些地方把落石捡了。"我很感动，一个朴素的牧民带着锄头走了三四千米来修路，迎接杭州来的客人。大约又用了半个多小时，快到下午2点时，我们才到了青章志玛在山坡上的家。

青章志玛说，这里其实不是真正的家，爸爸妈妈在虫草季节和松茸季节才会住这里。"我们这里家家户户都是这样的，每年从三四月开始上山，一直在山上生活到9月底。"青章志玛说，9月底天气冷了，他们就要把牦牛赶回西俄洛乡苦则村的那个家。

山上用石头垒起低矮的小房子，藏语叫"种苦"。房间很小，里面一间是住人的，外面一间是关牛的。山上没有手机信号，也没有电，屋顶挂着一盏太阳能节能灯，据说能亮两三个小时。青章志玛的妈妈和婆婆（外婆）已经打好了酥油茶，烤好了馍馍，锅里还在烧"索西"（奶制品的一种，据说很难吃到），边上还有酸奶。我们一边聊天，一边吃午饭，一家人脸上都洋溢着笑容。"你们这样一家人培养一个大学生不容易，要好好祝贺，如果有困难，我们会帮助青章志玛的。"我说，"我的同事，杭州的张老师，已经承诺资助她大学期间的全部学费。"青章志玛当翻译，将我的话翻译给他们听。他们向我竖起了大拇指，嘴里不停地说着"噶真切"（藏语"谢谢"的意思）。

青章志玛向我介绍，这个山坡上住着八户人家，午饭后她和哥哥带我走访了这个山坡上有孩子的三户人家，看了山上煨桑祈福的地方，我们还和山坡上的骏马合了影。

因为海拔很高，我感觉头晕，待了一个多小时后，我们决定去青章志玛在西俄洛苦则村的家。车子大约开了三个多小时，我们来到了苦则村。路上我们走访了丁则曲珍家、斯朗志玛家。

青章志玛的家非常大。门前有一块很大的空地，长满了草，两边各一排一层的简易房子，里面塞满了干草，这是用来关牛的，冬天的时候牛就关在这里。房子是藏寨风格，外墙用当地的片石砌起来，据青章志玛说，房子盖了三年才完成，凝聚了他们一家人的很多心血。房子有两层，底下一层的左边是放青稞玉米等粮食的，相当于粮仓，右边放农具。二楼前面是住人和烧饭吃饭的，后面是一个专门的经堂，里面摆了佛像。青章志玛说婆婆每天很早就起床，在一个灰色的陶器中点燃香柏（一种植物），里面冒出了青烟。青章志玛的哥哥告诉我，这是煨桑的柏树，气味很香。婆婆信仰宗教，每天早上起来第一件事就是焚香，在经堂念经祈福。

因为山上还在放牧，青章志玛的爸爸妈妈没有和我们一起来苦则村，婆婆要去县中藏医院看病，所以也下了山。

我看到，生活在牧区的孩子努力向上，父母勤劳善良，一家人一起创造美好未来。

青章志玛告诉我，她将来大学毕业了，要回到家乡当老师。寒假，她准备在村寨里辅导比她小的孩子写作业，组织大家一起看书。我看到苦则村青稞玉米熟了，一片金黄。

第三辑
援川 散记

　　建党百年前夕，肩负使命，追寻教育初心，带着组织的信任、领导的关怀和家人朋友的牵挂，我背上行囊步入康巴高原。远离杭州市钱塘区，经历儿行千里母担忧的凝重、送别母亲时的悲恸大哭；在雅砻江边，遇见小而美的乡村学校，一起走亲牙衣河……多少年修来的福气让我投入你的怀抱——康巴大地。都说"此生必驾318"，一年半，不长也不短，就这样真切地工作生活在318驿站——雅江。用心观察，用情感悟，用散文的笔调记录最真实的内心，于是有了"援川散记"。

儿行千里母担忧

那是个好天气，刚下过雨，杭州初夏难得一见的蓝天准时在雨后出现。杭州的空气质量越来越好，夏天的雨后，七八月的台风后，还有高温天气时，都会有蓝天。这本是一个平淡无奇的夏天，没想到我要远行，母亲担忧起来。

两个儿子和奶奶特别亲，有空就喜欢和奶奶玩。母亲教会大儿子讲丽水庆元方言——这是一件令人骄傲、可以逢人便讲的事情。毕竟现在会讲方言的孩子越来越少了。小儿子总喜欢在家里阳台的小黑板前当老师，奶奶当学生。他有时候是美术老师，教画画；有时候是数学老师，教口算；有时候是音乐老师，教唱歌；有时候是书法老师，教写字……母亲总是很配合，搬好小板凳做一个很乖的学生。今天小儿子教奶奶学唱歌，奶奶实在有点跟不上节奏，让人看着总想笑，其乐融融的氛围就这样在家里弥漫开来。不管工作多忙，每次我拖着疲惫的身躯回家，只要母亲在家，我进门第一句总是喊："妈，我回来了。"母亲也总是笑盈盈地迎上来："下班了！饿了吗？赶紧吃饭吧！"几句平常的话让我瞬间感受到家的温暖。

母亲在家的日子，我们都很忙。下班后，母亲总有许多话想要对我说。头一天接到要去援川的通知，第二天上午便要出发了。我不知如何与母亲说，母亲没有去过四川，也不知道有多远。晚饭后，我对母亲说，明天我要去援川了。大儿子拿出地图指给母亲看，说："爸爸援川的地方离杭州有两千多千米。"然后拿

第
三
辑

援
川
散
记

049

出手机看我的行程："先坐三小时飞机到成都再坐车，要两天才能到呀！"母亲在边上听着，眉头紧紧地皱在了一起，我想每次我外出，母亲总会担心的。

记得二十多年前，母亲送我去读书，也是忧心忡忡。那是1994年8月底，十七岁的我背上行囊从庆元县荷地镇一个偏远的小山村出发，奔赴外面的世界。路途是那么遥远：先从村里走七八千米的路到镇上，再坐中巴车到庆元县城；下午再坐中巴车去龙泉……现在回过来看，其实地理距离不过区区一百多千米，只因为这是我第一次走出县域，对于二十多年前的我来说是那么遥远，心理距离何止千里。一个懵懂少年翻越崇山峻岭想看到外面世界的心是那么迫切，一位纯朴的母亲送儿子第一次走出县域是多么担心。因为彼时母亲最远也只到过县城抓猪仔，当然，母亲年幼时跟随她父亲去福建讨生活的经历她并不是记得很清楚，只记得走了十七天的路，脚上起了很多水泡，但是为了活下去，她完成了这趟遥远的跋涉。

第一次出远门，母亲送了我很远很远。她沿着泥泞的山路送了我一段，放心不下又跟着走了一段很长很长的公路。母亲一遍又一遍重复着叮嘱："到了学校要好好学习，不要乱花钱，记得给家里写信。"多年以后，七十多岁的母亲回忆送我读书的历程，仍然清晰地记得，那天走了很远的路。后来她说，当时我身上带了一千多元的学费，第一次出远门，担心我能否安全到学校。

第二次出远门，是我从老家庆元到杭州来工作，距离现在也快二十年了。那时母亲没有到过杭州，只听说杭州的西湖很美。从庆元县城到杭州有四百多千米，我的决定让母亲非常担心，毕竟一直在眼皮底下长大的儿子要离开这个生他养他的地方到远方去了，那份担心写在脸上，放在心上。我到县城买了一只密码箱准备收拾行李，母亲担心地看着我，不知道让我带点什么好。我是8月份出发的，夏天的衣服带上就行了。母亲说："现在是热的，但是长袖的衣服也得带一两件去，只有人看老天的脸色，没有老天看人脸色的，你备着不穿无妨，要是天凉的时候没带那就麻烦了。"母亲做事情总是有备无患。

我依母亲的嘱咐，特意带了两件长袖衣服。母亲喃喃道："送你读书就知道你要远行，小山村困不住你，小县城也留不住你的。"她有点伤感但坚决支持我走出去，就像当时不管有多困难都要送我读书那样坚定。母亲是同龄人中最宽容、最能接受新事物的一位，对子女的教育最是上心，她虽然大字不识几个，但是明事理，知道"小村读书不如大村听讲"这个走出大山能让人长见识的道理。

这次走得更远，母亲的担心必然更加深重，因为母亲已不再年轻，对高原的不了解更增加了母亲的担忧。"这次援川要一年半，离得远，一时半会儿也回不来。"我对母亲说。衣服、手机充电器等自然不必老人家操心，晚饭后，爱人为我收拾行李，行李箱、双肩包塞得扎扎实实、鼓鼓囊囊的。三姐说，要带两千元现金去，说不定什么时候就用上了；大姐说，冲锋衣不要忘记带；侄女说，防晒霜要带，不然晒成高原红……母亲在一旁坐立不安，不知要让我带点什么好，在卧室、客厅来回走。我看出了母亲的心思："妈，我什么都收拾好了，该带的都带齐了，您放心。"母亲说："高原是不是很冷啊？厚的衣服要带上，山高路远的要小心啊！"每次母亲都是叫我带上厚的衣服，也许艰苦岁月里刻骨铭心的冷让母亲一辈子记得，让她的第一反应就是不要让儿子冻着。"妈，我知道的，到了四川就给您打电话，和您视频聊天，放心好了。"我说。母亲好像想起了什么，走到餐边柜，找到一个小罐子——这是儿子装口香糖的塑料罐，又拿了一个保鲜袋，用颤抖的手将茶叶罐里的茶叶倒了一半进去，将保鲜袋扎紧再放进小罐子里，动作已不再麻利，但每一个步骤都一丝不苟。"儿啊，这次去那么远，那边又是高原，身体要注意，到一个新的地方是要换水土的，"说着她将小罐子递给我，"你把这点老家的茶叶带去，过去要记得泡这个茶叶喝。"这一份叮咛似曾相识，但这次更加真切。"这茶叶是老家带来的，有生你养你的土地的气息，带着哦……"我从母亲苍老而温暖的手中接过茶叶，顿时感觉沉甸甸的，母亲的手已经不再白皙，手背上有了褐色的老人斑，静脉像一条一条弯弯曲曲的蚯蚓爬在上面。"妈，我记住了，不要担心，这次一起去的还有两个医生，健康肯定是有保证的。再说，昨天体检我各项指标都很好，您就放心吧！"母亲看我小心翼翼地将茶叶放进背包才安心。

第二天，爱人和儿子送我去机场，母亲和大姐送我到小区门口。母亲自言自语道："你是吃公家饭的人，要听国家的安排，到那边好好工作，这次走得远，要注意身体。"她挥一挥手，转过身去拭泪，我与母亲拥抱告别，坚强的母亲终究敌不过无情的岁月，头发已经全白了，身材好像更加矮小了。母亲没有笑容，儿行千里母担忧，就这样真实地写在母亲脸上。我安慰母亲："到那边我先泡您给我的这个茶叶喝，这是老家摘来的茶叶，肯定能让我很快适应那边的环境。您放心！"

儿行千里母担忧。每一次远行，母亲心里总放不下我。援川期间，我最牵挂的是年近八旬的母亲。每一次，孩子都是以远离母亲来证明自己的成长，母子连心，母亲以极其矛盾的心理盼望着孩子成长。人到中年才明白，其实儿女更加害怕，有一天母亲离我们而去。

2021年10月16日写于雅江

印象甘孜州

　　起初，对四川的认识源于学习"川"这个字。老师说，"川"就是河流的意思，我国有个省份，四条江河流经于此，因此得名四川，后来看了《四川通史》，才知道这完全是曲解。读书时通过"乐不思蜀"的故事、"三国鼎立"的历史、"蜀道之难，难于上青天"等诗句建立了对四川的初印象。从杜甫的诗句"随风潜入夜，润物细无声"里感知锦官城的美好，再从一首《成都》里想象"坐在小酒馆的门口，带上心爱的人在成都的街头走一走，直到所有的灯都熄灭了也不停留"的场景。

　　我印象中的甘孜是那么遥远，此行之前，成都之外再没有往西走。

　　6月的风让杭州江南的水充满绿意，梅雨季节过后，迎来了闷热的夏季，蝉鸣声不断，蛙叫声不停，热闹的夏天就这样毫无征兆地向我们走来。

　　来甘孜藏族自治州的决定是那么突然，却又那么自然。我产生想去新疆支教的念头已经不是一天两天了，一腔热血总希望能为东西部协作和对口支援做点什么。一次，我和领导搭乘同一电梯上楼，我说想去援疆。领导说，我们区今年对口支援的是四川甘孜州，你去不去？我说，只要体检能过关就去。

　　从通知去体检到出发只有两天时间，没有与家人、同事好好告个别，在建党百年之际，我背着行囊踏上征途。

人生第一次接受圣洁的哈达是在甘孜州，人生第一次遥望雪山是在甘孜州的折多山顶，人生第一次见到青稞是在甘孜州的新都桥镇，人生第一次与牦牛近距离接触，人生第一次转经轮……何其幸运，我的无数个人生第一次都在甘孜州实现了。汽车驶出高速公路，甘孜州领导为我们献上了洁白的哈达。车外的气温低了很多，这是来到高原的第一个感受！一句"下车时记得把外套穿上"让人心生温暖。洁白的哈达上绣了很多铭文和漂亮的图案，"扎西德勒"的问候和洋溢在脸上的笑容让人备感亲切。

晚上住在康定，这里素有情歌之城的美誉，因《康定情歌》而得名，到处都成了网红打卡点。站在网红桥上，下面的折多河咆哮而过，到网红餐厅吃饭，翻越折多山时司机停车休息，说这里是网红打卡点，大家可以拍拍照……很多网红打卡点我并不认同，就如同路上遇到的许多徒步走318国道进藏的人。大家议论，他们大多已经失去了锻炼意志力的初衷，而是为了流量、为了成为网红而徒步行走。如果人带着朝圣的心进藏，走着走着却忘记了当初为什么出发，或者出发时目的就并不单纯，那也让人怀疑其纯粹性。

雅江是我这次援川的目的地，这是一个建在悬崖上的美丽小县城，四周山峰高耸，壁立千尺，县城占地仅零点四平方千米，用当地人的话说就是在318国道边一个巴掌大的地方（传说原先只有十六户藏寨）建起了县城。因为这里是川藏线进藏的必经之路，相当于一个休整营地，所以县城虽小但五脏俱全，吃穿住行样样齐备，街巷虽小，藏寨民宿、驻唱酒吧应有尽有，颇有点旅游小城的风范。

藏族同胞与我说，7—9月是这里最巴适（意为舒服）的时节，遍地野花开，满地菌子出，牛羊膘肥体壮，最主要的是吃货们能吃到新鲜的松茸啦。这里盛产松茸和虫草，是中国松茸之乡，人们也靠这两样宝贝致富奔小康。

7月底，雅江的松茸市场开市了，傍晚时分，走过雅砻江大桥来到河口镇，从桥头沿河边一字排开摆满了七箩八筐，背篓里面装满了新鲜的松茸。这是一条松茸飘香的小巷，边上各家快递的叫卖声不绝于耳："发松茸用顺丰全程冷链有保证！""京东快递用得早，你家松茸卖得好！"……繁荣的松茸市场背后，是辽阔的草原、高耸的山峰、险峻的峡谷和这里的藏族儿女，人们用勤劳和智慧创造了历史，当地党员干部带领人民群众齐心协力脱贫攻坚奔小康，日子越过越红火。

走到一个摊位前，热情的卓玛（藏族同胞对女子的称呼）上来与我们攀谈。"我们家住在呷拉镇，离这里也就十几千米。"她指着筐里的松茸，"我们天没亮就上山，等天亮了就开始寻松茸，为了保证松茸的新鲜，中午我们就把松茸背下山来。你闻闻，这松茸也就离开土地四五个小时，是不是很新鲜、很香？"我拿起一株松茸，一股清香扑鼻而来。"现在我们也是雅江人了，要在这里生活工作一年半，你这松茸卖给我要便宜一点。"同行的援友赵老师说。卓玛咯咯地笑了，得知我们是从杭州到甘孜州来支教的，她和哥哥更加热情地介绍起来："看松茸的品相呢，主要看这几点……"

卓玛的摊位边上是一个快递发货点，脸庞略显黝黑的小哥正在熟练地给松茸打包。"松茸之所以珍贵，是因为到目前为止尚无法人工栽培，每一株松茸都是康巴大地的恩赐。"他把每一株松茸都小心翼翼地摆放在保鲜盒里，"松茸的营养价值在于保鲜，现在快递业非常发达，全国大部分城市都能在四十八小时内送达，全程冷链保鲜，所以这里的松茸价格高，不愁卖。"小哥给摆好的松茸铺上一层吸水纸再摆第二层。"这里地域辽阔，从最偏远的山上到县城不也要好几个小时吗？"我问。"山上的松茸近年来都是用无人机送到国道线上再运出来的，这样能节省很多时间，保证松茸新鲜的品质。"小哥娴熟地放入冰块，盖上保鲜盒的盖子，封口，这样一个包裹就装好了。他说，这些天包裹量非常大，常常要忙到深夜，凌晨发车第二天早晨到成都，再安排航班发往全国各地。灯光下，小哥棱角分明的脸庞更体现出康巴汉子的健美。电话里他和爱人说，今天货很多要忙到很晚，让家人早点睡。挂了电话他自言自语说："赚钱哪有不辛苦的……"

在车水马龙的松茸市场逛了一圈，回去时，看到卓玛已经卖完松茸在收摊了，她的脸上洋溢着丰收的笑容。

2021年9月8日写于雅江

援川百日

　　2021年6月底入川，到现在已经有一百多天了。能参与到国家东西部扶贫协作和对口支援重大决策部署中，我深感荣幸。这三个多月的生活和工作，有苦涩与艰难，也有喜悦与温暖。一百多天，用心阅读这里的一切，我对这片土地充满了敬意。

　　来援川之前，我对甘孜藏族自治州不甚了解，对雅江县更是未曾听说过。确定要来援川之时，才从网上查阅了一点关于雅江、关于甘孜州、关于藏族的零碎知识。一方水土养一方人，杭州钱塘与甘孜雅江相距两千多千米，气候环境的不同、地理位置的变化、人文背景的差异给援川工作带来了众多困难。

　　入川第一天，夜宿康定，身体明显感觉不适，头晕、气喘、心跳加快，这是轻度高原反应的一个外显表现，走路时感觉脚踩在云朵上似的——轻飘飘的。我们放慢脚步，告诉自己要按照科学规律逐步适应高原环境。第二天，我们要翻越海拔四千二百多米的折多山。来接我们的同事随车备了氧气，嘱咐我们，如果不舒服就马上吸氧。援友在翻越折多山垭口的时候感觉头晕，默默拿出氧气吸上一口，好似在闭眼享受高原的恩赐。车子里变得安静，只听到氧气输出的嘶嘶声按照呼吸的节奏一声一声地传来，高原反应就这样不知不觉地陪伴着我们一路过来。同行的医生说，你们俩的嘴唇还是有点紫，要避免剧烈运动，慢慢适应过来就好了。

翻山越岭来到雅江县。第三天在当地同事的帮助下，我们租房子、搞卫生、买生活必需品，开启了新的生活。

没过几天，这里下起了暴雨——我们停水了。让我难以理解的是，怎么下雨也停水？同事说，因为这里水厂的基础设施比较老旧，夏天经常"下雨就停水"；因为这里防火要求高，冬天经常"刮风就停电"。7月，我们经历了一次连续七天的全城停水，县里安排消防车一天送两趟水，生活勉强维持，洗澡却成了一种奢望。

虽然经常停水停电，但并不影响我们工作生活的多姿多彩。网上购买的小桌子还没有到，我们就将床头柜搬到客厅，趴在上面加班加点梳理调查问卷，撰写文件材料。夜深了，我与援友赵老师泡上一杯咖啡为加班佐餐提神，戏称：苦中作乐援川来，咖啡醇香让人醉。

初入异乡，无尽的思念让我苦恼不已。当中秋的圆月爬上天空，远离故乡，我格外想念年近八旬的老母亲。说好的"父母在，不远游，游必有方"，援川是否算"游必有方"？我不断叩问自己。小时候，中秋节前，母亲会走七八千米的路，到镇上买一筒用纸包的圆筒月饼。月光下，我似乎看到：母亲给我们兄弟姐妹每人分一个月饼，大家都吃得那么香甜。二姐最调皮，自己的吃完了就问大姐，你的什么口味，给我尝一口可不可以？大姐的月饼被她咬了一大口，大姐哭着到母亲那里去告状……

刚来援川时，母亲经常打电话来，总是嘱咐我要努力工作……现在，母亲已年近八旬，蹒跚的步履再也走不了远路，多想中秋节的时候再和母亲分享那纸包的一筒圆圆的月饼，那么香甜，充满回味。

出发前，儿子来机场送我。我对儿子说：咱们是一人援川，全家锻炼，爸爸不在家的时候要更加努力。我与家人每周视频交流两次，分享我在这边的工作与生活，每周写一封纸质的信寄给儿子，教导他学会思考、学会坚强。当我第一次收到孩子的回信，看着信封上稚嫩的字体，我感受到了孩子的成长。我总是告诉自己：援川工作凝聚着一家人的付出，要努力做到最好，才不愧对组织，不辜负家人。

都说社会是一本读不完的大书，来雅江后我加强了对当地文化的学习。三个多月来先后阅读了《四川通史》五卷三百多万字（共七卷，有两卷没有借到），阅读《雅江县志（2000年版）》《雅江中学校史》等关于四川、关于雅江的相关书籍；从图书馆借阅《四川教育》《甘孜州教育》等教育方面的杂志；经常阅读《甘孜州日报》，关注"四川发布""微甘孜""微雅江"等微信公众号。保持与甘孜州同频共振，从雅江的角度去学习思考教育发展问题。这样的阅读让我很享受，让我真正融入其中。

特别是三个月的行读雅江，让我收获不少。我们党历来重视调查研究，历来重视群众智慧。7月，学校已经放假，我深入分析教育年报、教学质量各项数据，向教育局的同事了解教育发展，通过教育系统和社会各界教育发展座谈会、调查问卷等，掌握更全面的数据和信息。因为教育牵涉千家万户，我始终相信，最真实的教育状况在学校、在课堂、在街头巷尾，我访问当地的老师和校长，与当地居民聊教育问题。不管是在菜场买菜，还是与出租车司机聊天，我都能找到教育话题，了解雅江教育最真实的一面。9月开学后，我实地走访了雅江县三分之一以上的乡村学校，听老师上课，与学生交流，掌握雅江县教育发展的第一手资料，为促进雅江县教育发展提出自己的思路，做出自己的贡献。

当我投入具体的工作时，融入雅江这片土地，我便感觉到踏实与温暖；当我看到学校里孩子们略带高原红的脸上露出纯真的笑脸时，喜悦的情绪就不断填满我的心房。感受这一片土地，欣赏木雅广场上跳锅庄舞的音乐，阅读书写这片土地的文字，我越发感觉到历史的厚重，对这里的人、这里的事，乃至这片土地上的生灵都肃然起敬。

2021年11月4日写于雅江

白玛拉姆的新年愿望

2021年前最后一次下乡调研，老师给我讲了一个故事：高原的冬天非常寒冷，白玛拉姆心里有个愿望，想拥有一个玩具熊娃娃，当爸爸妈妈不在的时候，可以抱抱它，可是家里条件有限，大人们一直舍不得买。故事很短，但直击我的心灵，我想，我应该做点什么。

海拔三千二百四十多米的高原上，冬天的天空蓝得更加清澈透明，瓦多乡中心小学就安放在天龙湖边的蓝天之下。不远处的山顶上是洁白的雪，好像给大山戴了一顶白帽子。当地老一辈的人对雪山非常敬畏，打心底里认为每一座雪山都有神的庇护。这所小学有一到三年级，十六位老师和六十二个孩子，孩子们纯真的心里，其实都藏着新年愿望。

瓦多乡在四川省甘孜州雅江县北面，离县城五十多千米山路。"瓦多"在藏语里是"渡口"的意思，因此地曾设渡口而得名。高原上的冬天特别寒冷，也特别漫长。国庆节过后便进入准冬天，一直要到来年的3月底气温才会回暖，大家都说高原上只有两季——冬季和大约在冬季。腊月的时候零下七八摄氏度是常态，户外滴水成冰，山上的小河都冻僵了，好像一条不会飘动的洁白哈达，从山崖一直蜿蜒而下。

白玛拉姆家在学优村，她从一年级开始就在这里上学，今年读三年级。每天上学、放学，她要走四千米的山路。当然，天气特别恶劣的时候，大人会来接送几次。这里的孩子要比平原的孩子早一些放寒假——因为实在是太冷了。平时为了抓紧时间，孩子们周六要上半天课，"双休"对他们来说是一种奢望，不过一切都习惯了。

白玛拉姆和其他女孩子一样，很想要一个毛绒娃娃，她也曾经和家人说起过，可大人都觉得太贵了没舍得买。她是个懂事的孩子，只好把想法埋在心里。若是在城里，父母陪孩子看电影，可以抱回一大堆从娃娃机里抓出来的毛绒娃娃。抓到娃娃时的惊喜雀跃与差点抓到时的惊声尖叫都可以毫无保留地写在脸上。抓来的娃娃大小不一，色彩艳丽，造型可爱。女孩子过生日的时候，大人送一个大大的毛绒玩具，似乎是城里孩子的标配。

"白玛拉姆是个有理想的孩子，她很懂事。"扒姆老师说，"一年级的时候，她就说长大了要当一个播音员或者主持人，昨天她说自己看的书太少了，很想要一本作文书。"我听后很感动，眼里有光，心中有愿望、有梦想的孩子是多么可贵，我们要用心呵护孩子们内心那个温暖的梦。这时，我想起了萱萱。

萱萱是杭州市钱塘区融媒体中心一位非常热心公益的记者，得知我来援川就一直关注我发的朋友圈，曾经对我说，很想为这边的孩子们做点什么。我想，要是让杭州的孩子帮助瓦多的孩子实现2022新年微心愿，那是多么美妙的事情。经过联系，萱萱说很乐意发动小记者们参与这项爱心活动。我马上联系瓦多乡中心小学的胡校长，让她精准收集每一个孩子的微心愿。

2022年元旦到来之前，瓦多乡中心小学六十二个孩子的六十二个微心愿传递到了钱塘，有书籍、篮球、保温杯、玩具熊、玩具兔，还有新衣服、新鞋子、新书包。萱萱号召小记者根据自己的实际情况认领一个微心愿。短短一天，瓦多乡中心小学六十二个孩子的六十二个微心愿就被认领完了，钱塘的孩子们用稚嫩的手写下祝福和心里话，和礼物一并送出，他们虽未谋面，但好像有很多话要和瓦多的孩子说。

微心愿按照年级排序，萱萱和同事为孩子们的微心愿打包，并标上号码、写上名字，以保证精准。三年级白玛拉姆的五十号微心愿被杭州市下沙第二小学的叶政序认领了，他精心挑选了一本适合三年级学生读的作文书。

钱塘区听涛小学三年级的李承谕认领了二号尼玛拉姆的微心愿——一个玩具熊。李承谕得知小妹妹想要一个玩具熊，刚开始觉得女孩子都喜欢玩偶，准备买一个普通的布娃娃。后来，他想到自己在上幼儿园大班的时候，妈妈常驻外地，送了他一个大大的"熊妈妈"。每次想抱抱妈妈的时候，他就把"熊妈妈"抱在怀里，很温暖，就像妈妈在他身边一样。最后全家商量决定，除了精心挑选的新年礼物和布娃娃，再给小妹妹加送一个有大大爱心的"熊妈妈"。

除了心愿物品，孩子们还赠送了很多其他礼物，一个个鼓鼓囊囊的包裹堆满了萱萱的整间办公室，钱塘区融媒体中心的记者们忙着按序号整理、打包，准备寄出。二号心愿的东西实在是太多了，一箱也装不下；五十号心愿只有一本作文书，显然单薄了一点。萱萱看了看两个孩子的名字自言自语道："白玛拉姆、尼玛拉姆，只差一个字，应该是一家的两姐妹吧。"征得李承谕的同意后，萱萱将"熊妈妈"给了五十号。就这样，阴差阳错地，白玛拉姆实现了埋藏在心里多年的心愿。

随着邮政快递的车，"熊妈妈"跨越雪山，穿过峡谷，上桥过河，来到了瓦多乡中心小学。一个个小小的心愿，拉近了甘孜雅江和杭州钱塘少年的心。新学期，当白玛拉姆和她的同学们手中抱着来自钱塘小记者的温暖问候时，孩子们的脸上露出了真诚的笑容。

白玛拉姆两颊的高原红那么明显，仔细看，可以发现红中泛着一点白色花纹。也许是因为天气实在是太干燥了，这里大多数孩子高原红的脸上都有一点花纹，好像冬天里香菇开裂的花纹，龟裂纹有点像龙泉青瓷的冰裂纹，既让人心疼，又感觉这是来自大自然的美。一双乌黑的眼睛里闪着高原孩子特有的光，略显棕黄的头发上套着一个粉红色的发箍，上面有一个粉色的蝴蝶结。当她抱起这个棕色"熊妈妈"的时候，内心的喜悦很自然地流淌在了这张略带高原红的脸上。棕色的"熊妈妈"胸前有一个大红色的爱心，里面填满了柔软的高支棉，鼓鼓的、软软的，上面绣着白色的英文单词"Love"，脖子上系着一个红色的漂亮蝴蝶结。"熊妈妈"的高度到她胸口，圆溜溜的乌黑小眼睛好像一直盯着人看，憨态可掬地耷拉着一双毛茸茸的腿。

　　3月，天龙湖边，瓦多乡中心小学开学了，高原上开始解冻，山谷里又响起小河哗啦啦的歌声，一切都显得更加灵动起来。虽然早晚温差还是很大，但是有"熊妈妈"的陪伴，白玛拉姆睡得很香。她是否在梦中实现了自己当主持人的梦想呢？

2022年3月28日写于雅江

我教母亲写字

　　傍晚，母亲从庆元打来电话，她说自己的记性越发差了，以前能准确地说出全家每一个人的生日是几月几日，现在只记得自己今年七十九岁。正所谓"树欲静而风不止，子欲养而亲不待"，远在四川的我不能常陪伴她左右，时常感到深深的自责。若是我现在就在母亲身边，或许可以教她写字的。

　　前年暑假，儿子要上四年级了，爱人要求他整理好自己的书柜。"妈，这些全部都丢掉吗？"儿子边整理边喊，房间地板上铺满了写过的试卷、本子和练习册。"除了课本和你写的作文，其他的都当可回收垃圾处理，进入高年级要学会'断舍离'，房间和书柜都要定期整理。"爱人说。

　　儿子把以前写过的卷子叠成一摞，把写过的本子放成一堆，把拼音抄写本、生字抄写本等都扎成一捆。每次家门口有纸箱等杂物，母亲总是舍不得丢，她会很小心地整理好，用小推车拉到小区北门去卖，一来二去收废品的阿姨都和她熟识了。母亲想得很周全，每次去卖废品都会说："我这书报、纸盒不是捡来的，是家里收好的。"不是为了提高价格，而是怕丢了儿女的脸。

　　儿子"断舍离"的东西自然要经过母亲这一关。"冤，这些本子都没有写完，怎么可以丢掉呢？"母亲仔细检查着儿子收拾好的旧书破纸。儿子解释道："奶奶，我现在都上高年级了，这些写生字和写拼音的都用不上了。"母亲沉思良久，喃喃着："不可浪费，不可浪费啊！你爸读书的时候可没有这么好的本子呢！"

母亲和儿子的对话我在书房听得清清楚楚，思绪回到了三十年前。

我是在村子里上的小学。书包是哥哥用过的，虽然褪了色，但大体还能认得出是军绿色的，上面绣着一个红色的五角星，也褪色得厉害。里面放一册语文书，一册数学书，还有两本写字的本子和一截铅笔——这就是我入学时的全部家当。

小时候总觉得家离学校很远。我们上学要走过两边都是房子的、很窄的石头小巷，再爬上村中一条石头台阶的山岭，才能抵达安放在小山冈上的学校——这是村里唯一的文化符号。村里人对老师都很尊敬，每当外地有来信，村里的妇女们总是拿给老师帮忙念，还要老师帮忙写回信。过年前，很多村民会买来红纸叫老师帮忙写春联。

9月1日开学，老师先教我们读生字，然后照着书本，每个生字抄一行。本子的纸极其薄，一不小心就会写破。没有橡皮的同学，写错了字就只能在手指头上沾点唾沫使劲搓，不一会儿，一页纸就这样破了好多个洞。因为本子有破洞不能交给老师，我们就将这一页扯掉，再歪歪扭扭地写一页，就这样，本子逐渐变薄了。本子上稀里糊涂地写着生字，老师的红笔在上面打了一个大大的钩。没过几天，本子变得愈发薄了——快写完了，也快撕完了。

9月的农村一片丰收的景象，田里的稻谷一片金黄。一阵风吹来，村口那棵无比高大的枫树上就飘落下无数的红枫叶，像千万只蝴蝶翩翩起舞。不过村民们都没有注意这些，他们白天汗流浃背地忙着在田里收割，傍晚急匆匆地挑一担压弯了扁担，也压弯了脊梁的稻谷回家，又急匆匆地抢在最后一缕夕阳下山之前收起晒在天平（指浙江庆元县农村用木板搭成的晒谷场）上的稻谷。村民们说，如果不在太阳下山之前收完，晒了一天的稻谷会沾上露水回潮的。所以每个秋天的傍晚，都是母亲最辛苦的时候。一年到头，母亲似乎有忙不完的活，秋天的傍晚显得格外忙碌。

放学后，我见母亲在天平上收稻谷，便把书包往家里一扔也过去帮忙。母亲见了很高兴，我借机央求母亲给我买新本子。她感到纳闷，瞟了我一眼："还没读几天书呢，本子这么快就写完了？"晚饭后，我拿出书包准备写字，母亲要我把本子拿给她看，我不肯，她一把夺过我的书包，看到只剩下不到五张纸的本子一脸不高兴："这本子让你吃了？这三四十页的本子怎么变得这么薄了？"我无言以对，只能怯生生地说："没有橡皮，老是写错，擦破了。""擦破了？也不至于几天就能扯完一本新本子。"母亲不依不饶，"看你以后怎么写。"说完她很不愉快地走了出去。过了两天，母亲托人到七八千米外的镇上买了两本新的抄写本和一支带橡皮的铅笔，我喜出望外，倍加珍惜。

母亲把儿子理好的废本子一本一本地打开检查："这本还有好多没写呢？这本里的字我也认识几个，还都没写完，你看这纸白得发亮，多厚的纸呀！"说着她捡回来了好几本。我对母亲说："你也认识几个字，要不留两本好的给你写。"我从中挑了两本第一册的生字抄写本。

母亲为了不浪费这些没有写完的本子，我为了让母亲有点事情做不至于记忆力减退得太快，于是每天教母亲写字。当了那么多年的小学语文老师，教写字当然不在话下。我从最简单的"一、二、三、上"四个字教起。母亲像个孩子，态度极其认真："握笔的手都发抖了还写什么字啊？你们年轻人写好就是了。"母亲很不自信："我只读过两年书，这么多年了，全都还给老师了，还好自己的名字能写，简单的加减法能算。"母亲絮絮叨叨地说着。我像教小学一年级学生一样教母亲认识田字格，观察字在田字格中的站位，先从本子的描红部分写起……写完几行我会用红笔给她批改，把写得端正的字打上五角星，最后写上"优秀"并署上日期。母亲看到本子上的批语露出了笑容，在银光发亮的白头发下，皱纹像沟壑一样纵横交错，深深嵌在母亲的额头上，一双眼睛略显疲惫，嘴角的肌肉上扬，嘴里露出已经脱落了牙齿的牙龈，深深的皱纹在眼角凝聚在一起。七十多年的风雨人生和养儿育女的无比艰辛，都由岁月这把刀刻在了母亲饱经沧桑的脸上。一天天练着，母亲居然没有厌烦，把儿子留下来的生字抄写本写了大半本，握笔的手也越来越稳，字也有进步。每天没事就练字，成了母亲那段时间的习惯，我下班回来就给她批改，每天表扬她。

有一天，我因单位有事加班。回来时我检查了儿子的作业，同时也看了母亲写的生字本，只见上面打了好几个叉，还圈出了好几个字，边上写着"应该上大下小"等旁批……我一下子明白了，这是儿子按照他们老师的要求给他奶奶批的。

后来，母亲再也没有写字，知道我每天给她打五角星是哄她高兴的，再加上身体也大不如前，我也就不再强求，只是说："你没事的时候就写写……"母亲心里明镜似的，她说知道自己不是拿笔杆子的料。母亲识字不多，但崇尚文化，敬畏知识，在最艰苦的岁月里坚持送六个子女读书，成了村里一段佳话。

2021年11月27日写于雅江

母亲在钱塘的十年

2004年8月17日，我背着行囊登上了去杭州的汽车。现在算来，已经有近20年了。这些年，像我这样的新杭州人数以百万计，他们从五湖四海奔赴而来，扎根杭州，为自己的梦想而努力奋斗。我母亲像众多新杭州人的母亲一样，幸福又无奈、骄傲又焦虑地跟随孩子迁徙杭州，在下沙生活了十年。

随着城市的发展，人口不断迁徙，我也随着成长。这些年，我从一个人的精彩，到两个人的美好，再到一个家庭的温馨。精致、和谐、大气、开放的杭州给了我舞台，给了我实现梦想的力量。初为人父，一切都那么新鲜，心中满怀期待又充满紧张。我们对新生命的敬重都落实在平时凌乱的生活中。爱人怀孕前后我们总是按照各类"孕妈宝典"进行营养配比，补充叶酸、多摄入蛋白、多吃水果……正所谓"第一个孩子照书养"。

儿子出生后，家里更忙乱了，幸好有母亲大人前来助阵。2010年儿子出生前夕，我接母亲到杭州来照顾爱人的生活起居，等待小生命的诞生。

母亲刚来杭州时，看到小区里的房子长得都一个模样，总是担心走错门，总是担心忘带房卡进不了单元门，总是担心忘记带钥匙进不了家门……一系列的担心陪伴着母亲一天又一天。母亲读过两年书，只认得简单的字，诸如小区名字、单元门、常见生活用品上的字，还会简单的加减运算。一个来自小县城的老太太，应对杭州大城市的生活，挑战实在不小。"志平啊，我要是坐错车了怎么办?"一天晚上母亲问我。"只要你带了手机,打电话给我就行,就不用慌。"我告诉母亲。"要是我坐错了车,又没有带手机怎么办?"母亲问。"你放心,这里的人都很好,你可以向他们借手机打个电话,不过你要记得我的手机号码。"我回答。母亲很认真地说:"这个记得,661啊!"我和爱人相视而笑。"那是亲情号码,别人的手机是打不来的,你要记住137这个号码。"爱人补充道。"这么多个数字啊,现在是记住了,要是一紧张我怕忘记了。"我去书房将我的手机号码写在一张纸条上,"妈,你放在口袋里,有空就记一下。"母亲郑重其事地拿过纸条叠好,放在上衣口袋里。

三天后母亲很认真地告诉我:"我已经把你的手机号码记下了,一定不会忘记了。"我和母亲都很高兴,我不断鼓励母亲融入杭州这座城市。

儿子出生后,母亲负责烧饭,我负责送饭。有一次母亲说,一日三餐,她也送一餐。5月正是梅雨季,连续下了几天不大不小的雨,整座城市却笼罩在雨雾中,烟雨江南也更显风韵了。这一天,中午这一餐由母亲来送。10点多母亲就开始准备,按照产妇的饮食要求做了饭,烧了菜,炖了汤,用保温餐盒装好,乘坐公交车很顺利地送到了医院,我和爱人都夸母亲能干。母亲花白的头发下绽开了笑容,神情很自豪:"送这点饭算什么呀!以前给你爸送饭要走两三千米山路哩,有时一天翻山越岭送饭、挑稻谷要好几个来回呢……"母亲想起了自己的往事,特别自豪。我们听了却很心酸,母亲那一代人太苦了。母亲从来不服输,年轻的时候一直务农,与天斗,与地斗,其乐无穷。田地间艰辛的劳作让她看上去更加显老, 还不到七十岁,脸上的皱纹已经很深,不比城里的老太太养尊处优,年龄好像在脸上冻住了。

爱人吃完饭,母亲急忙收拾好餐具准备回去,说要提前准备晚上炖的鲫鱼汤,还问了我下午点心吃什么,问过后就匆匆往外走。"下雨天小心点,上公交车的时候不要急,杭州的公交车司机很好,都会等你的……"还没等我说完,母亲已经拿着雨伞走到了门口。

孩子睡得正香,爱人也需要午休一下,我走到医院走廊上。东边的窗外连绵不断的雨帘从远到近细细密密地交织着,不远处的高楼隐身于雨雾中若隐若现。

江南多雨，梅雨季节尤胜，家住钱塘江边体会更深，我沉浸在江南的烟雨中。电话铃声打破了午后的静谧，我连忙接电话："志平啊，我找不到了。"电话那头传来了母亲沮丧的声音。"妈，还没有到家？不要急，你告诉我现在在哪里？""我进了小区，每一幢房子都差不多，我走了两圈，就是找不到七幢在哪里？"母亲的声音几乎要哭出来。"妈，你别急，到小区我就放心了，你告诉我现在在几幢？""现在是十八幢。""你站着别动，我叫小区保安来带你。"挂了电话，我马上联系物业叫保安送老太太回家。

我似乎看到老太太一只手提着一个鼓鼓囊囊的环保袋，里面是刚刚送餐用的餐具，另一只手撑着雨伞站立在风雨中，焦急地等待有人领她回家……我猜想母亲从来没有这样无助与焦急过，快七十岁了还要跟孩子到城市来受这样的罪。家，对母亲来说是多么熟悉的地方，此刻却找不着了。年轻的时候，家是她和我父亲亲手建起来的，一砖一瓦，每一堵墙、每一块砌墙的石头都渗透着他们的汗水，每堵墙壁上的木板都能说出是用什么木头做的，是哪一个木匠做的。此刻母亲就像漂泊在汪洋大海中的一叶小舟，虽然我非常清楚——她只是走过了两排房子，我们家就在她站立的地方一百米外。医院的窗外，雨轻轻拍打玻璃的声音那么清晰，雨下大了。我不担心母亲找不到家，更担心的是这件事情对一个刚刚充满信心到城市生活的老人会有多大打击，母亲是一个永不服输的人，这当头一棒来得太快，也太重了。

我马上赶回家。"儿啊，我怎么那么没用了啊？连自己的家都找不着了。"母亲见到我就落泪了。我连忙安慰母亲："今天下着雨，视野不开阔，找不到也正常，现在不是好好地在家里了吗？以后三餐都我自己来拿，你准备好了就给我打电话。"母亲的挫败感写在脸上，从不服输的她，第一次向现实低头。

母亲很努力地适应在杭州的新生活。在小区公园里，她大胆地用很不标准的普通话和其他老太太交流，两个人连说带比画的，才大体能知道对方要表达的意思。我问："妈，你这普通话，朵朵奶奶能听懂吗？"母亲看了我一眼："怎么听不懂？大家都是来带孙子孙女的，要不就是带外孙外孙女，大概都是讲在这里很不适应，还是回农村好之类的话……"后来的两年，母亲能非常准确地和我讲哪一幢邻居的孩子是奶奶带的，哪一幢邻居的孩子是外婆带的。我很敬服母亲的交往能力。

过了三年，儿子从襁褓中的婴儿长大成为可以上幼儿园的儿童，母亲和其他的奶奶一样，成了接送大军中的一员。刚开始那段时间，每天早上，送完孩子的奶奶们总是要在幼儿园的围墙外看孩子们在幼儿园里玩些什么游戏，直到上午的课间活动结束。每到傍晚，母亲总是排在接送大军第一方阵。奶奶们都迫不及待地向幼儿园里张望，像抢孩子们似的，紧紧牵着宝贝的手，生怕宝贝被别人接走了。

2012年，外甥参加关于地铁的绘画比赛，主办方奖励了两张电影票。我说："大威，你带外婆去看一场电影，老人家没有进过电影院。"外甥愉快地答应了。周六下午我们一起去商场，我负责带孩子，爱人买东西，看着母亲和外甥进入电影院，我很欣慰。我想，要让母亲实现自己的心愿，尝试城市里的新生活，母亲说她最大的心愿是去北京，要坐飞机去。

不到二十分钟，母亲就出了电影院。"电影一点也不好看，都是外国人，打仗的，有什么好看的！"母亲不满地说。后来我问外甥看的是什么电影，大威不好意思地说："《敢死队》，挺好看的。"我和爱人哭笑不得："你觉得好看，但外婆连普通话交流都费力，你居然带她看全英文的电影，你还真行！"从此母亲再也不愿进电影院，直到侄女大学毕业参加工作后，请奶奶去看《厉害了，我的国》——那是时隔六年以后的事了。

2012年11月24日，杭州地铁1号线通车到下沙文泽路，生活在下沙的人们都非常高兴。2013年春天，我们一家人坐地铁去西湖边玩。母亲既好奇又害怕，从进站到出站一路上不断地问："这火车都从地下开，那地面会不会陷下去，你下次还是坐地面的车吧！"我告诉母亲，地铁既快又安全，重点是没有红绿灯，不会堵车，时间很准，杭州今后会建几十条地铁线。母亲第一次体验地铁，一直在说："如果没有你们带，我是真不敢坐啊！现在没有文化的人在城市里就像个盲人，还好从小都送了你们去读书，没有一个落下的。"很感谢母亲在温饱尚不能保证的年代里送我们兄弟姐妹读书。

2014年暑假，我安排母亲去北京，坐了飞机，到了天安门，登了八达岭长城，去了清华大学。当然，我们走过清华园荷塘边时，母亲并不能理解朱自清先生笔下荷塘月色的美，但是她对自己到过中国最好的大学感到心满意足，和别人聊天时常提起坐飞机去北京，到过天安门，还在清华大学拍了照……

2016年，大儿子上小学；2017年，二宝出生，母亲又开始忙碌起来。母亲为我带孩子，大宝上学后接着带二宝。她六十八岁到杭州，如今七十九岁。在杭州生活了十年，母亲苍老了许多。

母亲就像永动机一样，一刻不停地转啊转。因为二宝的到来，我们换了更宽敞的房子，楼层也更高了。这可给老人家出了难题。

有一次，楼下的邻居把母亲送回了家："我家住在二十一楼，到二十一楼的时候老太太也跟着出了电梯，后来问了才知道老奶奶家住三十一楼。"我连忙向邻居道谢。母亲再一次有了挫败感："我觉得电梯停了很多次了，我看他们都下了，电梯里只剩我一个人，我以为到了。"我说："妈，要看上面显示到了几楼，不是大家都走了你就能出电梯的。"母亲感到很委屈："我还是回老家去吧，等二宝读幼儿园了我就回老家去，在城市里真的太难了。"我听了一阵心酸，是啊！城市生活对老人家真的太难了。我不断鼓励母亲，一次一次教她坐电梯，一段时间后母亲才熟悉了新的小区环境。

母亲从2010年来杭州，到今年已有足足十年了。这十年的艰辛不比她之前吃过的苦少，虽然年轻的时候要下地、要种田，但是母亲说流了一身汗，晚上睡一觉，第二天又有了精神。因为家里有这么多张口等着吃饭，这是她生活的动力。她勤劳、善良、坚毅、热爱生活，从来没有向生活屈服，也从来没有向困难低头。来杭州的这十年，她受了很多委屈，有很多挫败感，但变得更加包容了。她很喜欢杭州，特别喜欢我带着她走在钱塘江边，吹吹江风，看看潮水，她对儿子能在杭州扎根心满意足。母亲总是说：你们这一代人是命中注定要到大城市来生活的，我能跟着你在杭州享福这么多年，是前世修来的福啊！

母亲感到身体不适，是2021年8月——这时候我已经援川一个多月了。三姐带母亲去医院检查，说化验结果不是很好。我次日便订了机票飞回杭州。等母亲做完手术，我和三姐陪在她身边。母亲异常憔悴，心情也很不好。见到我，母亲非常遗憾地说："儿啊，我还是回老家吧！人老了不中用了，不能连累你们。你们工作那么忙，你还从四川赶回来……"说着，她的眼眶里充满了泪水："你们都成家立业了，我也放心了，要是哪天阎王爷在我的名字后面打个钩，我去那边报到就好了。"我和三姐无言以对，只能抽纸拭泪。

出院后，母亲极力要求回老家。

8月12日，大哥开车来接，我送母亲回老家。

8月13日，我离开母亲返川。

再过一个多月就过年了，我又可以见到我亲爱的母亲了。

过完年，母亲八十岁，她在杭州钱塘生活了十年。她和其他新杭州人的母亲一样，热爱这座城市。

2021年12月10日写于雅江

陪母亲走到生命尽头

也许是前世修来的福分。往年我都很忙，没有太多的时间陪伴母亲左右。今年去援川有较长的假期，从四川回来后，我在杭州稍作停留就回了老家，在母亲床前尽孝。

母亲的身体一日不如一日。刚开始，我还能扶着她到二楼看电视、晒太阳，后面她愈加虚弱，连二楼也走不上去了。我们兄弟姐妹轮流二十四小时陪在母亲身边，为母亲端茶、送水、喂药，照料母亲的衣食起居。我们和母亲说说话，聊一聊过去的事情，母亲累了就睡一会儿，醒了再继续聊。母亲睡着的时候，我就打开台灯在母亲床前的小书桌上看书。母亲一直鼓励我什么时刻都不能忘记学习，陪伴母亲的这段时间，我陆续看完了《习近平在浙江》《蒋勋散文》《数字化学习原理与教学应用》和从网络上购买的视频教程《杨宁老师的文学启示课》。母亲嘱咐我的，我都依着做，生怕错过了什么，我所理解的孝顺，首先应该是顺。

母亲絮絮叨叨地说了很多，回忆父亲去世后这二十多年来的艰辛，回顾家族的发展和孩子们的成长历程。总体说来母亲主要表达了三点意思：一是每个人都要成家，家和万事兴，家庭和睦最重要，只有家庭和睦了，赚来的钱才有意义；二是每个家都要有两个孩子，兄弟姐妹之间要有个照应（还嘱咐我说三姐家只有一个孩子，你们要多帮衬着点，我宽慰母亲，下一辈的孩子们都很团结，兄弟姐妹的孩子之间也都很亲，请母亲放心）；三是要送孩子们读书，要鼓励孩子们出去闯，世界是闯出来的，说我和大哥都是自己闯出了一条路来。母亲虽然只读过两年书，识字不多，但是总结出来的三条都是人生哲理，我感叹母亲的人生智慧。

母亲很爱干净，每天起来都要我们给她洗脸。有一天，我们把母亲扶起来坐在躺椅上，大哥坐在床边，我去卫生间接热水拧毛巾。母亲对大哥说："你去接点水来，我要洗脸。"大哥说："弟弟去接了，你等一下。"见我还没有来，母亲又催了一次，有点不耐烦了："和你说就像和狗说一样！"大哥哭笑不得。站在边上的嫂子说："对，他就是属狗的！"这才化解了尴尬的局面。我拿着热毛巾进来给母亲洗了脸，擦了面油，梳了头发，戴上帽子，母亲显得精神了一些。

母亲虽然没有多少文化，但是明事理。母亲卧床期间，家里的亲戚朋友频频来探望，母亲刚开始不太认识人，有人来了就问这是谁，然后总是很有礼节地表示感谢，并交代我们要记得回礼，不能白拿了别人的东西。母亲说："我不太会说话。如果是在单位上班的，我就说工作顺利，步步高升；如果是做生意的，我就说事事顺利，财源广进。"我说，你总结得很好，就这样说。所以，每一次有人带礼物、给红包，我都要和母亲解释一番：这个是我的朋友，那个是家里的亲戚……并告诉母亲我会一一回礼的，这样母亲才安心。

一天，堂姐家的儿子来看望母亲，我说："妈，庆海来看望你了，还带了保健品。"母亲说："这个外孙有心了，每年过年都来看我，她妈妈虽说比我小一辈，叫我婶婶，但是年龄只比我小两岁，我们算是一起长大的，小时候吃了不少苦。"接着她回忆起以前的事情："当时每人半斤粮，蒸饭的时候有人偏心，还从她的饭甑里抓去一把米，本来蒸熟了是饭，拿到手里就成了很稀的粥，每天都吃不饱，亏你爸那时候敢说话，才制止了这种行为。"我用心倾听母亲的讲述。"你爸做事正直，敢仗义执言，他去世二十多年了，还有人记得他。所以，你们以后做事也要正直，特别是你，吃公家饭，要对得起百姓。"

过年前我和母亲说："你过了年就八十岁了。八十岁老奶奶底下有二十五个晚辈，过年的时候都要给红包哦！"母亲很高兴，叫我取好现金，包好红包，过年的时候母亲给晚辈们一一送祝福、发红包。母亲一生俭朴，吃穿都很节省，但对于读书这件事情却是非常大方的。母亲教导我们，该省的地方一分也不多用，该用的地方再多也不能省。

我上学的时候家里很困难，每次交学费都是令父母头疼的事。记得我和两个姐姐读中学的时候，母亲都计划好养两头猪，8月杀一头猪，卖钱给我们交学费。为了多卖几块钱，好几年都不是杀猪卖肉，而是整头猪卖，称了重直接拉走，自己一块肉也没留下。农家杀猪是那个年代最期盼的事情，孩子们更是馋，不懂事的我们问母亲："不是说今天杀猪吗，怎么没有肉吃？"母亲显得有些无奈。其实一头猪也卖不了几个钱，没肉吃可以，但是没有油可不行，所以必须得把猪板油买回来，这是家里半年烧菜的油。有一年，一头猪卖了七百多元，板油买回来要一百八十多元，养了一年半的猪最终就只剩下五百多块钱了。如果自己杀了猪卖肉，头头尾尾总能留一些，孩子们可以沾点荤腥。但是8月天气热，要是一天不能把肉都卖光，剩下来就卖不出去了，更不见钱了。那年，大哥挑着肉走了几十里山路去隔壁三个村卖肉，到天黑才回来，最后还是没有把肉全部卖完。这样一来，我们三兄妹学费的钱就不够了。我们哪里知道这些。后来每逢卖猪，母亲就和杀猪的说："整头猪一起卖，我再向你买五斤猪肉回来给孩子们解馋。"我们那时候不知道大人的艰辛，现在想来，母亲的伟大之处就在于隐忍而坚韧，她把所有的重担都压在自己的身上，不让孩子们受苦。

记得那年，我和三姐都在荷地中学读初中，我读初一，三姐读初三，我的学费是一百三十多元，姐姐的大概还要多一点，家里的猪还没有卖，实在凑不齐两个孩子的学费。母亲说已经和杀猪的熟人说好了，但是最近要卖的猪实在是太多了，好像一时还排不到我们。猪没有卖，就拿不到钱，哪怕是预支也不行，无奈之下母亲和我与三姐讲："你们俩明天就要报名了，能不能和老师说一下先欠一个人的学费，一个月内保证还回去。"三姐说："我的能先凑齐吗？我初三了，要不弟弟的先欠一下。"我急了："刚开学就欠学费，我不敢和老师说。"三姐说："我去和你们老师说。"母亲急忙说："对对对，你读初三了，胆子大一点，你去说。"还好，我们班主任朱老师很好，给我欠了一个月的学费。周末回来，母亲问我们学费的事情，三姐说老师已经答应我们欠一个月。母亲自言自语："以后一定早点把猪卖掉，不再让你们为难，可是早一个月，猪就少长十几斤肉，少好多钱呢！"接着她深深地叹了一口气。一声叹息中，我听出了母亲的无奈。

一个家，六个孩子，靠父亲种田吃饱饭。油盐酱醋、置办穿戴、送孩子们读书……家里一切用度都得母亲精打细算着张罗，没有衣不蔽体、食不果腹，还要送孩子们去读书，已是万般艰难。何其幸运，我有一位这样的母亲！

陪在母亲身边三十九天，2022年2月18日早上，母亲安详离去，享年八十岁，从此我没有了妈妈。

2022年2月23日写于丽水庆元

骑行在钱塘江堤的花海里

受疫情的影响，这个"五一劳动节"假期，大家都不曾远行。于是家附近的公园绿地、江堤步道都成了大家的好去处。家住钱塘江边的我，最享受一家人骑行在钱塘江堤花海里的幸福。

已是暮春时节，满目都是绿：嫩绿发亮的银杏叶在风中沙沙吟唱；江堤上，樱花已化作春泥，枝头嫩红的叶子也渐渐转绿；斜坡的草坪绿得那么新鲜，散发着青草的味道……从家里出来，沿十四号大街上江堤，目之所及，到处都是绿的。

岁月沧桑，钱塘江北岸，曾经多少人用汗水、泪水甚至生命，围垦筑堤几十里。经过一代又一代人的努力，原来的滩涂化为脚下这片美丽的热土，原先旨在防洪的江堤变身为一条风景带。林间阡陌交通，设计师巧妙地将人的行动轨迹与江堤的花草树木和谐相融，处处体现杭州"大气、包容、精致、和谐"的城市精神。

钱塘江堤的美，无法言说，只可体验。春天，樱花延绵数千米；秋天，金黄的银杏林成为车窗外流动的风景，美不胜收。以前我以四十迈的车速，打开车窗，放点音乐，匀速地从之江东路通过。自从成了家，有了孩子，我更喜欢陪孩子到江堤上去骑行。

马上就到立夏节气，江堤上的花开得正旺。一家人骑单车去江堤兜风：小儿子骑他的平衡车，大儿子骑自己的自行车，我骑杭州特有的小红车，爱人骑共享单车。上了江堤，一路向东，到江东大桥来回刚好十千米。"爸爸，这个江堤设计得真好，一年四季中三季有花。"大儿子与我并排骑行，小伙子快有妈妈那么高了。"是啊，你小时候，我们推婴儿车带你到江堤上玩，现在你骑得比妈妈还快了。"风呼呼地从我们耳边吹过，初夏的风，带着一丝丝花草的味道，让人感到舒服。骑了一段，看到江堤上的黄色小花开得正旺，大儿子建议停下来赏花，同时等弟弟。通过手机小程序，我们知道这些只有四个花瓣的小花叫金鸡菊，花瓣黄得那么纯正，没有一丝其他颜色。几只小蜜蜂正嗡嗡地在花丛中飞舞，从一朵花飞到另一朵花，几只不知名的小虫先是悠闲地爬着，感受到蜜蜂翅膀扇动的力量后，立马躲到花蕚下面去了。儿子站在花海的小径中，与身边的自行车构成了一幅美丽的画面，那么清纯、稚气未脱的脸和怒放的花朵都在述说着成长的故事。

小儿子今年五岁，他那辆红色的平衡车是要用脚往地面上蹬才能让车子前进的，看上去有点吃力，骑行一千米多便满头大汗了，于是我们停车，喝水，走进花海休整一番。一家人的四辆单车停在江边，颜色各异，从小到大排列，述说着骑行的故事。因为援川的缘故，这一年半我很少有机会陪孩子骑行，好好享受这亲子时光，这一刻我感到无比幸福。

彩色的骑行道一直向东延伸，运动健康、青春向上的动感扑面而来。考虑到小儿子的体力，我们商量我和大儿子一直往东骑到江东大桥再折回来，小儿子和爱人边逛花海，边等我们。

六号大街东面，江堤边的杨树像一堵高大的绿墙，将城市的喧嚣与江堤花海的静谧隔开来。树下草坪中，衣着时髦的大学生正享受着从白杨树叶间洒下的午后阳光，草坪上的各色垫子颜色淡雅，上面摆着几本书、一堆零食和一排饮料，边上停着几辆自行车。我想，他们也是骑行来的吧，这里离大学城只有几千米路，骑行是最好的选择。

"爸爸，我看到大学生姐姐都在用微单拍照呢。"儿子抬起下巴，努嘴示意我注意这些大学生挂在胸前的相机。"是啊，这个拍出来的照片比手机拍的像素高，更清晰，画面感更好，又比单反相机轻便，现在年轻人最流行玩微单了。"我解释。大学生们在树下、在花海间自信地摆拍各种造型，欢天喜地地释放着青春的活力。树下是成片的白晶菊花海，白色的花瓣、黄色的花蕊顶着阳光在微风中摇曳，开得生机勃勃。这也许是近年来最流行的花了，我想。很多次在年轻女孩的T恤上、鞋子上，甚至是手提袋上，看到缺一片花瓣的小雏菊图案，和眼前的花十分相似。江堤斜坡上，一片白晶菊、一片黄金菊与花间拍照的大学生构成了青春的图景。他们拍一会儿，又头碰头地聚在一起，将目光都锁定到相机小小的屏幕上，一起看照片，有时候指手画脚地议论着，有时候捂脸仰天大笑……我想，是相机里拍出了搞笑的镜头、搞怪的表情吗，让他们如此忘我？

江堤上的路边歌手，据说在网上流量很高。歌手唱得是那么投入，很远就能听到抒情的歌声随风飘来。今天我们看到穿着一袭黑衣的一位男歌手，戴着黑色鸭舌帽，手机、话筒、音响都是黑色的，边上还停着一辆黑色的电瓶车，看样子他也是骑行来的。在连片的粉色山桃草前，这黑色格外显眼。他身后的山桃草一棵一棵直立着，密密匝匝地长成一片。花朵从下往上有序开放，已经开放的花朵小小的、粉嫩粉嫩的，下面是绿色的叶子，上面没有开放的花苞串是鲜艳的紫红色。远远望去，像古代闺阁中铺开的粉色被面上绣着紫红色的一缕缕丝线。歌声吸引了很多人驻足。有的停下骑行的车子，倚在江堤护栏上，边吹江风边享受流行音乐的旋律；有的骑在自行车上，一只脚点地，另一只脚在脚踏板上随音乐打着节拍；有的掏出手机拍照、录视频……围观的人多了，歌手也更加投入，时而引吭高歌，时而闭着眼轻轻摇头哼唱，当看到有手机镜头在拍摄，他总是非常配合地给出一个标准的笑容。

看着他黑色的电瓶车，我心中感慨万千。在他这个年纪，我也喜欢音乐、喜欢骑行，也曾经有过一辆黑色的摩托车。

二十多年前，刚毕业的我被分配到浙西南庆元县的乡村学校教书，工作第三年，我花了一整年的工资，买下了人生的第一辆车——洪都摩托。那是一段刻骨铭心的青春记忆，初夏的黄昏，骑行在乡间公路上的感觉，我至今清晰记得。彼时，骑行不为别的，只为走出大山，追逐梦想。很幸运，杭州钱塘包容了我的梦想，成就了我的梦想。到杭州多年后，我写了一篇《车·梦想》的散文，描述骑行给我的与众不同的感觉，后来发表在《联谊报》上。

现在的年轻人是否还喜欢骑行？翻看微信朋友圈，发现我曾经的学生小韩也喜欢骑行。她说工作第二年就花五万"大洋"买了一辆川崎，现在每天骑行通勤。浪漫的是，她出门时经常会带上报纸，在可以采野花的地方包一束，带回办公室，她说：年轻人就应该把生活过成诗。

水杉树新长出来的叶子绿得透明，树下的鸢尾花像一只只紫色的蝴蝶停在上面，一阵风吹来，我总觉得这些蝴蝶会随风起舞，树荫下是专业骑手在休息。看他们的着装和身边停着的自行车，就知道他们是专业骑手，江堤成了他们最好的赛道。骑手的墨镜里映出一幅幅美丽的风景。

江堤上，我遇见了各色骑行的人，有骑着平衡车和还没有卸下助力轮子的儿童自行车的小朋友，有骑着高大上的自行车的专业骑手，有呼朋唤友一起骑共享单车来江边玩的年轻人，有像我们这样一起来江边骑行的家庭，还有骑着电瓶车的路边歌手……

2020年初，家庭制定五年发展规划，儿子提出满十二周岁后，要我陪他完成两次骑行，一是绕西湖骑行一圈，二是从下沙出发，沿着江堤骑行到钱江新城，期待通过骑行感受杭州深厚的文化底蕴和城市巨大的发展变化。

骑行在钱塘江堤花海里悠然自得，川藏线上的骑行却充满挑战。援川这些日子，我在318国道上看到过无数骑行进藏的人，有骑摩托车的，也有骑自行车的，他们都朝着心中神圣的目的地前进，享受骑行的整个过程。有一次，援友赵老师在雅江境内的国道边看到一位年轻爸爸，他的自行车后面还拖着一个小小的两轮拖斗车，仔细一看小车里还躺着一个三五岁的孩子。可惜，赵老师想走过去攀谈几句的时候，他骑走了，这位年轻爸爸为什么带着孩子骑行，我们不得而知。每个骑行进藏的人都是有故事的人，也许，正应了那句话：此生必驾318，骑行进藏更疯狂。

每个人对骑行都有不同的理解和体会，有人是为了赶路，有人是为了欣赏路边的风景，有人是享受骑行本身。暮春之季，骑行在钱塘江堤的花海里，享受这座城市带给我们的青春力量和温馨快乐。

2022年5月7日写于杭州

一起上大学

9月1日，又到开学季，微信上各种新生入校仪式、开学典礼、开笔礼，精彩纷呈地上演着。生活在杭州市钱塘区的章依乐今年上大学了，在她的资助下，四川省甘孜州雅江县的青章志玛过几天也将去四川民族学院报到。

一

8月的雅江，松茸飘香。蓝天白云之下，牦牛安静地吃草，高原上的蓝天总是那么清澈透明。今年雨水少，天蓝得更加深邃。不过，因为雨水少，松茸产量降低，找到松茸就更加困难了。

青章志玛收到四川民族学院的录取通知书，全家人都很高兴。每天看着蓝天白云，她有点担心父母在山上寻找松茸空手而归，心中默默祈祷：最好下一场雨，这样爸爸妈妈在山上的收获才会大些。她说："一年四季，父母从3月底到9月中旬都在山上，先挖虫草，后捡松茸，同时还要看牛。他们春耕季节要种地，秋收季节要割青稞，只能山上家里两边跑，忙得不可开交。10月份后，山上开始下雪，父母只能在家里。"

有一天，青章志玛在微信里问我：老师您帮我打听一下助学贷款怎么申请好吗？我想申请大学四年的学费贷款，减轻父母的压力，爸爸妈妈太辛苦了，太累了。如果可以，我明天就去办。

第二天，她告诉我，她一直往农信社里跑，办助学贷款需要户口本复印件，可是她的户口本在乡下。家里人都在山上，那里没有手机信号，手机就在眼前，却联系不上家人，她有点沮丧。

也是在8月，章依乐收到了社区的奖学金三千元。钱塘区因围垦而来，经过几代人的奋斗，盐碱滩涂上的人们逐渐富裕起来，社会快速发展变化，崇尚教育的民风没有变。

二

青章志玛认识我，是在去年12月。去年6月底我入川挂职，半年时间我跑遍了雅江县每一所学校，当然也到过雅江中学几次。一次是杭州企业要捐助雅江中学建立"云集梦想图书室"，一次是高中网络班教学调研，还有一次是12月23日，雅江县教育与体育局领导带队调研。我们先去了菜场看学校肉菜、粮油、调料的配送，再走进初中校园和老师们座谈，最后走进雅江中学高三（1）班的教室。

12月下旬，高原上天寒地冻，去雅江中学的路边，水沟里挂满了两尺多长的冰凌，晶莹剔透，寒气逼人。陈银军局长带我们走进高三（1）班，黑板左上角写着："奔向未来，高考倒计时166天。"高考的压力和孩子们对美好未来的追求，都毫无保留地写在了孩子们的脸上，凝固在这一间方方的教室里。

高三（1）班的教室在二楼，上楼的时候，陈局长让我也讲几句，鼓励鼓励孩子们。局长向学生们介绍道："这位是从杭州来雅江对口帮扶的优秀老师……"我问："咱们班谁的字写得最好？"孩子们不约而同地推荐了一位男生，我说："我今天想和大家分享三个关键词，要麻烦你把这三个词写在黑板上。"学生按照我的要求写了"要成才，有目标，见行动"九个字。我从当天调研的感受谈起："今天上午，我们调研的第一站去了雅江县菜市场。当我走到肉类经营区的时候，看到墙角整齐地摆放着六个血淋淋的牛头，那股血腥味现在还让我感觉不适。走出菜场，进入这温暖的教室，我感觉到巨大的跨越，虽说劳动没有贵贱之分，但是你努力奋斗，就有选择职业的可能。现在是你们为自己的未来努力奋斗的最佳时间。"

我提出高中的孩子要有强烈的成才意识，不是家长、老师要你成才，而是你自己日思夜想要成才，要有想成才的强烈愿望。接着讲第二个关键词：有目标。目标是引领人走向成功的关键。如果一个读高三的孩子没有自己的奋斗目标，那是一件很可怕的事情，当然人生的目标有时候会变，但这不影响你在朝着目标前进过程中所付出的努力和所取得的进步。谈到第三个关键词的时候我说，所有的愿望和目标都是要脚踏实地去奋斗的，不能做理想的巨人、行动的矮子……孩子们听得入神。我知道孩子们的时间非常宝贵，最后在黑板上工工整整地写了"有志气"三个字，我说："在我们朝着目标前进的过程中要吃很多苦，有志气的人认为吃点苦不算啥，没有志气的人碰到一点困难就抱怨，就退缩，所以我希望你们都做有志气的中国人，迎难而上，实现梦想。"孩子们略有所思，热烈的掌声似乎告诉我，他们听懂了。

在离开高三（1）班教室的时候，一个女生拿着小本子和笔，跑到门口问我的电话号码。

三

12月30日傍晚，我的微信通讯录里有了新朋友：我是高三（1）班的学生，青章志玛。我通过了她的好友申请，这个孩子想让我推荐一些适合他们看的书，并讲了我上次走进教室给他们演讲的感受：老师，上次您给我们讲的对我启发很大，好想成为你那样的人，有知识，有涵养，有能力。我非常欣慰，并回复她：感谢你们的信任，你们现在正在经历最好的年华，要抓紧时间努力学习！青章志玛告诉我，她的家乡在西俄洛乡苦则村，家里有五口人，哥哥在读大二，父母都务农，还有一个婆婆已经六十多岁。

2022年新年到来之际，我想给青章志玛送一点小礼物，鼓励鼓励她，想了好久不知道买点什么好。办公室还有一支挺好的新钢笔，但是好像还少了点什么。我想起了《陈立群：我在苗乡当校长》这本书里写到，陈校长鼓励高中的孩子时会送一本自己写的书——《寄语青春》。可是，这是一本多年前出版的书，网上已经没有了，我尝试着去卖旧书的网店找，客服告诉我有一本八成新的旧书，比原价高出很多，我毫不犹豫地下了单。1月9日，书到了，我托同事将书和一支钢笔送给青章志玛，祝她新的一年学习进步。

后来，每次模拟考试前、高考前或者我去雅江中学调研、听课时，都会鼓励她抓住最后的时间，努力实现心中的梦想。

四

高考后，青章志玛和同学一起在酒店打工，准备用打工挣的钱买一台电脑。结果太累了，主要是老板不太厚道，于是就提早结束了。接着，她和小伙伴商量，过几天去顺丰快递打工，据说松茸季节顺丰很忙，发货量很大，最多的时候一个月可以挣到五千元。在等高考成绩出来的那几天，她一边搬货物，一边等成绩，度日如年地等着。

成绩出来后，青章志玛告诉我，算上藏文分数，应该可以被四川民族学院录取，我很替她高兴。我想请两位高三毕业的孩子到梯子巷吃牛排，主要是祝贺她们完成了高考，再者想从学生的层面了解雅江教育发展存在的真实问题。我的研究生导师告诉我，他做教育调研有时候会请校长、老师、学生吃饭，在边吃饭、边访谈的过程中了解的情况比正儿八经地调研收集到的信息更加鲜活真实。同时，我想多听听藏族孩子们的成长故事。可是青章志玛一直没有回复信息，直到很晚她才回复，说自己在二道桥顺丰快递点打工。她传了一段视频过来：快递点堆满了货物，几个员工正在努力搬货。透过屏幕，我看到了他们额头上渗出的汗水。她告诉我，今年全县松茸收成不好，快递也不是很忙，最近隔三天才去上一次夜班，其余时间都在家，在家的时候她开始看《围城》，这是她认真看的为数不多的名著。后来，她又和同学一起转到一家饭店去打工，主要是端盘子、洗碗、洗菜什么的。

五

8月19日，张育花老师通过微信联系我，说女儿考上大学，社区奖励了三千元钱，希望能表达心意，帮到这边的孩子。于是我想起了青章志玛。

8月21日，我想请青章志玛吃饭，庆祝一下她成功被四川民族学院录取，同时也想了解一下她是否需要资助。我和赵老师到驿都酒店六楼木雅藏餐厅时，她们已经点好了酥油茶、牛肉包子、馍馍和烤松茸。我们边吃边聊，问她是否需要资助。她迟疑了一下说有个更需要帮助的孩子，就在她隔壁村，名叫丁则曲珍，今年读初二，希望有好心人能帮助她。一起吃饭的两个孩子讲述了她们自己的成长经历，当我要去付钱的时候，老板说这个学生已经付钱了，287元。我扫码付钱，要求老板将钱退给学生。回来的路上我一直在想，这个孩子善良、纯朴，自己那么辛苦，心里却还想着别人，就像高原上的格桑花，在艰苦的环境中依然迎风绽放。

我将青章志玛和丁则曲珍的情况都发给张育花老师，问她有意向资助哪一位学生。张老师和女儿章依乐讨论后，决定资助青章志玛，理由是：她们两个的名字中都有一个"章"字，都是今年开始读大一。张老师表示愿意资助青章志玛大学期间的学费。

青章志玛向张育花老师讲了自己的成长经历：八岁时，我们家终于也能像村里别的人家一样修个新房了，但房子修到一层楼时，妈妈生了场大病，幸好手术及时，妈妈救过来了。当时邻村修了个小学，只有一、二年级，爸爸说必须让我和哥哥去受教育，于是送我俩去读书。三年级，爸爸决定把我送到县城里来读书。学校通知早上7点之前到校，爸爸凌晨两三点就把我叫醒，骑摩托车从乡下出发，怕我睡着了从车上掉下来，爸爸用围巾把我扎扎实实地捆到他背后，大概6点多，我和爸爸到了县城。那是我第一次进县城……

青章志玛说，大学毕业后她想回家乡当一名老师，她和哥哥约定要好好读书，赶在爸爸、妈妈、婆婆老去之前，让他们好好安享晚年。

六

周末，我替张老师走访青章志玛家，看看这个纯朴善良、积极向上的孩子是在怎样的环境当中成长起来的。从县城出发，车子在318国道上行驶了一个多小时，经过"天路十八弯"，翻越剪子湾山，从海拔四千四百多米的一个垭口拐进小路，再行驶两个多小时，就到了青章志玛父母的居住地。

这片高原山坡上有八户人家，住在用石头垒砌成的矮墙，搭上简单的几根木头，再铺塑料棚布形成的简易小屋里。这里没有手机信号，也没有电，屋顶有一盏太阳能灯，据说能亮两三个小时。小屋分里外两间，里面一间有七八平方米，烧火做饭，吃饭睡觉，一切人的活动都在其中，外间用来关小牛。我们席地而坐，喝酥油茶，吃馍馍，小牛在外面不停地用角顶拦住它的那根木头，想跨进来。

青章志玛的父亲听说杭州的好心人将资助女儿读大学，非常感激，拼命地向我竖起了大拇指。因为语言不通，我让青章志玛翻译，说明我是替张老师来看大家的。下午，我们走访了丁则曲珍家和斯朗志玛家。回来后，我落实了这两个孩子的资助。

今年9月，青章志玛和章依乐都跨进了自己心仪的大学。

2022年9月3日写于雅江

我们的伙食团

　　每当我脱去外套，系上围裙，双手伸进那淡绿色的橡胶手套里，就会无比想念家里那台西门子洗碗机——我在伙食团里专业洗碗一年半。我们在雅江的援川工作队是没有伙食团的，后来，我、赵兴祥老师与邱添、周佳宾两位医生搭伙度日，于是有了个非官方的紧密型伙食团。

　　刚来援川的时候，我对"伙食团"这个名称不理解，在杭州的时候根本没听过这个词。上班第一天，同事告诉我："吴老师，我们单位没有伙食团，中午是自己回家烧饭吃的。"见我不是很明白，他补充道："伙食团，在你们杭州应该叫食堂。你们单位有食堂吗？"我连忙说："杭州的单位是有食堂的，供应一日三餐，菜品营养丰富，种类繁多，我们只有晚上下班才回家吃饭，有时候要加班就可以一日三餐都在单位食堂吃。"这个时候，我特别怀念钱塘区迎康路28号——教育局一楼的那间餐厅。"你们工作队有伙食团吗？没有的话，今天先去我家吃吧！"同事说。我对大家中午要回家吃饭有点不理解，后来想想便释然了。这里的县城小，回去也没有几步路，若是在杭州，开车回家烧饭、吃饭再回来上班，估计天都黑了。"小县城有小县城的好，交通成本和时间成本节约了不少。"我说。他问我："吴老师，你在家里会烧饭吗？"我有点没有底气地回答："我在家里一般也不太烧。"我特意用了"一般"二字。此刻想起来，在浙江的平常日子是多么幸福！小时候有妈妈和姐姐烧饭，成家后有爱人操持家务，我也就理所当然地饭来张口、衣来伸手了。很多东西，人们都是失去了才感到珍贵。也许，当我们结束援川工作回到杭州的时候，也同样会觉得在雅江的这些日子是幸福而珍贵的。

我们刚来雅江的时候没有伙食团，都是东吃一餐、西吃一顿，面条一顿、水饺一餐，一路沿街吃过去。这样的状态持续了一段时间，雅江的面馆和小饭店我们都吃遍了：雅江松茸面、重庆小面、宜宾燃面、奶汤面、手搓面；大同小吃、遂州小吃；雅静饭店、雅女饭店、雅兴饭店……有好多家面馆未等我们援川结束，便已倒闭关门了。像吃百家饭一样沿街吃，虽然方便，但长此以往也不是个事。一来口味偏麻辣很不适应，二来口味重，偏油偏咸，长期吃受不了。

于是，赵老师开始尝试在我们的出租屋里烧。我们租住在401室，厨房设备落后，根本不具备烧菜条件。厨房里有一个很旧的油烟机，一张学生课桌上放了一个单炉的煤气灶，边上沿墙放着两张课桌，上面放着电饭锅和碗筷，洗碗洗菜的水槽是可移动的，用铁架子搭起来的，又老又旧，我一直认为这个地方不适合烧饭。烧过几次后，赵老师也放弃了。后来，我们的厨房便沦落到只有早上煮个粥和在煮蛋器里煮两只鸡蛋的地步。

有一次，邱添叫我们过去吃晚饭。我和赵老师看了他们的厨房，虽然不大，但是起码有一个大理石台面，看上去像个厨房的样子。我们商量着，两个人吃饭，也不好烧菜，还不如我们四个人搭伙过日子。一拍即合，这个民间伙食团就算是组建成了，主战场就设在邱添和周佳宾租住的601室。

2021年9月，赵老师到呷拉镇初级中学支教，伙食团只剩下我们三个人。早餐我自己这边煮粥吃，晚餐和邱添、周佳宾一起吃，中午因为时间短，大家都不愿意烧，我中午吃饭便成了大问题。有一段时间我通过杭州在雅江挂职的县府办副主任郁泽升搭伙县府办伙食团。县府办的人都到一家叫"老鸭汤家常菜"的小饭店去吃午餐，每人每餐付八元钱，我因为不是县政府的工作人员，每餐付二十元。

起初，我和郝赫老师一起去吃。一开始是吃桌餐，等人到齐了一起吃，郝赫觉得等人挺麻烦，和他放学的时间凑不上，去了几次后也就不去了。后来大家都觉得等人太麻烦了，就改为了盘餐——每人拿着一个不锈钢的餐盘，像学生打饭一样用心体会打菜阿姨手抖的技巧。有时候三个菜都是辣的，吃得我满头大汗，胃里像火烧了一样。我最希望老板烧西红柿炒蛋，但是经常等不到，很多时候是回锅肉等以麻辣为主的川菜，菜上面一层火红的油让我望而却步。

2021年10月，浙江省农业银行台州支行派龚盛挂职雅江县农行副行长，我们又多了一个伙伴。有一天中午，郁主任带我到雅江农行去蹭饭，感觉挺好。后来和龚盛副行长熟了，便想去他那里搭伙。经拉姆行长同意，我以龚行长家属的身份去农行吃午饭，一餐八元钱，账就记在龚副行长名下，我再付给他，这样我的午餐问题就解决了。

农行的厨师叫格玛，是一位藏族大姐，雅江本地人。一看这个厨师就是很利索、很清爽的人。她把灶台、桌子擦得一尘不染，把不大的餐厅收拾得井井有条。大姐烧的菜很好吃，三菜一汤，必定有一个菜是不辣的，汤也是不辣的，这很合我的胃口，农行的伙伴对我也很友好，让我的幸福感增加了不少。格玛大姐经常烧排骨炖土豆、青菜豆腐汤。她烧太安鱼的时候，走在门外便能闻到香味。吃饭的时候，农行的伙伴总爱和我交流教育问题，因为我能讲出点道道来，所以也很受欢迎。另外，餐厅的墙上挂着一台电视机，我们吃饭的时间节点好像都在放课战片，我也很喜欢。后来，龚副行长调离雅江到康定去工作了，拉姆行长让我和往常一样去吃午饭，我总觉得不好意思，农行搭伙的这段幸福时光也就结束了。我从心底里感谢拉姆行长、龚副行长、格玛大姐和农行的伙伴们。

我们自己的伙食团日常有四个人——两位专业厨师，两位专业洗碗工。赵兴祥、邱添负责烧菜，我和周佳宾专业洗碗。每天晚饭最后一个环节都要做一道拷问灵魂的世纪难题：明天吃什么菜？

赵老师属于传统派厨师。他中等身材，与中式厨师的形象比较吻合，只是他戴了眼镜，显得更加高级。他是绍兴人，以绍兴菜、杭帮菜见长，浙江菜一般都会烧。红烧肉、红烧鱼、霉干菜焖肉、家常豆腐都是他的拿手好菜。有一次我们实在想不出第二天吃什么，佳宾决定用排除法来解决，回想一周来都吃了什么，最后想到一直来没有吃过鸭子，便非要赵老师烧鸭子。方案一是笋干老鸭煲，可是家里没有笋干，赵老师提议烧卤鸭。第二天烧出来的卤鸭惊艳全场，不管是色泽还是香味都和杭州大饭店里烧出来的一样，我们赞不绝口，都认为赵老师的厨艺之前对我们还是有所保留的。赵老师烧菜用料考究，细致认真，他嫌当地的料酒太次，炖红烧肉要求用绍兴老酒，有时候为了买到一瓶他认可的酱油会跑遍雅江的大超市。

邱添是现代派厨师，留一头长发，形象比起赵老师更显卡通、可爱，是我们伙食团最帅的厨师。据说邱添的母亲是四川人，父亲是浙江人，所以他川菜浙菜都会烧，最重要的是他很会创新，现代年轻人爱吃的菜他都愿意一一去尝试。什么咖喱牛肉、油炸鸡翅、油炸酥鱼、麻辣香锅……冒菜、川菜、火锅他都会烧。他的炸鸡翅和炸鱼排比KFC里的更好吃，他为我们掌勺的时候，我们品尝了很多新鲜的菜品。

我们伙食团里，客串厨师也有不少。

陈云泉老师是2021年7月来雅江挂职的，他和赵老师一起在呷拉镇初级中学支教，只有周末才会到县城来。他一来，我们就有口福了，他是地地道道的老杭州，从小就在杭州长大，他烧出来的菜杭州味最浓。记得有一个周末他来县城，中午烧面给我们吃，这是我在雅江吃过的最好吃的青菜肉丝鸡蛋面。后来赵老师说，他烧的面之所以好吃，是因为他很用心，我们五个人吃的面他是分五次烧的，一锅一碗，不是大锅一起煮的，真正的私人定制，色香味俱全。

龚盛，在我们伙食团里很难被定义是客串厨师还是洗碗工。记得他第一次来我们伙食团吃晚饭的时候说会烧红烧肉，周佳宾让他烧一次试试。第二天晚上，他买来一块肉，在厨房操作起来，因为时间太晚了来不及收汁，端上来的红烧肉一点也不红，是白花花的，当然也不酥、不入味。没想到，一顿操作猛如虎，这菜让人心里苦！在吃过赵氏红烧肉的四位评委面前，这一盘红烧肉当场就被枪毙了，这也危及到了他当厨师的地位。周佳宾调侃他："龚行长，你吹牛，第一次烧红烧肉就失败了，我看你最多也就算是个后备厨师。"龚盛忙解释说："这次时间来不及，下次一定成功。"我想，原先四个人的伙食团两个烧菜，两个洗碗，生态平衡，相安无事，现在龚盛的加入，破坏了这种生态平衡，这样的人才何不招入麾下。我说："我看龚行长还是要从基层干起，先洗碗，再烧菜。"周佳宾马上反应过来："对，你这手艺还欠火候，只有他们两个厨师都不在的时候你才有展示的平台。我们三个洗碗工先排个班，一人洗一天碗。"就这样，龚行长活生生被定义成了洗碗工，和我们轮流洗碗。

因为我们长期在高原生活，都想吃海鲜，实在馋的时候，周佳宾就在网上买虾干和虾皮，要不就买点冷冻的虾，解解馋。龚行长是台州人，临海而居，从小就踏浪赶海，最了解海鲜，也最懂我们的心。夏天开渔的时候，他想办法让朋友寄了黄鱼过来，只有等黄鱼翻山越岭来到雅江的时候，才是他展示厨艺的最佳时机。他是海边人，烧出来的黄鱼自然好吃。只是他去康定之后，我们也就不敢再奢望在雅江吃到黄鱼了。

客串厨师的还有一位闻成聪。小闻在雅江挂职一个月，与邱添、周佳宾同住一处，自然也一起吃饭。他也是会烧菜的，烧过几次，至于是什么菜已经不记得了，印象中好像烧过一次烫羊肉卷。

虽然雅江条件艰苦，经常停水停电，但不影响我们把生活过得精彩纷呈。

601室原来是没有餐桌的，我们把茶几脚用几块砖头垫起来，就算是餐桌了，我们四人就这样将就着吃了大半年。到了12月，天气实在是太冷了，外面滴水成冰，于是我们又买了一张取暖桌。有了取暖桌，我们瞬间感觉奔小康了，周末约上伙伴围着取暖桌包饺子。郝赫是北方人，包饺子利索，造型标准；陈老师是老杭州，也包得很好，我和周佳宾包一两个，都是歪七扭八、站立不住的。周佳宾总是自带娱乐细胞，有他在的地方气氛都会好很多，不务正业往往是厨艺不济之人最大的特点，他出主意在水饺里包进小米辣，谁吃到了就让谁洗碗，于是平淡无奇的包水饺活动就平添了许多欢乐。不一会儿，邱大厨的煎饺就出锅了，滋滋冒着热气，金黄的煎饺撒上点点翠绿的葱花，掀开锅盖那一瞬间，香味溢满了整间屋子。

2021年，雅江经常全城停电，有时既停水又停电，我们经常被打得措手不及。有时候思维转不过来，图省事买来方便面充饥，到家才想起停电了，开水也烧不了。有时被迫无奈上街去吃，吃完才想起老板上午和我们一起排队在广场消防车旁接了两桶水，突然想起：停水了，小饭馆里这点水能把菜和碗筷洗干净吗？

2022年，雅江开始全城电网改造，虽然还有几次全城停电，但还是有进步的，停电前会发通知预告，而停水之前依然没有任何预告。下半年起，很多时候是分片轮流停电的，不再动不动就全城停电了。

有一次，601室停电了，虽然我们这边设备差点，也得担起伙食团烧饭的任务，赵老师很用心地准备了三菜一汤。饭已经烧下去了，水蒸蛋新鲜出炉，准备烧第二个菜的时候，桶装煤气用完了，眼睁睁看着火苗熄灭，我们却无可奈何，心中懊悔没有早点叫人送煤气。打了电话，对方告知今天的煤气都送完了，没有存货，最早也得等第二天下午新来的货了。大家只好一人一勺水蒸蛋，吃完上街觅食去。

还有一次，601室停水了，我们转战401室，赵老师主厨。这回煤气是新换上去的，保证万无一失，水电齐备，菜已经买好，万事俱备，只欠赵大厨展示厨艺了。第二个菜快要烧好的时候突然停电了，屋里顿时一片漆黑，我点燃事先备着应急的蜡烛，赵老师拿来充电台灯照明。在橘红色的烛光映衬下，由两张简陋课桌拼出的餐桌靠墙摆着，桌上铺了一块网上买来的淡绿色塑料桌布。摆上三菜一汤，我们四人坐在四条各不相同，不知从哪里拼凑而来的小凳子上，准备开始享受我们的烛光晚餐。当我们打开电饭锅才发现，停电早了，饭还没有煮熟呢！面对半锅夹生饭，我们面面相觑。这顿烛光晚餐，只有三菜一汤，没有饭，但我们吃出了无比的温暖与浪漫。

一年半的援川工作，伙食团就让我尝遍酸甜苦辣。援川生活没有行云流水，其中的感受，如人饮水，冷暖自知，还好能与我的援友一起度过。

2022年9月25日写于雅江

牙衣河走亲

我的亲戚在牙衣河乡，这户亲戚是我在"民族团结进家庭"干部职工联谊走亲活动中在雅江结对的亲戚。开学前，我要到牙衣河乡去走亲。

年前，雅江县教育和体育局办公室杨浩成主任说，按照文件要求，我们教育和体育局要和牙衣河乡结对，每个机关干部都要结对一个乡下亲戚。后来，具体负责此事的汪小雪老师告诉我，我的结对亲戚在牙衣河乡磨子沟村，她叫志玛曲西。

一

那天下着小雨，汪小雪说，要去牙衣河走亲戚，问我是否一起去。我想还是应该去的，一来我没有去过牙衣河乡，那里没有学校，所以一直没去；二来我想看看我的亲戚是怎样的一户人家，需要什么帮助。据说牙衣河乡海拔很低，只有两千多米，气候温和，像是高原上的小江南——据说是雅江县境内唯一可以种水稻的地方。可是牙衣河乡距离县城很远，需要沿着雅砻江往下游走三四个小时。雅江县南面，我最远去过八衣绒乡，上次和桑珠校长去他曾经工作过的八衣绒乡中心小学调研，看到小学教室里只有四名小学生。我去的时候孩子们正低头写生字，看到此景我感慨万千。汪小雪告诉我，牙衣河乡比八衣绒乡还要远得多。

印象中，我们从雅江县城到八衣绒乡走了很久，车子沿着雅砻江岸边的山崖一路往下走。从县城到麻郎措乡，去年一直在修路。今年，双向单车道的柏油路已经修完，路比原先好了很多。过了麻郎措，后面的路非常不好走，路面坑坑洼洼的，道路极其狭窄，要是迎面过来一辆车，几乎无法交会，要选择一个稍微宽敞一点的地方，才能小心翼翼地让行。我们前面是一辆乡政府的车，因为年代久远跑不快了，开了很长一段路，总算找到一个相对宽敞一点的路，就主动停在路边，很有礼貌地让我们先走。桑珠说："这个人我熟悉的，刚开始的时候这辆车是乡里唯一的车子，很牛的，现在变成老爷车，已经走不动了。他们对老师都是很尊重的。"让我害怕的是道路不仅很窄，弯道还很急，当车子甩过一个弯，我们的身体总是往一侧倾倒，看到窗外就是万丈悬崖，真让人心惊胆战。

汪小雪说："想当年，我们在牙衣河乡中心小学教书的时候，要进趟城可真不容易。坐着摩托车进城，全身裹得严严实实的，到县城下车时，只剩下一副眼镜的位置和嘴巴里的牙齿是白的，其他都积上了一层厚厚的灰尘，全身灰不溜秋的。我都不好意思在广场坝子上下车，叫桑珠直接送到我小区门口。我下了车，背上包，逃也似的飞奔进自己的家，生怕熟人看到我那狼狈的模样。"桑珠补充道："雨雪天，我们穿着雨衣，到县城手脚都冻麻木了，因为紧握着摩托车的把手，手指一直保持着弯曲的姿势，好久都伸不直……"

过了几个急弯，汪小雪表情痛苦，不愿再说话，她说自己晕车了，肚子里已经翻江倒海，每次去牙衣河乡都是又惊喜又害怕，惊喜的是又可以见到熟悉的山水村庄和那里热情的人，害怕的是晕车。同行的李娟老师还好，她说自己不晕车，最怕的是高原反应，每次要翻越高山垭口脑壳都疼得爆炸，无法用语言形容。同样坐在车子后排，但是两个人的状态全然不同，汪小雪已经像霜打的黄瓜，脸色发青，闭目不语。

又过了几个弯，我也感觉到头晕，在杭州我一直认为自己不会晕车，来四川这么多次，只要是翻山或者过盘山公路，我也会晕车。最厉害的一次是带队去浙江大学参加优秀乡村教师培训。翻越折多山时，头痛欲裂，我的肚子里翻江倒海，到了康定，一下车我就在停车场的水沟边一只手扶着墙，一只手拿着矿泉水瓶呕吐不止，同行的老师看了一边连连摇头："吴老师糟了，吴老师糟了！"一边给我递纸巾。汪小雪好像实在不行了，我也感到头昏脑涨，我们只好停车。汪老师下车后就蹲在路边草丛里哇哇地吐个不停，我们听了都感到难受。

休息了十来分钟，我们继续赶路。车子从河边的悬崖上拐进了山，同行的龙成英老师说，这边进去一路上风景优美，到时候还可以去体验一下捡松茸。一路上，我们讨论雅江的教育发展，龙老师说："其实我们都很清楚，一个孩子能够遇到好老师真是福气，原先本小一个老师教数学，从来不给娃娃们拖堂，作业很少，但是他们班的数学成绩一直都很好，最低分都是七十多分。"龙老师讲起自己在西俄洛乡中心小学任教的经历，哪一届学生考上了大学，哪一届几个一起考上了公务员，龙老师都如数家珍，讲起往事，龙老师脸上扬起了笑容。

二

车子在树林间穿行，路边的小溪里横着几棵倒下的大树，估计树龄应该有几百年了。据说原先这里森林植被非常丰富，可惜在2018年2月16日，因村民煨桑祭祀，雅江县恶古乡马益西村发生森林火灾，明火在五天后才被扑灭，过火面积达到九百七十公顷，给雅江人刻骨铭心的记忆，同时马益西村也因火灾"名扬天下"。非常可惜，很多原始森林都在那次火灾中烧毁了。不一会儿，我们就到了马益西村。马益西村是去牙衣河乡的一个中途驿站，大家到了这里都会下车休息一下，也就是说，我们基本上走了一半的路程。

马益西村是个不大的村子，村口路边的矮墙下，用石头和木头搭起来的简易凳子上坐着六七个老人，穿着服饰都体现出明显的藏族特色。几个老人手里捻着佛珠，口中念念有词。小路拐角处聚集着一群人，一个微胖的中年男人坐在正中央，面前铺着一块黄色的塑料编织布，边上放着一个秤和几个塑料筐。围在边上的村民，手里有的提着筐，有的拎着塑料袋子。桑珠说："我们去看看今天的松茸怎么卖。"

挤进人群，看到一个村民将塑料袋递给中年男人，他熟练地将松茸倒在塑料编织布上，挑出开伞的和没有开伞的，把有残缺的挑到一边，说："好的二百一十元一斤，开伞的八十元一斤，这些给野兽咬过的，就不要了。"村民把那几颗有残缺的放在开伞的一边，说："这个也带去算了。"老板拿出笔在小本子上记录着，说："算了，算了，给你带去。"我向边上的村民打听，他们都说，今年天气干旱，上山也挖不到几个。看着他们手里提的袋子和筐子，果然不是很多，其中一个村民提着一个塑料袋说："这是我们家夫妻俩和女儿三个人到山上采到的成果。估计能卖个三百多块钱。"我们挑出一个闻了闻，真的很香，这真是一种来自大山的恩赐。

休息了二十多分钟，我们继续前行，从马益西村出发往前走，接下来最大的考验是我们要翻越海拔四千五百多米的米格龙山垭口。车子沿着盘山公路一路攀爬，一路上大家都沉默不语，也许是累了，也许是为了防止高原反应，减少氧气消耗。路边的树木慢慢减少了，山坡上是草地，绿色的草地上面盛开着美丽的小花。再往上，山顶上连草也不长了，全是裸露的岩石，远处是蒙蒙的云海，窗外下起了小雨，龙老师说："高原上的天一会儿晴，一会儿雨，很正常，所以在高原上经常能看到彩虹，有时候还能看到双彩虹。估计翻过这座山就是晴天了。"空气中的氧含量越来越少，海拔已经到了四千五百多米。李娟头痛得厉害，浑身瘫软，表情痛苦。桑珠说这里是米格龙山，翻过这个垭口一直往下高原反应就会减轻。汪小雪说，我们往常翻越这个垭口都是雪山，现在8月多是最好的季节，很多时候积雪太厚，路上都结冰了，根本无法通行。她说牙衣河的家长非常重视教育，当年开展"控辍保学"工作时，这个乡是做得最好的，大家都愿意把娃娃送到学校里来读书。"家长们还会到路上来接老师，有一次我就是坐着村民的摩托去牙衣河的，车后座绑着我的一个密码箱，这样一路被驮过来。我还亲眼看到村民的摩托车在眼前翻下河沟，幸好人随着车子翻滚了三圈后被甩在了山坡上，摩托车翻下雅砻江，没几秒钟就被冲走了。"汪小雪的讲述让我们这些听的人都感到害怕。

车子顺坡而下，经过了一个叫木恩牛场的村子，他们说这个村子里出过好多个公务员，现任城关第一完全小学校长红晓的老家就在这里，这个乡镇重视教育是历来的传统，再过去就是扎阿贡，我们走亲的目的地也快要到了。据说我们结对的亲戚中很多人这个时节都在山上，住在山坡上的"更册"（藏语音译）里。以前，游牧民族夏天都随着牛群到水草丰茂的地方搭帐篷居住，5月份挖虫草，七八月份捡松茸，也居住在山上的"更册"里，现在大多数人已经不再搭帐篷了，而是用石头在山坡上垒起小房子。

三

我们选择路边一块开阔的草坝子，围成圈坐下来休息、聊天（四川人叫"耍坝子"），拿出带来的馍馍和一点熟食享用。蓝天白云之下，茂盛的青草铺满了山坡，各种小花盛开在原野上，旁边乔木上有许多叫不出名字的鲜红果子，同事们说这个能吃，我摘了一颗来尝，差点把牙酸倒了。

站在这个广阔的坝子上，我们头顶蓝天，脚踏大地，远望群山连绵起伏，云海飘在山谷之间，真是人间仙境。按下手机快门，怎么也拍不够，照片很美，但是怎么也拍不出亲临高原的感觉。"山的对面就是康定，"泽仁降措大哥说，"这里到牙衣河还要近一个小时，全部下坡，下面一段路像不像318国道上的'天路十八弯'？其实下面还有一段更弯的路，我们叫'二十六道拐'。过了'二十六道拐'，那就快到我的老家磨子沟了。磨子沟是牙衣河乡的一个村，我就生长在这个村子里。"说着他手指远方，我顺着他手指的方向望去，果然看到不远的山脊上，马路像一条飘带蜿蜒在山间。

我们在坝子上休息了半个多小时，桑珠说他的结对亲戚就在路边，要先去拜访一下。我们在公路边遇到一位憨厚的中年男人，精瘦，个子不高，脸有点黑，头发有点凌乱，脚上的胶鞋还沾着落叶和草。他正在卖松茸。刚才在马益西村见到的收购松茸的老板出现在眼前，老板按照刚才的手法将松茸分类、称重，再记录算钱。中年男人说，这是他们夫妻俩和女儿一天上山的成果，一共卖了三百多元钱。他很热情地把我们迎进自己的"更册"里，因为他和泽仁降措大哥是一个地方的人，相互间都非常熟悉，桑珠教过他们的孩子，也非常熟悉，他们就用藏语交流起来。同行的龙老师也是能听懂藏语的，只有我如听天书一般，愣在那里不知道他们说些什么。主人很热情地拿出瓜子和花生招待我们，桑珠将准备好的一个茶壶和一壶清油送给了他们。泽仁降措大哥详细地向我介绍了这个住所的布局，外面一间是堆杂物的，里面一间放着烧火的炉子，上面吊着一个铁丝编成的纱网，放着一些杂菌。除了松茸，他们上山时也能捡到一些杂菌，牧民们会把这些放在上面烘干。睡觉、吃饭的地方都在一起，看起来有点杂乱，颜色鲜艳的被子放在角落里，吃喝的各种东西摆满了一地。我们摆了一会儿龙门阵，了解了桑珠亲戚家的基本情况，就与主人道别，准备走了。

龙老师说："泽仁降措是本地人，你带我和吴老师去林子里捡菌子、松茸吧。"我们走进了公路边的一片很大的原始森林里，往纵深处走去，再往下走就能走到公路下一个"之"字形的弯道上来。我们按照这个路线走进去，森林里的参天大树高耸入云，遮住了太阳，林子里变得非常凉快，脚底下是厚厚的、松软的落叶，不时还能看到很老的大树倒伏在森林中。高大的青杠树上挂满了白色的须须（一种苔藓），一直垂下来，风一吹就飘动起来。我们穿行在林间，仔细搜寻有没有松茸，花了三四十分钟，也不见一颗，只捡到了几朵白蘑菇和不知名的小蘑菇。

前往牙衣河的路不但远，弯道还多，最多的连续转弯要数"二十六道拐"，车子从山脊梁上一直到雅砻江岸边，落差有几百米，就是靠这些"之"字形的拐弯来完成。山脊第一个拐弯处边上立着一个蓝色的交通牌，上面写着"第一拐"，一路下去依次写到"第二十六拐"。车子在狭窄的弯道上行驶，不敢想象如果这个时候车子交会将是怎么样的一种危险情形。桑珠说，这里人少，车少，不太会有车子交会，果然一路下来，除了我们两辆车再没有见到别的车子。

四

经过五个多小时的长途跋涉，傍晚7点半，我们终于到了牙衣河乡政府。晚饭是在牙衣河乡政府吃的，核桃树下两张桌子摆开来，十多人围坐下来吃得欢乐，有当地种的蔬菜，有我们带去的熟食，米饭、馍都有。乡里的李贡布书记陪我们一起用餐，江中堂村的第一书记泽仁卓嘎也来了，她向我们介绍说，他们第一年试种的西瓜已经成熟了，希望我们明天一定要安排出时间去实地品尝。晚饭吃了一半，下起了雨，我们只好将两张桌子搬到室内继续吃，席间谈笑风生，还有藏族同胞特有的唱歌助兴。

夜里，我们男同胞睡在会议室的藏床上，女同胞睡在乡干部的小房间里。窗外滴滴答答的雨声连绵不断，持续下了一整夜，在这雨打芭蕉的白噪音下，不一会儿，会议室里鼾声阵阵响起，也许是白天一路颠簸太辛苦了，也许是海拔比县城低了整整七百多米，导致我们醉氧了。

五

第二天起床，外面仍然在下雨，不过比夜里小了很多，只是蒙蒙细雨。乡政府门前就是雅砻江，对面是康定市吉居乡吉居村，以雅砻江为界，把雅江县和康定市隔开来。不过现在两边交往还是多的，联姻的也有不少。我们可以清楚地看到江对面的田地里种的是玉米和麦子。

因为下雨，大家都担心今天走亲戚能否顺利。下雨最担心的就是泥石流和塌方，若是道路塌方，这趟结对走亲之旅也许就无法完成了。到了9点多，雨小了，我们两辆车分头出发去农户家里。我和泽仁降措大哥、李娟、五一哥这一组要去牙英村。这个村在乡政府后面的一座高山上，通往村里的小路是脱贫攻坚的时候"村村通"工程造的，是水泥路，但道路狭窄，急弯很多，还好开车的是我们局的专业司机安芝，而且路边有护栏，不然我连走路也要抖三抖。车子在山野小路上攀爬，路边野草丰茂。车子行驶了十多分钟，路上遇见了落石，有几十块大小不一的石头从山崖上落下来，挡住了去路。我们只好下车捡石头，每次下车捡石头时，同事们都非常照顾我，让我站在远处瞭望，如果上面还有石头滚落要第一时间呼喊，确保其他捡石头清理路障的同事的安全。小石头不一会儿就清理完毕了，剩下三块大石头让人头疼。泽仁降措、降错、邹五一三个康巴汉子身材高大威猛，但是在两块大石头面前还是毫无办法。他们找来了两根木棍，企图用杠杆原理将石头撬起来，不过三人同时用力只能撬起一点点。我们往缝隙里放一块小石子，再起来一点点，再放一块，这样反复多次，才撬动石块，最后石头滚了一圈翻到后面的水沟里去了。剩下最大的一块，因为造型不好，用木棍无法找到着力点，没几下，两根木棍都折断了。降错大哥说我们只能徒手来推，他让李娟瞭望，三个大汉加上我，费了九牛二虎之力，才将石头一点一点挪到路边，车子勉强能通过。我们满手泥巴，满心欢喜。看着一双双满是泥巴的手，五一哥说："路边有一种毛毛草，上面沾满了露水，将手放在上面擦一擦，就当洗手了。"我试了一下果然如此。双手抚摸软软的毛毛草，上面满是露水，就像是将手中的泥巴擦在了柔软的毛巾上一样，真是智慧在民间。

继续赶路，我们终于到了牙英村。牙英村在高高的山冈上，因为刚刚下过雨，山上云雾缭绕，仿佛仙境。我们叩门访问，要去邹五一老师结对认亲的人家。

可是亲戚不在家，估计是上山捡松茸去了。五一哥说，这户人家他熟悉，昨天约好了，如果人上山了就将东西放在家中。房子依山而建，房屋在公路下面，我们推门进入便是房子的二楼。这户人家还算宽敞，二楼地面放了三个竹匾，里面晾晒着红色的花椒，我抓一把放在手中，香味扑鼻而来。一楼传来了猪叫的声音，走过去一看，两头较大的藏猪卧在一楼地面的干草中，四头小藏猪就围在边上撒欢。听见有人来，小猪抬头望着我们，嘴里发出吼吼的叫声，好像告诉我们主人不在家。五一哥将送给结对亲戚的酥油壶和清油放在主人家中并拍了照片，结束了对这一家的拜访。

返回途中，我们看到了路边有一个天然的温泉，石壁上是钟乳石，有白色的，有绿色的，有淡黄色的，颜色多彩，非常漂亮。我们五个男的脱鞋挽裤走进小小的一个方形水池，果然是温泉，水温合适，非常舒服，越往里走温度越高。泽仁降措大哥说，他们以前还在这里洗澡，只要把衣服挂一件到入口处，别人就知道上面有人在洗澡，不会上来打搅。记得来的时候汪小雪说，以前周末的时候，牙衣河小学的老师会分批带孩子们到温泉去洗澡，女老师带女生，男老师带男生，这过程中老师和学生"坦诚相见"，增进情感交流。孩子们远离父母，有时候就将老师当成了自己的父母。我想汪小雪说的应该就是这一口温泉，泽仁降措说他是当地人，从小在这里生活，这个温泉很早的时候就有了，据说接下来政府和企业会投资几百万元开发温泉，把这里打造成温泉酒店。希望这样的规划早点启动，早点落地，惠及当地居民。只可惜时间不允许，我们只用温泉泡了个脚，不太过瘾，有点遗憾。山高路远，我每次下乡都很珍惜，也许在我挂职结束之前没有机会再来牙衣河了，下次也不知道是什么时候来，或许等我下次来的时候，这里的温泉酒店已经建好了。

六

下乡的任务是多重的，督导股的同事说，还有一个任务就是和宗教界人士座谈，这是统战工作。途经郎吉岭寺，我们去拜访寺庙中的喇嘛，因为我不懂藏语，他们的对话我一句也没有听懂。后来同事告诉我，座谈的大体意思是引导喇嘛爱国爱教，有什么困难可以和政府说，也可以和结对单位说，相互留了电话，加强联系。

郎吉岭寺坐落在公路后面，很小，也没几个喇嘛。因为昨夜下过雨，山间云雾缭绕，更显得神秘清幽。寺前是朱红色的围墙，上面整齐地矗立着一排佛塔，佛塔是由汉白玉的方形底座和圆形的塔身组成的，上面悬挂着一个释迦牟尼佛像。塔顶分两截，下半段是圆锥形的鎏金柱子，上面是蓝色的塔顶，塔尖最上面是白色月亮形的，上面镶嵌着金色的葫芦形状器物。眼前的红墙白塔和远处雨后清洗过的山峦草木，加上空中升腾起来的袅袅云海，一缕一缕地拉过去，动静之中尽显自然之美。无论用手机的什么模式，都拍不出身在其中的美。

回到乡政府，泽仁卓嘎书记已经等候多时，她昨天热情地邀请我们去江中堂村摘西瓜。雨停了，我们兵分两路，一队去磨子沟村准备午餐，一路随泽仁卓嘎书记去地里摘西瓜。

七

等我们摘好西瓜满载而归来到磨子沟时，同事们已经吃饱了，一看手表已经2点半了。中午吃的主食是烤馍馍。一个一个玉米馍馍放在火炉里烤，很香、很脆，咬一口就散发出玉米面经过高温烧烤散发出来的特有香味。主菜是雅鱼汤，今天吃的雅鱼据说是野生的。雅砻江是长江源头，实行十年禁捕，雅鱼虽然不是保护鱼类，但是也不能乱捕，现有的政策是只能一人一竿垂钓，泽仁降措的亲戚花了一个上午钓了两条，同事们吃了一条，给我们留了一条。吃一口烤馍馍，喝一口鱼汤，简直是人间美味。蒸藏猪腊肉也是一绝，盘子里蒸了一整条腊肉，边上的案板上放着刀，由我们自己切着吃，切出来的薄薄的腊肉片薄如蝉翼，接近透明，有一股特有的香味。

吃完饭，我们离开磨子沟，离开牙衣河，走亲活动告一段落。可是我和李娟的亲戚还没有见到面，泽仁降措说我们的亲戚在昨天山上垂坝子的地方边上，能在回去的路上见到。从磨子沟出发，我们的车子不断爬坡，经过"二十六道拐"，继续前行，一路上汪小雪晕车严重，几次坚持不住只好停车，她下车便吐，表情十分痛苦。

经过一个多小时车程，我和李娟终于见到了结对亲戚。她用藏语和我们聊天，向我们竖起大拇指，感谢我们。我问他们家孩子读书情况如何，同事翻译说，她的孩子叫扎西央珠，在雅江中学读高三。我们相互留了联系方式，以后如果有什么困难可以联系我们。我们将准备好的物品送给了她，她将手中的几个松茸送给我们，我们坚持不要。后来，我到雅江中学想看看亲戚说的孩子——扎西央珠，老师查了名单说，这届高三没有这个孩子，他今年暑假毕业了。

一路颠簸，一路晕车，一路聊天，和来时一样。翻越米格龙山垭口的时候，大家都疲惫不堪，车内没有了声音，李娟依然出现高原反应，我也头痛欲裂。经过马益西村我们停车休息，今天没有看到收购松茸的人，也许是晚了，也许是今天没有来，或者因为产量少，商贩都不来了。

到雅江县城已经是傍晚7点多，援友们吃到离开瓜地只有五个多小时的西瓜都赞不绝口，说这是在雅江吃到的最甜、最好吃的西瓜。

走亲活动结束了，民族团结一家亲的思想深深地印在了我心里。

2022年9月27日写于雅江

"西瓜书记"泽仁卓嘎

8月底到牙衣河乡走亲时,我翻山越岭来到牙衣河乡政府,乡党委书记李贡布吩咐伙食团的厨师烧当地的蔬菜和腊肉招待我们,乡上的干部都来了。门前的核桃树下,放两张小方桌,摆上碗筷,端上盘子,晚餐就这样开吃了。

席间,李贡布书记指着一个西瓜向我们介绍江中堂村第一书记泽仁卓嘎。"大家一定要尝尝我们自己种出来的西瓜,这是从雅江县自己的土地上种出来的第一批西瓜,这都是我们泽仁卓嘎书记的功劳哇!"说着他叫泽仁卓嘎给大家切西瓜、分西瓜,每人一块,"这个是我自己掏钱向第一书记买的,大家都尝尝。"泽仁卓嘎书记接话道:"我们这几亩西瓜是集体经济,为了实现颗粒归公,我们自己吃的西瓜也是掏钱买的,乡党委书记也不例外。"大家都笑了。

泽仁卓嘎是当地人,略显黝黑的脸,棱角分明,鼻子高挑,五官立体,浓浓的眉毛下一双炯炯有神的眼睛,更显藏族女性的美。她将头发扎在脑后,显得干练、清爽。

泽仁卓嘎是县农牧局的正式职工,脱贫攻坚胜利后主动申请到雅江县最偏远的牙衣河乡,现任牙衣河乡最南端的江中堂村第一书记。她向我们简单介绍在牙衣河乡江中堂村种西瓜的经历:"从理论上来讲,海拔只有两千多米,应该是能种出西瓜来的,但是谁也没有试过。一开春,我们就谋划着今年试一把。我们先选了西瓜中的'贵族'品种——麒麟瓜,接着就是选地。春天一到,大家就齐心协力撸起袖子干起来，从育瓜苗到平整土地，我和乡干部带领乡亲们一起干，指导村里的老乡精心呵护每一株瓜苗。"

只见那碧绿的西瓜纹路清晰，一刀下去只听"嘭"的一声，西瓜便裂开了，露出了红色的瓜瓤，上面规则地镶嵌着饱满的黝黑发亮的西瓜籽。"这个刚好成熟，是最甜的时候。"她端出西瓜，每人分一块，一阵西瓜特有的香味散发开来。

"今天下午只摘了两个，回来的时候没忍住吃了一个，知道今天有客人来，特地留了一个。"李贡布书记边吃边说，"明天大家随我去摘，再说教育和体育局和牙衣河乡是结对亲戚，更要支持。"说着，泽仁卓嘎麻利地收了刀和菜板。

她说江中堂村离乡政府不远，开车最多三十分钟就能到，不过路不是很好。

第二天上午，我们先去走亲戚。中午时分，回到乡政府，泽仁卓嘎书记已经等候多时。勒布为我们开车，上车前我们统计了要买多少个西瓜，大家七嘴八舌地说开了，你要一个，我要两个，他带三个，最后统计结果——我们要摘二十九个西瓜。看来非把车子后备箱装满不可，我们带上一个蓝色的塑料大筐就出发了。

从乡政府出发到江中堂村有十四千米，车程二十多分钟。昨天下了一夜的雨，路上的落石很多，没几分钟，我们的车便被落石挡住了去路。大家下车捡石头，我力气最小，负责瞭望——站在远处看，如果发现上面还有石头滚落要第一时间大声呼喊，确保捡石头的同事的安全。还好石头都不大，能搬动，几下了就清理完毕了。我们继续前行，泽仁卓嘎书记说："这条路虽然小，路面还算可以，是脱贫攻坚时修的'村村通'工程，最担心的是后山的落石。一下雨，路上落石就多，还有就是临近中午落石多。"我不解地问她为什么临近中午落石多，她说："因为山上猴子多，很多猴群到了中午要跑到河边来喝水，山上的猴子活动多了，落石就会滚下来。这里的生态环境越来越好，老乡们经常能见到猴群。"我恍然大悟。一路上，我们三次下车捡石头，到江中堂村，时间已经远不止半个小时了。

这里离县城特别远。曾经在牙衣河工作过的真他老师和我说，他当时去牙衣河乡中心小学上班，走了七天才到。听六十多岁的村民曲扎说："以前从牙衣河到县城要走十天半个月，村子里有很多人一辈子都没有到过县城，有些生病的村民由马驮着去县城就医，还没有送到县医院就死在了半路上。现在党的政策好，路都通到村里，西瓜也可以运出去卖了。"

瓜地在村子尽头，泽仁卓嘎书记说这是雅江县最南端，再过去就是凉山州木里县了，河对岸是康定市吉居乡各坝村，江中堂村是三地交界的边陲。

到了瓜地，村党支部书记布穷和副书记卫东已经在地里等着了，他们摘了一个西瓜，说让我们先尝一尝再进去摘，并且说我们是大客户，这一个不算钱。只见圆溜溜的西瓜放在纸箱子上，一刀下去"咔嚓"一声，西瓜应声而裂，碧绿的瓜皮里露出粉红色的瓜瓤，上面分布着黑色饱满的籽，一股久违的西瓜的香味扑鼻而来，汁水滴滴答答地流下来。我们迫不及待地吃起来，咬一口，汁水溢满口腔，新鲜的，带着青草独有的味道，只有在瓜地里才能体验这滋味。"水果店里的西瓜，不管多贵都无法和这边的相比，这个瓜离开土地刚刚十几分钟，看到你们的车子从上面下来，我才摘下了的。"布穷说。感恩这片土地的馈赠，感恩这片土地上勤劳的人们捧出的农业珍品。"这是我们县第一次试种西瓜，居然成功了，前面花了不少功夫。"泽仁卓嘎书记指着这片土地，"你看土地里全都是石头，真正的黑土壤很少，明年我们要想办法把这些石块再筛一道，这样会长得更好。"

我打趣道："高原之上种出的西瓜，和少年闰土的瓜一样吗？可曾有少年闰土在看瓜刺猹？"生活在江南的我，脑海中浮现出一幅美丽的画面："深蓝的天空中挂着一轮金黄的圆月，下面是海边的沙地，都种着一望无际的碧绿的西瓜，其间有一个十一二岁的少年，项戴银圈……"

泽仁卓嘎书记笑了："未曾有少年来过，村里的少年都去读书了！我便是那个少年。"她指着远处的树林："我们曾经也担心猴子、野兽来偷瓜，还好目前这些精灵没有发现这是可口的西瓜，让我们的收成避免遭殃。"卫东补充道："不要说野兽没有发现，就连我们自己也不相信在这高原之上能种出西瓜，虽然牙衣河是雅江海拔最低的乡，但毕竟还是高原嘛！这次种瓜成功主要依靠现代农业科技的支持，泽仁卓嘎书记就是县农牧局的干部，县委书记、县长都曾来田间地头指导，给了我们百倍的信心。"我想起曾经在"微雅江"上看到县委书记来牙衣河乡指导农业生产的报道。

"如何做好脱贫攻坚和乡村振兴有效衔接？这个课题铺展在高原大地上，等待我们去书写。如果西瓜全部卖完，集体经济能收入一万多元。明年，我们的干劲就更足了。"泽仁卓嘎书记说着，脸上露出了笑容。

我们一个一个地挑，一个一个地摘，布穷、卫东把西瓜一个一个地过秤，记录斤两、算钱、贴上标签，除了刚才统计的二十九个之外，还增加了三个，三十二个西瓜把车子后备箱装得满满当当。满载而归的我们，心中甚是喜悦。书记对勒布说："回去的路上要把车子开得更加稳当些，要是颠簸得厉害，这后备箱就成了榨汁机了……"

车轮慢慢滚动向前，车内的欢笑洒了一路。

2022年10月17日写于雅江

房子是租来的，生活是自己的

有人说：生活就是妈妈把你生下来，自己努力活下去。面对生活，我们心中期望诗意，有时候却很无奈。不管是得意还是窘迫，我们都要勇敢去面对。与其抱怨房子是租来的，不如明确生活是自己的。把眼前的生活过出滋味，是衣食住行、柴米油盐的具体化，更是一种品味生活带来的喜怒哀乐的心境。

一

来雅江两天后，在县教育和体育局办公室樊主任的帮助下，我们租了房子，杨云莲、唐曦老师一起来帮我们搞卫生、搬行李。2021年7月2日，我们买了床、被褥、煤气灶、碗筷等生活必需品。7月3日，我们总算在雅江安了家，开启了新的生活。

租来的房子在四楼，客厅挺大的，就是比较破旧，设备极其老旧。房子有两个卧室，其中一张床是新买的，另一张床是旧的；一个房间里有一个木头衣柜——柜门是坏的；墙面破败，地板怎么也拖不干净，有几十个口香糖粘在上面，卧室里没有窗帘。

我在写给儿子的信里说：人第一项能力是生存能力，适应各种环境的生存能力。住进来之后，我从网上购买了墙纸，我想把我住的卧室用墙纸贴一遍，这样会稍微整齐一点。也许是受爱人的影响，我喜欢生活在干净整洁的环境里，看到眼前我们要生活一年半的家脏兮兮的，心里总是不舒服。我到五金店买来了油漆工用的油灰刀，将地板上的口香糖残渣一块一块铲去，从网上买来强力去污的清洁剂，将地面、水槽都清洗一遍。这样一来，房间就焕然一新，舒服多了。

更重要的是房间里没有书桌。没有书房不要紧，书桌总该有一张。我想，不管到哪里都不能忘记学习，我生活的地方是一定要有一张书桌、一个小书架的，于是我马上从网上购买了书桌和椅子。母亲从小教育我们，到什么地方都不能忘记学习。我小时候住在乡下，哪怕房间再小，母亲还是为我放了一张写字的桌子。后来到庆元县城生活，我的房间里也有书柜和桌子。到杭州后，搬了两次家，不管是集体宿舍还是新房子，我住的地方都有书柜和书桌。房子小，书桌、桌柜就小一点，房子大了，就专门拿一间来当书房。网上买的书桌和椅子还没有到，我和赵老师将床头柜搬到客厅，在床头柜上统计数据，写调查报告。书桌到了，我将从杭州带来的《论语注释》《人间词话》，从雅江中学借来的《四川通史》都摆到书桌上来，这一摆，我感到有了心灵上的归宿。

后来，我陆续买来好几十本书，购置了一个小书柜，还买了练习书法的文房四宝，给自己的房间取名"移座斋"。很多时候我认为，新到一个地方，心灵上的安稳，能鼓励我脚踏实地继续前行。

等一切都安定下来，我从网上购买的墙纸也到了，我请援友周佳宾来帮我贴墙纸。我们先将贴在墙上的旧杂物清理干净，然后量好尺寸，裁纸，粘贴。佳宾个子高，他固定上面，我将墙纸后面的衬纸慢慢往下拉，再用塑料刮板将墙纸铺设平整。贴完一个房间，我们已经成了熟练的贴墙纸工人。一卷墙纸贴完，我们两人已经直不起腰来，但是看看我的卧室已经焕然一新，心中甚是喜悦。刚贴了墙纸，还是有一点点味道，开窗通风半日，晚上睡觉也开窗、开门，两日后就没有什么气味了。

二

家中若是有点生机，能使人更加愉悦。我刚来几个月，高原上很快就入了冬，窗户外面虽然有两个花盆，但都空空如也，没有一点生机。一次偶然的机会，我在路上捡来一只很小的乌龟，我将矿泉水桶剪开当鱼缸将它养起来，房间中算是多了一个伴。有时候下班回来给乌龟喂一点龟粮，算是一种交流。后来我又买来四条泥鳅和乌龟养在一起，工作、看书累了，就站在鱼缸前面观察它们吃食物，给它们换水，感觉生活有了些乐趣。

2022年春天，我准备养几盆花。我向来不是喜爱养花、遛鸟、逗鱼之人，家里也就养点绿植，对养花、盆景没有任何研究。我的好朋友易际杰说他业余会弄点盆景，在我看来这是很高雅的事情。随着年龄的增长，更加深刻地领悟到热爱生活应该从过好每一天做起，所谓审美教育也是从追求美开始的。我曾经的同事尹若章是个很热爱生活的人，他家住顶楼，有一个巨大的露台，他将其改造成了一个花园，一年四季都有花，甚至有名贵的梅花、荷花、兰花品种。在他的影响下，我家里也养了几盆好种易活的菊花、海棠，后来带孩子去"盒马鲜生"买菜的时候也会挑一束火红的康乃馨、洁白的百合花插到餐边柜的花瓶里，给平凡的生活一丝点缀。

有一天晚上，吃完饭逛到步行街，看到一家衣服店门前摆了几盆花。我问老板："这花怎么卖？好养吗？"老板推荐我买一盆报春花，上面满是花蕊："这盆不要几天就会开了，真正是报春花，春天就开花；另外一盆是长寿花，好养，不怕冻也不怕晒。"我花二十元各买了一盆。虽然已经是阳春三月，雅江的户外还是很冷，我将花摆在室内，破旧的小屋，有了花，顿时增色不少。我开始有点理解曾经在网上看的话：如果一个城市的街角没有花店和咖啡馆，那无论这个城市看起来多风光，都只是一个冷漠乏味的地方。

三

有一天，在收拾厨房的时候，我发现塑料袋里有两个去年剩下的土豆，应该是去年胡珊买来没有吃完的，它们越过一个冬天，看上去已经干瘪，但生命力还在——已经发芽了，长的芽已经伸出一厘米，显出勃勃的生机来。天气正好，我将这两个土豆埋入窗台的空花盆里，浇上水，等待它带来春天的气息。

过了很多天，土豆并没有冒出芽来，然后我下乡去蹲点，也就忘却了这几个埋在土里的土豆。到了4月，雅江的山头还在下雪，看来这个土豆是不行了。

4月10日是周末，我晒衣服的时候看见土豆竟然冒出了绿绿的芽。看上去，叶子没有江南的土豆那么嫩，紫色的杆子却显得那么苗壮，我不禁赞叹生命力的顽强。这时候报春花已经完全开放，花瓣边沿是红色的，里圈是呈五角星形的黄色，花瓣包围着花蕊，开得那么茂盛，在绿叶的衬托下报告春天已到雅江。那天晚上，我在练习毛笔字的时候特意写了"春到雅江"四个大字。另外一盆长寿花也长得很好，花苞已经长大了不少，顶端的花苞已经饱胀得即将要裂开，叶子绿得发黑，油光发亮。

从4月开始，温度慢慢升高，我将花移到窗台，早上太阳出来的时候能晒一晒，晚上回来的时候看一眼，隔几天就会浇点水。每次喝完的茶叶渣我总会倒在花盆里当花肥。

报春花开了整整一个月，到了5月便慢慢地谢了，长寿花接着盛开起来，火红的花瓣密密地簇拥在一起，早上的时候在花蕊中间还能看到新鲜的露珠。多么美好的日子，每天早上起来，我都能在窗台外看到花，这两盆花伴我度过了在雅江的一个春天。

有一天，我发现我的长寿花遭了殃，花瓣落满了窗台，枝条也折了，倒伏在花盆上，无精打采地抬不起头，花盆边还满是破损的叶子。我问赵老师，这花怎么了？赵老师说，可能是被鸽子吃了。我想起有时候能看到两只洁白的鸽子站在窗台的铁杆子上，咕咕咕地叫。鸽子全身雪白，脑袋小小的，两只小小的眼睛机敏地看着我，粉红色的喙时不时啄一下窗台上的木板。看来是我的长寿花遭受了这洁白精灵的毒手。我将快要断了的枝条剪去，浇了水，期待它再次长出新的枝条来。

六七月份，天气逐渐热起来，我的土豆长势很好，茎叶已经有一尺多高了，我定时给土豆浇水，为了增加土壤的肥力，除了把泡过的茶叶渣倒在花盆中，就连香蕉皮、苹果皮等也都埋入花盆中。7月底，我和赵老师带雅江的老师去浙江大学培训，交代援友给土豆浇水，但因为浇水不及时，土豆被晒死了。等我们回雅江，两盆土豆叶子已经枯黄，想挽救但为时已晚。不得已，我在8月初将花盆挖开，准备重新种上花，没想到居然收获了大小不一的二十一个土豆。那天我特意发了朋友圈。吴丽英老师留言：你把援川生活过成了诗。我回复：生活原本就是一首诗。陆建云的留言是：热爱生活的人，到哪儿都五彩缤纷。我回复：生活需要有一点点小确幸。钱悦英老师留言：生活就是一场旅行，不在乎目的地，在乎的应该是沿途的风景以及看风景的心情。我回复：面对真实生活的千姿百态，用心修炼自己并不完美的心。

这些土豆算是给我了一个圆满的结果，我到步行街，花八十元钱买了四盆颜色不同的长寿花将花盆的空缺补上。卖花老板说这个花花期长，现在比春天贵了一点，不过花开过一茬，又会长出新的花苞，常年会开。我将紫色的种在北面，黄色和红色的种在窗户正中间，橘红色的种在赵老师那个房间的窗台上。后来两只洁白的精灵又来啄我们的花朵，赵老师窗台上的那盆和黄色的那盆都遭了毒手，奄奄一息，唯独紫的这盆依然开得茂盛。

养几盆花，给艰苦的援川生活增添一点色彩。或者看看窗外两只洁白的鸽子精灵又在啄我种的花，我总是微微一笑，因为我见到了生命的灵动，不管是花的生命，还是鸽子的生命。这一刻，我更加深刻体会到了藏族同胞不杀生的真谛。有一天下楼，看到一位扫地的阿姨。一只蝴蝶停在她的扫把上，她轻轻一掭，将蝴蝶送入空中，口中念念有词，目光久久注视着它飞远。我顿悟，也许是因为我养了花，才能看到这洁白灵动的鸽子，有它们做伴，我的生活才不再那么孤单。

四

这租来的房子里，也时不时有不速之客造访。刚入住不久，我便看到有老鼠在窗外经过。2021年8月底，有一只老鼠两次进入家中，我将它赶走了，后来一直平安无事。2022年10月，我和赵老师与老鼠整整斗争了半个多月。

　　起先是赵老师说，他的房间好像进老鼠了，半夜里窸窸窣窣地响。我们都没当一回事，后来赵老师连续几天都在半夜被老鼠的响动吵醒，无法入眠。一开台灯，老鼠的声音就没有了，关了灯声音又出现了。后来赵老师实在受不了，就将衣柜里的衣服全部都搬空，果然，赵老师的房间安稳了。第二天起床，赵老师发现鞋带被老鼠咬断了，他在群里留言：老鼠离开前还不忘报复一下，把我的鞋带咬断了，还发了一个哭泣的表情。当天夜里，我的房间里出现了老鼠的响动。我感觉老鼠就在房间的角落，当我起床看时，却什么也看不见。半夜，我极其困乏、眼睛都睁不开的时候，感觉老鼠在咬东西磨牙。当听到老鼠咬东西的时候我就用脚踢床板，踢一脚，老鼠停一下，过一会儿又如故了，这样的循环往复持续了一周多。我想，老鼠估计在暗中睁着机灵的眼睛捂嘴偷笑呢！有一天，我忍无可忍，决定和赵老师一样，把我的简易衣柜搬空，寻出个所以然来。当我打开衣柜下格的时候，发现里面全是纸盒的碎片——原来老鼠想在我的衣柜里做窝。我告诉赵老师："赵老师，我已经发现老鼠公司的总部了，今天就把它的老窝端了，看它是否能安静一点。"赵老师说："对，就是要把老鼠的窝端了才行，你看这几天它在我这边没有地方做窝，就安稳了吧！"那一夜，我睡得很安稳，一点响动也没有。第二天早上，看到赵老师凌晨4点半发在群里的消息："吴老师把老鼠的老窝端掉了，它又来我这边了。"我在群里回复："恭喜老鼠乔迁隔壁赵府大院，昨夜让我睡了个好觉！"每晚都要和老鼠做斗争，长此以往，我和赵老师实在受不了了，10月27日，我想起同事倪健曾有捕老鼠的笼子，就借来试试。

　　28日，我们用油炸花生米做诱饵想捕老鼠，但没有成功，我问倪健："到底用什么诱饵才好？"倪健说："要用带壳的花生才行。"10月29日晚，我们从路边卖副食品的小摊贩那里讨来一把花生，按照倪健的指导装好捕鼠笼的机关。10月30日凌晨2:56，赵老师宣布：捕获！

　　经过长期的斗争，我们取得了胜利！将老鼠捕获后，摆在眼前的另一个难题是：如何处置？按照当地不杀生的说法，我们不能击毙它，最后选择到河对岸放生了，希望它回归山林后能找到一条自己的活路，不再来祸害居民。

房子是租来的，日子是自己的。不管生活在何处，将住所收拾得干干净净，养几盆花，等待窗外飞来洁白的鸽子与我做伴，也半夜在陋室里和老鼠做长期斗争……有时想想这些是不是都安排好了的，考验我们如何看待生命，如何面对困难，如何发掘生活的本质。

　　　　　　　　　　　　　　　　　　2022年11月2日写于雅江

茶·咖啡·音乐

　　从杭州来雅江时，母亲送我一小包家乡的茶叶。到雅江后，我第一时间泡着喝，那是母亲的牵挂，那是对家乡的思念。还好，我比较快地适应了高原生活。虽然爬楼梯气喘、天气干燥带来皮肤干燥等问题还是很明显，但挺一挺、熬一熬，也就过去了。

　　来雅江后，我发现同事们喝的大多是茉莉花茶，以绿茶为主，有一股很浓的茉莉花香味，茶叶中还能看到乳白色的小茉莉花朵。我不是很喜欢喝花茶，从小就喝绿茶。记得小时候，每当春天谷雨节气过后，母亲和大姐就去山上采茶，庆元老家没有茶园，都是松散分布在菜地边一棵、田头里一棵的老茶树，比人还要高（现在还有很多人开车去乡下老家专门采那种野茶），并不像茶园里那些修剪得整整齐齐只有一米多高的茶树。为了采茶，母亲和姐姐有时候要跑六七里山路，天气渐热，家里人总是很忙。父亲春耕，母亲有时候要送午饭，就背着篓到田边顺便采茶叶；父亲去种菜，母亲就跟去到菜地边采茶叶。有时候姐姐负责去离家近一点的地方采茶。

　　采回家的茶青放在地上的大竹匾里晾着，要晚饭后才开始炒茶。姐姐烧火，母亲炒茶青，父亲和哥哥负责揉茶叶，要炒三次揉三次才行。把白天采来的茶都炒完，往往就到半夜了。第二天又这样重复着，要连续十天半个月，一家人都搞得筋疲力尽。但是母亲说要抓紧时间，过了这半个月天气热了，茶叶新芽就老了。再说节气不等人，越往后农活越多，更是忙不过来。炒好的茶叶会被分别装在铁皮箱（当时叫洋铁箱）里，两箱足足好几十斤，够全家人一年喝的了。每当有人来家里，我们老家的风俗总是先泡上一杯绿茶，要是过年还会在茶里加一块冰糖。所以我从小就喝家乡山野里的绿茶，从未改变。

到了杭州，我还经常喝老家野茶树上摘下来的、制作并不精良的那种绿茶，后来龙井茶也尝一尝，红茶也品一品，感觉每天都离不开茶。难怪说出门七件事是"柴米油盐酱醋茶"，除了日常烹饪必需的粮油和调味品之外，茶也上了榜。

后来同事喜欢喝咖啡，我也尝试着喝过几回。其实，我享受的是咖啡刚刚泡起来的香味，待真正喝进嘴，倒是没有这个香味了。所以，我喜欢到咖啡厅去看书，也许是因为有这个香味。同事周泉很喜欢喝咖啡，每天必泡一杯，我在隔壁办公室都能闻到那股醇香。有一次，她说挂耳咖啡好喝，我泡了一杯感觉太苦了，难以下咽，所以我只是个伪咖啡迷。

到了雅江后，我一开始是喝茶的，后来援友郝赫来了，才带我喝起咖啡来。他说自己一天都离不开咖啡，到雅江第一件事情就是买咖啡，但是超市里的咖啡都不合他的胃口，于是他迅速网上买了咖啡豆磨成的咖啡粉，买法压壶。每天早上，我都在一屋子的咖啡醇香中醒来。后来，在他的影响下，我也逐步喜欢上了咖啡。郝赫说："喝咖啡是要喝清咖的，加了奶的、加了糖的都没有那味。"我倒不是那么讲究。

到了雅江，我是绿茶、红茶、咖啡轮着喝，但还是喝茶的时候多。春夏绿茶刚出来时饮绿茶的时候多，秋冬季节喝红茶居多，早上有时候喝咖啡，下午喝茶。也许是因为天气干燥，我每天都要喝茶，不喝感觉少了什么一样。有人说喝咖啡能提神，我喝咖啡并不是为了提神，还没到用咖啡续命的那种程度，有时候刚刚喝完咖啡也能倒头便睡。到咖啡厅也是喝拿铁、卡布基诺等为主，摩卡我都觉得有点苦了，也许苦的才能提神呢！

在雅江，工作之余除了看书、喝茶、喝咖啡，更多的时候我喜欢听音乐。少了音乐，就像灵魂少了依靠。也许是因为听音乐能给人带来灵感，我写作的时候、练字的时候必须放点音乐。早上起床的时候，我喜欢打开手机，听几分钟音乐再爬起来。手机里各种收费的App里，我认为最值得付出的便是华为音乐会员费，每个月都按时付费，我乐意为音乐创作人付费，为知识付费将成为我们尊重创作、尊重知识产权的一个潮流。在手机里听总是觉得不过瘾，于是我在网上买了一个小音箱，配在办公室的电脑上，特别是在夜深人静的时候，开点音乐我便能文思泉涌。当然在家里写作的时候也一样，有一次吃完晚饭，我和郝赫去逛街，走进雅江的华为授权体验店，我想起应该买一个小小的音响。试听了几款后，我选定了一个火红色的圆形小音箱，体积不大，音色很好，一百二十九元，我很喜欢。

早上起床，我喜欢听专门为会员推荐的每天精选歌曲，李健的、莫文蔚的、汪峰的、李宗盛的、李荣浩的、周深的……每天都给我精选三十首，我很是享受。吃完早餐，戴上耳塞，一路听到办公室，开始我一天的工作。

藏族是一个能歌善舞的民族，每次接待客人，同事们都要唱歌跳舞，献歌敬酒，这似乎成了保留节目。他们声音粗犷，情感豪放，独显藏族特色。甘孜州每个县都有县歌，并且流传非常广。如果理塘的客人来雅江，首先由雅江的主人献一首雅江县歌——《圣洁雅江》，接着理塘的客人会唱一首理塘的县歌——《洁白的仙鹤》。若是九龙县来的客人，他们会奉上《九龙欢迎你》或《九龙秋色美》。一晚上要唱好多首歌才能把一顿饭吃完。《圣洁雅江》这首歌很好听，词作者是我在雅江的同事钱江，他博学多才，精通摄影与美术，文学功底深厚，我曾几次向他请教。

在柴米油盐之外，藏族朋友喜欢喝酥油茶、藏茶、清茶。2022年春天，母亲仙逝，雅江的同事很用心，献了花、随了礼。我将好友周大彬家的庆元野生老树手工茶配上龙泉青瓷，回赠同事，希望他们喝到庆元、龙泉，那山、那水的味道。雅江作为茶马古道上的一个驿站，见证了各民族经济文化的交流和发展、民族精神的凝聚和各民族间的团结。工作队要求我们学唱雅江县歌《圣洁雅江》，学跳锅庄舞，这是融入雅江的一个非常具体的表现。

2022年10月26日写于雅江

人才聚则事业兴

尊敬的郑书记，各位领导，同人们：

大家好！我是来自杭州市钱塘区教育局的吴志平，现挂职雅江县教育和体育局。

人才聚则事业兴，很荣幸参加这次高规格的人才工作座谈会，更荣幸的是能在这个场合向各位领导和同人汇报我到雅江以来的工作、学习与思考。我这个人喜欢实话实说、直话直说。今天，我从个人角度讲讲我的感受，如有不当之处，请领导、同人批评指正！

都说翻过高尔寺山便是雅江人，浙江援雅工作队要求我们站在雅江的立场来看问题、出思路，把自己当作雅江人，带着真情去工作。在雅江的这十个月，我是这样想，也是这样做的。今天与大家交流三点思考。

（1）深入调研，设身处地为人才着想。不管是走进超市、菜场，还是坐出租车、去小饭店，我都愿意与当地人聊雅江教育的问题。这十个月里，我翻山越岭下乡三十余次，走遍了雅江县的所有学校。

去年秋天，我下乡时，看到孩子们很大方、很阳光，我很高兴。可是拿到一个孩子的本子一看，字写得很糟糕，一页铅笔字基本没人能看懂。我心里很难过，甚至有点生气，我想，要是这个是我的孩子，我会做何感想？我甚至想直接去问问语文老师：你知道怎么教写字吗？后来，我了解到那个班的语文老师是非编老师，她真的不知道怎么教写字，因为没有人培训过她。她连一篇课文里哪些是要读的生字、哪些是要写的生字都分不清，更不知道一、二年级课文后面的田字格描红是怎么回事。我当时心情很复杂，这能怪她吗？她也很想把孩子们教好的，但苦于没有人指导她、培养她。这一刻，我与她感同身受，我不想再责怪她，只想着用什么方法才能帮到她。

还有一次下乡调研，当我们要回县城的时候，有一个年轻老师坐在教学楼前低着头在哭，学校有六位老师，五位都和我们一起回县城了，只留她一个人在一座空荡荡的校园里。她说：想家了。当听到"想家了"这三个字，我瞬间泪目了。她不是雅江本地人，入职两年。还有一个幼儿园老师，也不是雅江本地人，在成都读完大学直接被分配到俄古乡幼儿园，她说理想与现实差距太大了，没有一点精神支柱难以支撑下去。我为她联系杭州的名师与她结对，一对一辅导她，希望能引领她走一段。我认为，能坚守在高原上的乡村教师都是伟大的，我们要为这些老师提供学习机会、展示平台，给他们信心。我希望激发老师们内在的成长动力，对接好杭州大后方的资源，通过"请进来、走出去"的方式增加学习机会，做好人才培养。雅江教育的人才培养工作，任重而道远。

（2）搭建舞台，助力人才脱颖而出。雅江县教育发展的关键因素是人才，是雅江本土的人才，只有雅江本土教师的能力水平提高了、师德境界提升了，雅江的教育才能高质量发展。浙江援雅工作队队长蒋晓伟要求我们做一些能从根源上推动教师成长的事情。我们做了两件事。第一件事，我们建议启动全县教师优质课比赛。教育和体育局的陈局长非常重视，上学期组织了小学语文、初中数学、高中英语的赛课，这学期正在进行小学数学、初中理化生、高中语文的赛课。我们认为，这是一项甄别人才的工作，要让想干事、能干事、干成事的人在教师队伍中脱颖而出。第二件事，我们推出了"卓魅读书工程"。老师如果不去读书，他们会干什么？我非常好奇。2021年11月，我做了教育系统阅读问卷调查，数据显示，百分之五十八的老师一年读书不到三本，有些人一年到头一本书也没有读，这个阅读量实在是太低了。后来，杭州援雅工作队拿出两万六千元经费，精心挑选了七百五十三本书，在寒假前发给老师们读，并要求他们撰写读书心得。世界读书日的时候，宣传部马部长参加书香家庭、读书征文的颁奖典礼。我很高兴，现在有很多老师加我微信，问我读什么书，和我讨论教学问题、写作问题。蒋副县长说，我们要把"卓魅读书工程"做成品牌，一年一年做下去，暑假再组织老师们读书，在教育系统内部率先形成读书的氛围。

（3）精益求精，做出品牌，影响他人。人才是要到实际工作中去检验的，精益求精，把一件一件小事做到极致，你就是人才。我讲两个例子。一个是2021年7月，蒋副县长要求我落实爱心企业对雅江的图书捐赠项目。我走进雅江中学图书馆，看到很多书并不适合高中生阅读。为了把这个事情做好，我要求学校精准提供书单，根据学校的书单，我再请杭州高级中学和杭州第四中学的专家把关补充，推荐适合高中生阅读的书目再进行采购，这样雅江中学的学生就能看到他们想看的书了。另一个是杭州爱心企业捐赠了二十多万元冬衣给麻郎措小学。为了把这件事做好，我联系学校，让老师们精准统计孩子的姓名、性别、身高、体重和鞋子的尺码等信息。杭州企业采购的时候就能精准到人，最后，一百九十六个孩子都穿上了漂亮合身的羽绒服、棉裤、棉鞋。通过这两件事，浙江杭州的老师做事认真、精准、高效的风格就体现出来了，这就是品牌效应。

这样的事例还有很多。2021年在本小支教的郝赫老师，教学有方，真心关爱孩子，家长们对他评价很高。挂职呷拉初级中学副校长的赵老师，带徒弟、研究教材、研究学生一丝不苟，受到了老师们的赞许和孩子们的喜爱。还有连日来通宵下乡打疫苗的邱医生，中藏医院的周医生，他们处处用专业精神，影响着身边的人。

"为什么我的眼里常含泪水？因为我对这土地爱得深沉。"其实，对比杭州，雅江条件挺艰苦的，但是哪怕她有种种不好，我也不许别人说一句雅江的不好！因为，这是我的第二故乡。

本文为在2022年5月11日雅江县人才工作暨援派干部人才、高层次人才座谈会上的发言稿。

青春雅砻

公孜德莫神山之下

318国道旁

江边的樱花

水中的野鸭

不知道哪一个先来

它们共同预告了春到雅江

春到雅江

不需要电闪雷鸣

也不会暴雨如注

有时候是一场厚厚的春雪

有时候是悄无声息的冰雪消融

或是草坝子上的一抹绿

滨江路边垂柳的鹅黄

古老渡口的踪迹已无处寻觅

雅砻江上

1962年修筑的铁桥仍安如泰山

这里留下了多少青春芳华

新建的公路桥如腾飞的龙
述说着发展的故事
共青团在党的领导下
描绘辉煌的百年长卷

今天，就在河对岸
红色安全帽挥汗如雨
青春的脸庞坚毅刚强
水泥罐车穿梭往来
大型机械轰鸣不断
青春力量
展现在乡村振兴的主战场

乡村振兴
是党对人民的承诺
只为木雅广场
藏歌唱起
锅庄舞动
百姓安居乐业
富足美好

青春的汗水
挥洒在红龙柯垃的牧场上
凝聚在天龙湖的大坝里
青春的脚步
丈量洒落在木绒瓦多林间小路的阳光
跨进藏寨升起的袅袅炊烟里
青春的歌声

唱响在下渡的江水中

飘荡在帕姆岭拴马的那棵树下

冬虫在草根下萌动

松茸的菌丝在土里积蓄力量

康巴汉子的青春

如巍巍高尔寺山坚毅挺拔

木雅姑娘的青春

如滔滔雅砻江水灵动秀美

他们用青春舞动美丽雅江

2022年4月1日写于雅江

作品灵感:

春到雅江是那么悄无声息,又那么令人振奋。驻足川藏街北口,凝望雅砻江里嬉戏的野鸭、江边怒放的樱花,还有目之所及的两座桥,我想,这里凝聚了多少青春与汗水啊!漫步滨江路,城东河边是江堤提升改造工程,工人们用青春书写乡村振兴的答卷。在雅江生活这十个月,无数次乡下听课,无数次见到青春的力量,于是写就《青春雅砻》,致敬中国共产主义青年团成立一百周年。

(本诗获"雅江县庆祝建团100周年主题作品展"优秀奖)

第四辑
援友侧记

写作的时候，耳塞里传来莫文蔚空灵的歌声《当你老了》："当你老了，走不动了，炉火旁打盹，回忆青春……风吹过来，你的消息，这就是我心里的歌……当我老了，我真希望，这首歌是唱给你的。"我突然想起，我的书里要有一个章节属于我的援友。当我们都老去的时候，这本书便成了我们共同的回忆。当我老了，我真希望，这本书是写给你的。年轻的时候，我们曾经在康巴大地上并肩作战，工作之余，我们一起烧饭、洗碗、包饺子，一起爬山、散步、读古诗！记录下一个个侧面，致敬在康巴大地遇见的你们。

我的援友赵兴祥

赵兴祥老师是我认识的第一个援友。我们在雅江一起生活、工作一年半，有近一年的时间同吃共住，有半年多他到呷拉镇初级中学任挂职副校长，那段时间他只有周末才回来。

与赵老师相识，是在杭州萧山国际机场。2021年6月30日，我们作为浙江省第一批支援四川省甘孜藏族自治州的专业技术人才，一起从萧山国际机场出发赴甘孜州。这次出发好像都挺紧急的，以至于我头一天才订好机票，赵老师好像也没有提前订票，于是票务公司的人到机场为我们办理了现场刷公务卡的业务。刷卡的人挺多，赵老师就排在我前面，背着一个黑色的双肩包，掏出钱包找公务卡，相互聊了几句才知道是上城区的援友。于是，我们相互加了微信，紧接着刷卡，就匆匆忙忙准备拍照、换登机牌、安检。他问我："吴老师，你去哪里？"我说去雅江。他笑着说："那我们是援友，我也去雅江。"然后他不解地问："你们钱塘区并不是结对雅江啊？"我说自己也不是很清楚。就这样，我们算是相识了。

赵老师做事有分寸，生活很自律。据说，赵老师在杭州时是会喝一点酒的，刚来雅江时还会抽烟，我们都戏称他是高学历的"研究生"（谐音"烟酒生"）。未承想，不到一年，在大家的影响下（我们这批援雅援友都不抽烟），赵老师成功地把烟戒了，酒也很少喝了，因为血脂有点偏高，吃红烧肉也酌量控制了。在高原，我们聚餐大多数时间都喝可乐。民间有个说法，喝可乐可以缓解高原反应，不知道是真是假。关于这个问题，几个援川医生讨论了很久，好像也没有什么结果，大概也就是说可乐里含糖、有气泡，好像能让人感觉好一点啥的，我个人认为并不靠谱。因为高原缺氧，我们都没能坚持跑步等体育锻炼。赵老师在呷拉镇初级中学的半年多时间，只要不下雨，都坚持傍晚到操场快走几圈，保证每天的运动量；在雅江县城的近一年，他每天邀我们一起散步，并极力推崇走大圈（走小圈一千米，走大圈三千米）。虽然在工作队中他年龄最大，但是体质最好，爬山的时候都是第一个登顶的，我们都自愧不如。

赵老师很热情。他个子不高，戴着一副眼镜，两鬓的头发已经有些白了，脸上总是挂着笑容。走在雅江的街头，有很多与他熟悉的人和他打招呼，他也总是驻足聊上几句，给人很亲和的感觉。在我的印象中，热情的赵老师不管走到哪里，总是有很多好朋友。

赵老师很敬业。入雅江近两个月后，因为工作需要，赵老师和杭州上城区派来支教一个月的朱一花、胡珊、徐珈历三位老师，以及挂职七个月的陈云泉老师，到呷拉教育园区去了。赵老师在呷拉镇初级中学任挂职副校长，主要负责初中理化生组的听课、评课、带徒弟。

在呷拉镇初级中学，总能看到他一手拿着听课本，一手拎着一个塑料凳子到各班去听课，听完课还要组织老师们评课。评课中，他一般是最后一个发言的，先鼓励同组的老师按照自己的理解说，最后他才做一个总评。老师们都说他评课很专业，能说到点子上。2021年9月，他们组里有一位老师要参加甘孜州的赛课，他去听课辅导，手把手地教当地老师梳理教学流程、设计教学环节、帮助确定板书，最后这位老师的课获得了甘孜州二等奖。赵老师说，因为时间太紧了，不然这个老师还可以提高更多，获得更好的奖项。因为高原上寒假比平原长，所以平时周六是要上半天课的，我们在县城的几位援友都希望赵老师早点回来，他一来我们就有伴了。更重要的是，他厨艺好，一回县城就会做杭帮菜给我们吃，但是他每次总是要等到学生们都走了才回县城，周日总是吃完午饭就回呷拉镇初级中学去了，比学生还遵守时间。有几次因为学校工作忙，他连周末都在加班；有几次因为疫情防控的需要，他和老师们被隔离在学校教学区域，躺在办公室的藏床上过夜，与呷拉中学的同事一起经历无数艰苦。

赵老师的厨艺很好。他是绍兴人，拿手的是绍兴菜、杭帮菜，家常菜也烧得好，于是我们自己买食材，烧出了家乡的味道。

刚到雅江的时候，我们先在酒店里住了两天，后来与教育和体育局的同事一起租房子，扫地、铺床、搬行李，我们总算是安顿了下来。民以食为天，吃饭成了我们的头等大事。刚开始也试着在外面吃。有时候夹一筷子的菜送进嘴里感觉挺香的，嚼几下，突然一股麻的味道从牙齿周围蔓延开去，从舌头边沿开始向中间靠拢，不一会儿整条舌头都麻到没有知觉了。这好好的一顿饭给我留下了很大的阴影，从此我夹菜都要放在碗里，先扒拉开来，挑一挑掉在里面的每一颗花椒，但就算是小心又小心，还是难免屡招"暗算"。雅江的菜麻辣味很重，我们实在不适应，总觉得不合胃口。再则，这里是318国道线上的驿站，虽然县城很小，但在旅游旺季游客并不少，有时候竟然一房难求，所以物价也不低，特别是餐饮业，我认为是偏贵的。就这样，我们打算自己烧饭，解决温饱。刚开始，赵老师在我们自己这套房子里烧，只有我们两个人吃。人太少很难烧，吃着也没有味道，加上我们的厨房设备简陋，煤气灶是最简陋的，放在一张老旧的学生课桌上，洗碗池也年代久远，于是就去邱添和周佳宾那里烧。两相比较，他们那儿最起码有完整的灶台，看上去还像个厨房。后来，我们四个人决定搭伙过日子，赵老师和邱添担当厨师，我和周佳宾是专业洗碗工。

赵老师烧的菜清淡健康，烧鱼烧肉都入味，除了白切肉我不喜欢吃（看到那白白的肥肉我就怕，所以我一直以来就不喜欢，就算是到了宜宾李庄，面对闻名天下的"李庄白肉"我也未曾动过心），其他菜都很好吃。他特别会搭配，家里有笋干，就烧笋干丝瓜，家里有霉干菜，他就烧霉干菜汤，很有萧山那一带的味道。他烧的酸辣大白菜是一绝，色香味俱全，大白菜醋熘后的香脆和小米辣的辣味恰到好处地刺激我们的味蕾；他炸的花生米，微黄香脆，那味道真是绝了，周佳宾总是将花生米用小罐装起来当零食吃。周末有空的时候，我们还买来水饺皮，剁好水饺的馅料，自己包水饺吃。赵老师、邱添、郝赫、陈云泉老师都能包，只有我和周佳宾没有掌握这项技能。在雅江，尽管经常停水停电，但不影响我们把生活过得多姿多彩。

赵老师顾大局，哪里需要他，他就会出现在哪里。刚来的时候正值放暑假，我和赵老师在教育和体育局机关做教育访谈，写调研报告。开学后，他下乡到呷拉镇初级中学担任挂职副校长。2022年上半年，学校缺生物老师，他主动请缨担任初一年级四个班的生物老师。他上课尊重学生，充分发挥学生的主动性，很受学生喜欢。2022年9月，中央组织部教育人才"组团式"帮扶项目落地雅江中学，他根据组织的需要又到雅江县中学任职。他从大局出发，帮学校梳理了关键的几项制度，推动学校走上优质发展的道路。

赵老师是我的好援友，在雅江的一年半我们并肩作战，为杭州援雅工作队树立了口碑，为工作打开了局面，真心实意为雅江教育发展做出了自己的贡献。

2022年10月16日写于雅江

2021 年 6 月 30 日，浙江省援川专业技术人员出发前在杭州萧山国际机场合影

2022 年 6 月 12 日，在公孜德莫神山俯瞰雅江县城全貌（吴志平 摄）

2021 年 9 月，在雅江的援友们合影

2022 年 8 月 30 日，与雅江的同事到牙衣河走亲（泽仁卓嘎 摄）

2022 年 5 月 30 日，雅江步行街夜景（吴志平 摄）

2021 年 8 月，钱塘区第一批援友路过雅江，即将奔赴天空之城——理塘

2022 年 8 月，钱塘区第二批援友路过雅江，即将奔赴天空之城——理塘

2022 年 3 月，理塘县委常委挂职副县长叶晓明和县府办副主任周丹为吴志平、周佳宾颁奖（邱添 摄）

2022 年 5 月 5 日，翻越折多山时，车窗外的雪山（吴志平 摄）

134

2021 年 9 月，在雅江教育战线的援友们（邱添 摄）

2022 年 10 月，德差乡牧场（吴志平 摄）

2022 年 8 月，去牙衣河乡走亲时，同事们清理路上的落石（李娟 摄）

2021 年 9 月，四名杭州赴雅江挂职一年半的援友在卡子拉山上（胡珊 摄）

2022 年 10 月，在雅江县德差乡月亮山垭口偶遇岩羊群（吴志平 摄）

2022 年 4 月，雅江县天龙湖风光（吴志平 摄）

2022 年 8 月，在"走亲活动"中，与同事走进藏族同胞家中（龙成英 摄）

2022 年 4 月 26 日，与瓦
多乡中心小学的孩子们合影
（胡英 摄）

2022 年 4 月，在蹲点呷啦镇片
区寄宿制学校，与孩子们合影

2021 年 12 月，在麻郎措乡
中心小学举办冬衣捐助活动
（曲扎 摄）

2021 年 12 月，随郝赫老师去家访，需要爬上接近八十度的悬空梯子（吴志平 摄）

2022 年 8 月，到青章志玛家家访（阿杰 摄）

2021 年 10 月 27 日，到木绒乡中心小学组织赛课活动

2022 年 5 月，与木绒乡中心小学的孩子们合影（李鑫雨 摄）

2022 年 8 月，去牙衣
河乡的盘山公路（吴志
平 摄）

2021 年 7 月，雅江县城停水数天，消防车来送水了（赵兴祥 摄）

2021 年 8 月，去康定机场接援友（阿白 摄）

142

2021 年 12 月，在"送培训下乡"活动中，到麻郎措乡中心小学指导
老师们做课件（曲扎 摄）

2022 年 9 月，在雅江的援友们合影

2022 年 5 月，援友们到祝桑乡同达村调研并体验挖虫草

2021 年 9 月，郝赫老师组织普通话推广活动（央金 摄）

2021 年 10 月，蒋晓伟副县长与雅江县德差乡中心小学的老师们合影（刘伟 摄）

2021 年 11 月，八衣绒乡中心小学后山的海子很美（吴志平 摄）

我的援友郝赫

郝赫是个很有教育情怀的人，在雅江支教的半年多，他和我住在同一套房子里。我们俩成了亲密无间的援友，同甘共苦，并肩作战。

郝老师的名字很有特点，雅江的同事一开始不太读得准："吴老师，你们今年来了一位'好喝'老师，还是个研究生嘞！"我一时没有听明白："什么'好喝'老师？"见我一头雾水，同事马上连说带比画："就是好多个赤字的那个字，郝郝老师，不对，是赫赫老师，赫赫有名的这个字。"我这才反应过来，他们说的是郝赫老师："对呀，郝赫老师很厉害的，不仅是研究生，还长得很帅！"我们都笑起来。

郝老师喜欢喝咖啡，每天早上起来非喝一杯不可。刚到雅江的时候，他到处找咖啡店，想请我一起去喝咖啡，但在雅江实在找不到像样的咖啡店，只好到超市去买速溶咖啡，可是喝了两天就说："这速溶的咖啡真的喝不出那味道。"于是，他网购了法压壶和咖啡豆磨成的咖啡粉。每天早上起床，他总是先烧开水泡一壶咖啡，喝了咖啡才去上班。所以，每天早上我们的房间里总是充满了咖啡的醇香。在他的影响下，我也开始学着喝咖啡。他回杭后将咖啡壶留给了我，还从网上买了用阿拉比风味的咖啡豆磨好的咖啡粉送给我，令我感动不已。

郝老师对孩子们的关爱体现在每一天的工作中，他总是那么细心，那么耐心，又那么热心，给孩子们带去温暖。

高原的冬天特别冷，也特别漫长，早上日出时间比杭州晚了一个多小时，郝老师总是每天天还没有亮就起床，喝完咖啡，穿上长款的羽绒服，拎着电脑消失在橘黄色路灯还未淡去光线的街头。这匆匆的背影为的是早一点进教室，将教室的灯打开，用光明迎接每一位早到的学生。来教室的第二件事情，是打开教室里的电暖气片，因为让室内温度升高需要一点时间。第三件事是打开电脑放一点轻音乐——他很喜欢音乐，曾经学过小提琴，可惜他没有把琴带到雅江来。

做好了这一切，他就在教室里等孩子们到来。看孩子们来了，他总是关切地问："路上很冷吧？你怎么不戴手套啊！赶快进教室！""看你嘴唇都干了，没有涂唇膏吗？"孩子们说，早上见到郝老师的笑脸，听到郝老师的问候，心里就特别舒服。看到孩子们冻得通红的脸，他很心疼，回来马上联系我们援雅工作队的医生，又问杭州的医生朋友，有什么药物可以涂。他说这么小的一年级孩子，脸颊上原先的高原红变成了冻疮，看了真让人心疼。有一次，我和他去丁真曲登家家访，发现他们兄弟姐妹三人没有台灯，他立马买了三盏台灯送过去。

郝老师对孩子的关心总是那么真切。刚来雅江的时候，他又是呕吐，又是头晕、气喘、拉肚子，高原反应很厉害。他说自己记忆力很好，在杭州任教的时候最多两三天，就能全部记住三四十个孩子的名字，名字和人完全对得上，但到雅江县城关第一完全小学任教一年级，拿到名单的那一刻，他感到有些为难。这边的学生班额大，绝大多数学生的名字都是四个字。我看了一眼他带回来的学生名单，好像都是丁真什么、扎西什么，让我傻傻分不清。郝老师说给自己一个星期要全部记住，并和人一一对应，他说自己和这些孩子的遇见是前世修来的福气，所以在梦中都会呼喊这些孩子的名字。

郝老师教育孩子特别用心。因为很多孩子的母语是藏语，雅江的孩子普通话说得并不好，他班级里有几个孩子不要说是讲普通话了，就是听懂普通话也感到很吃力。郝老师结合9月"普通话推广周"活动，带领班级里的学生学习普通话。他的普通话水平达到一级乙等，每篇课文他都范读录音，传到家长群里，让孩子们在家也能听。

他对自己的教学要求很高，每一节课都是对全校老师开放的，最起先是语文组的老师来听他的课，后来藏文组、英语组的老师也来听了，最后连数学组的老师也来听他的课。他问老师们："我上语文课，你们数学老师也来听，想听点什么呢？"老师们回答："主要看你是怎么和学生交流的。你对学生那么亲切，一点都不凶，怎么孩子们就这么喜欢你，都听你的呢？"是啊！孩子们的心是最纯洁的，谁对他们好，孩子的心里像明镜似的，清楚着呢！郝老师说："我对学生是严格的，对孩子们读书、背诵、写字都是严格的，但是对学生严格和对学生凶是两码事，坚定而清晰平和地表达严格的要求才能管好学生。"

在一年级任教，教完拼音，郝老师开始教写字。有一天，他对我说："不论怎么教，孩子们的字就是写不好，感觉比起杭州的孩子难教多了。但是从理论上来讲，书写这一块一年级都是一张白纸，应该差异不大呀！"我和他说，可以想想有没有漏掉一些细节。他第二天下班后很高兴地对我说："吴老师，我找到了你昨天说的细节了，这里的孩子都喜欢用橡皮，一擦两擦把纸张都快擦破了，本子脏兮兮的，难怪字写不好。"他翻出手机里的照片给我看："你看今天我严格要求不准用橡皮，这几个孩子写得多清爽啊！"我体会到他的用心，他后来一直严格要求孩子们写字的时候不准用橡皮，落笔即练字，孩子们写出来的铅笔字进步很大，在班级里组织写字比赛，展出孩子们写的字。到期末的时候，孩子们写字已经有模有样了。

郝老师支教的城关第一完全小学就在教育和体育局边上，我打开窗户便可看到他们学校的操场。无数次课间操的时候，我总是打开窗寻找和孩子们一起跳锅庄舞的孩子王。

年底，援川快结束的时候，孩子们和家长都很舍不得。家长们联名写信给县委组织部，请求延长郝老师支教的时间，落款上签满了密密麻麻的字，还印满了鲜红的手印，看得出郝老师的工作得到了雅江百姓的认可。在离开雅江前一天，家长和孩子们排队为他献上洁白的、金黄的哈达，郝老师脖子上挂满哈达和孩子们合影。他说，等到真正要离开雅江的这一天，对孩子们、对这一片热土还真有点不舍。在离开之际，他给雅江的孩子们和老师们写了一封长长的信《写给你的一封情书——一位杭州上城援雅教师的支教总结》，后来这封信发表在"杭州教育发布"微信公众号上，情真意切，感动了无数人。

郝老师身上总是带着阳光的气息，是一个阳光男孩。他穿着得体，是一个特别精致的男孩，早上起来认真刷牙洗脸后，先抹保湿霜，再涂防晒霜，出门前总是把自己收拾得整洁利索。有一次，我看他头上裹着保鲜膜很好奇，就问他："你在干啥？"他说自己在染头发，将头发稍微染一点点颜色，看上去会更时尚一点。我感叹他的时尚。他穿衣也时尚得体，既突显年轻人的时尚潮流，又体现教师的正气，所以孩子们都很喜欢他。

他人缘很好，我和他走在大街上，总是有人不停地和他打招呼："郝老师，你好！""郝老师，到家里去耍啊！""郝老师，我们家孩子很喜欢你呢！"俨然成为雅江的一个公众人物了。我说："你现在是雅江的公众人物了，要注意形象哦！"他幽默地说："我一定注意形象，不给援川工作队丢脸，不给雅江人民丢脸。"然后他挺直腰杆面带微笑地往前走，留给我一个风度翩翩的背影。

郝老师博学多才。我们在一起的时候时常讨论文学写作、电影欣赏、教育教学、课题研究等问题，有时候我们在宿舍里能聊到很晚。因为他研究生主修的是文艺评论，所以在电影欣赏、文学创作方面我们有很多共同的话题。一起讨论茅盾文学奖作品的艺术价值、一起讨论奥斯卡等电影奖项的评选标准等，是我们的日常话题。

有一次，我们讨论到世界电影的发展。他把看过的几部好电影拷给我，让我看完后再一起讨论。我们一起赏析韩国电影《寄生虫》和电视剧《请回答1988》《鱿鱼游戏》，然后深入讨论电影的镜头语言和电视剧的情节设计，讨论文学作品塑造人物的切入点。不管是电影还是文学，他总能说得头头是道，体现出专业水准。我们在援川期间相互鼓励，互相交流读书心得，相互推荐好书，他是我在援川这一年半心灵上真正的援友。

说来还有一件趣事。我的援友赵老师是会喝点酒的，刚来雅江的时候是抽烟的。有一次，援友们开玩笑说："吴老师烟也不会，酒也不喝，还是研究生学历，我看这是不合格的，要拜赵校长为师，培养为真正的'烟酒生'。"入川两个月后，赵老师去了呷拉中学，烟也戒了，酒也很少喝了——这个导师没有起到带徒弟的作用。郝赫推荐我看韩剧《请回答1988》，这部电视剧在网上的评分很高，剧本写得很好，片子拍得也很好，描述善良、奋斗、青春、成长的主题，我看着看着就忍不住哭了。我们一边讨论，一边喝茶，以至于我想起电视剧里很多镜头是几家百姓东家长西家短的聊天情景。剧中主人公在回家之前，有时候会在小区边上的小餐馆喝一杯，以至于我有时候晚上看了这部电视剧都想喝一杯"真露"。周佳宾笑话我说，赵老师当我的"烟酒生"导师是失败的，自己戒烟了，还没有教会吴老师喝酒，而郝赫老师用情境教学法让吴老师主动提出想喝"真露"，这就是主动和被动的关系，是"要我学"和"我要学"的关系。

我们讨论《寄生虫》这部电影，讨论如何用窗户来表达穷人和富人，如何用楼梯来表达人物命运的变化；讨论《鱿鱼游戏》中如何用色彩来表达正义与邪恶，情节是如何埋伏笔的，如何表达人性的贪婪，等等。和郝老师一起的半年里，我写的好多篇散文都发表了，我们讨论写作问题，最后比较好地达成了一致：文字要温暖，要自然、流畅。

也许是缘分使然，郝老师和我说，原先他是报名去菲律宾支教的，递交了材料，经过层层审核，还经历了面试。也许是因为组织认为他还太年轻，所以没有派他去菲律宾，他辗转来了甘孜州。停电了，我们一起秉烛谈文学、深夜拍星空，我们一起读仓央嘉措的诗，一起讨论电影；停水了，我们一起抬水、等水；冬天的周末，我们还一起去家访、去爬山。席慕蓉在《回眸》里写道：前世的五百次回眸，才换得今世的擦肩而过。在茫茫人海中，在雅江与郝老师相遇，应是前世几百万次的擦肩而过，方能修来的福。

2022年10月23日写于雅江

我的援友周佳宾

　　我与周佳宾在去援川之前就熟悉了，我们曾经是钱塘新区教育与卫生健康局的同事。也许是因为太熟悉了，以至于我很难准确描述他。他高高的个子，鼻子上架着一副眼镜，年轻有活力，性格开朗。

　　他在援川期间主动担当作为，曾经在群里当着领导的面拍胸脯说："我来制作工作队的视频！"后来才发现领导要的是宣传片，要求很高。他有一种拍着胸脯断了两根肋骨的感觉，后来他找到雅江县融媒体中心，还是把这个艰巨的任务完成了。

　　每一句描写、每一个事例好像就在眼前，但写出来都感觉干巴巴的，还是收录他曾经的一篇文章显得更加生动些。

一名预备党员的援川之路
——我在四川涉藏地区这一年

　　在杭州，出梅之前的日子是最难熬的。天气热得有点不像话，潮气甚满，浑身都黏糊糊的，以至于家里的空调不知道该开制冷模式还是除湿模式才好。五岁的女儿噘起小嘴说："妈妈说了，先开一会儿除湿，睡前再调整为制冷模式。"平凡而幸福的日子就这样一天一天过去。

2021年6月，梅雨季节快要结束时，我受组织委派，光荣地成为杭州市第一批援甘孜藏族自治州的卫生专业技术人才。惜别钱塘的亲友，背上鼓鼓的行囊，怀揣一份盖了鲜红印章的组织关系介绍信，我来到全国最小的县城——雅江县。我在这里挂职中藏医院副院长，分管医务、临床条线相关工作。支援医生对我这个预备党员而言是一种磨炼、一种奉献，更是一分收获。

第一次踏上川西甘孜这片土地，我被这里热情的藏族同胞、洁白的哈达、绵延的群山、成群的牦牛深深吸引，眼前的一切总能让我震撼。入甘孜州的第一天夜宿康定，第二天一早我们开始翻越海拔四千多米的折多山。一路上，头痛气促流鼻血，晕晕乎乎的高原反应那么真实地袭击着我的身体，我一口一口深深地吸着氧气，以缓解高原反应带来的不适。苍翠的草原、成群的牦牛和远处的雪山，像电脑壁纸一样从我的车窗往后翻页，每一帧都那么美，美得令人窒息。

向组织报到的第二天就是中国共产党成立一百周年纪念日，身为预备党员的我在电视机前观看了庆典，因为是在援川路上观看，我更加心潮起伏、思绪万千，国家的繁荣富强真是来之不易啊！听到习近平总书记在庆祝中国共产党成立一百周年大会上庄严宣告："经过全党全国各族人民持续奋斗，我们实现了第一个百年奋斗目标，在中华大地上全面建成了小康社会……"我的心久久不能平静。何其幸运，在这个伟大的时代，我接过祖国建设、共同富裕的接力棒，走向新征程！

到达挂职单位后，简单地安顿好生活，我立即投入工作中。我从座谈调研入手，了解当地居民疾病谱，发现当地百姓尤其是牧民就医不便，对健康常识的认知存在较大偏差。如何建立、健全当地的医疗服务体系，普及健康知识，解决看病难的问题，是医疗帮扶和实现共同富裕需要攻克的难题。自从来到雅江，我一直把将雅江县中藏医院的中医药科室做细做强、打造为本地的一个标杆作为目标，推动中医药健康文化在四川涉藏地区的传播。

我做的第一件事是开展讲座，普及健康知识。不光给院内职工做基本的中医基础理论培训，我还到其他地方讲课。先后在雅江县的养老院、各中小学开展活动。教藏族老人八段锦，辨认常见的草药和用途；组织开展中藏医药文化进校园活动，在娃娃们心中种下民族医学的种子。

第二件事便是义诊。我多次到乡镇、牧区，给当地的藏族同胞进行医疗干预。有一次，我和援友一起散步，经过梯子巷时，看到一位老奶奶拄着拐杖迈着艰难的步伐一步一个台阶往上挪移，她的家人在边上搀扶着。我们走过去问需不需要帮忙，老奶奶说："哎哟，老了，不中用喽……"一声无奈的叹息看出了病痛对老人的折磨。她指了指膝盖："痛得很哦！"她的家人说，老人年轻时上山挖虫草、采松茸，长时间趴在雪地上膝盖受寒，加上经常爬陡峭的山路，膝盖受损，现在上下楼非常困难，平路拄着拐杖尚能走走……据了解，四川涉藏地区居民，特别是老年人，患氟骨病的人很多，我经常在路上看到老爷爷、老奶奶拄着拐杖一瘸一拐地行走。

入川一个多月后，我们组织医生去八角楼乡义诊。那天我起了个大早，在白大褂上小心翼翼地别上党徽，在心中默默告诉自己，我要用自己所学专业给乡下的藏族同胞送去健康。印象最深的是一位藏族老奶奶，双膝关节退行性病变，来的时候步履蹒跚行走不便，经过我现场的针灸及药物治疗，疼痛明显改善。治疗结束后，她下地走了几步，脸上露出了笑容，看了看我胸前的党徽嘴里一直在念叨着什么，可以看出疼痛明显减轻了。当地懂藏语的医生告诉我说："她问这个医生是从哪里来的，要感谢你。"我叫医生用藏语叮嘱她以后要少爬山……奶奶转身就走了，不一会儿，她手里拿了几朵蘑菇回来，一个劲地说："扎西德勒，扎西德勒！（藏语，意为吉祥如意）"她将蘑菇塞在我手中。看着她那满是皱纹带着高原红的脸上绽放的灿烂笑容，我不知说什么才好，多么纯朴的藏族同胞啊，值得我付出更多！

作为一名援川的医院管理者，帮助当地医院提升医疗质量刻不容缓，这是我到这里后着手做的第三件事。我多次召开医疗制度建设的研讨会，优化完善医务质控、院感防控等流程，强化门急诊、住院部、隔离场所等的规范管理。纸上得来终觉浅，我还举行多次医疗应急演练，现场点评，现场教学，让医院职工加深学习印象，掌握规范流程。日常工作中，我和其他杭州来的援友一起组团帮扶、认真工作，发挥自己的专业能力，带领当地团队不断进步，在当地领导干部和同事中树立起杭州标杆，传递高质量意识。疫情防控期间，我一直冲在第一线，在岗位上锤炼自己的党性修养。

转眼，一年预备期马上就要到了，我郑重地向党组织递交了转正申请，到期时雅江县中藏医院党支部召开支部党员大会讨论我的转正问题。会上，同事们列举我工作的点点滴滴，表扬我为藏族同胞所做的一切，通过投票等各项议程，党支部书记宣读了全票通过我按期转为正式党员的决议，我听了热泪盈眶。

面对鲜红的党旗，在支部书记的带领下，我高举右拳宣誓，心里暗下决心将努力践行入党誓词，做好援川工作。我深知入党不是一阵子的事情，而是一辈子的事情，成为正式党员后，肩上的责任更重了。

有时候和女儿视频聊天，她问："爸爸，你什么时候回来陪我玩呀？"我告诉她："爸爸远离家乡努力工作，是为了蓝天白云之下广大牧民能更健康。"也许女儿还不能懂得我援川的意义，但"一人去援川，全家受锻炼"的理念家人们都懂得。

工作之余，我努力学习，有时也去爬山。俯瞰甘孜大地碧绿的草原，仰望蔚蓝的天空，我坚定信念：我必须为藏族地区的乡村振兴更加勤奋努力，在工作中更加饱含热情，更加无私奉献！这样才对得起我的家人，对得起脚下的这片热土，对得起党和人民对我的教育和信任！

2022年6月13日写于雅江

我的援友邱添

援友邱添的名字很特殊，刚开始的时候我们都以为他的名字叫秋天。百家姓里确实是有秋姓的，革命烈士秋瑾便姓秋。后来熟悉了才知道他姓邱，是邱少云的邱，我们开玩笑说，刚开始听到秋天这个名字，还以为是一位美女呢！

他是我们援友中最潮的一位，头发偏长，形象卡通，有时候头发都盖住耳朵了。领导说："邱添，你该去理发了。"他说："我上周刚理的。"确实是刚理的。也许领导觉得，男生要留短发，但我却认为他留长发也挺好看的，很时尚，很阳光，很有活力。因为他和郝赫都是精致男生，所以他们两个在一起的时候就会讨论用什么样的护肤品、什么样的防晒霜。赵老师如果恰巧也在，总会无情地补上一句："我天生丽质，什么霜都不用。"他俩简直无语。郝赫会说："赵老师，防晒还是要做的，皮肤黑了是小事，如果紫外线刺激诱发皮肤病变那就可怕了。邱添，你是医生，你说是不是？"邱添就会很配合地点头称是，并做一番紫外线如何伤害皮肤的科普。

邱添与周佳宾一起挂职雅江县中藏医院副院长，因为他工作认真负责，管的事情比较多，所以我们都叫他邱常务。他与我们并肩作战一年半，为雅江医疗人才的培养和医院建设付出了很多心血。

邱添很好学，喜欢宅在家里看书。在雅江的这一年半，他深入调研，撰写医学专业论文多篇，其中公开发表的就有三篇。很多时候，我们一起聊天，他讲出来的医学专业名词总是让我们听不懂，要他做通俗解释后我们才会说："哦，原来是这样。"因为专业素质高，值得病人信赖，所以我有些同事体检报告出来后就让我带过去给他看。他总是很专业地解读各项指标，并有针对性地提出以后生活中、饮食中要注意的事项。

他很好学，不仅本职医学领域学得好，还特别精通日本文化，曾经自学日语，能用日语与人交流。当我们讨论有关日本的文化时，他总能侃侃而谈，特别是对日本的电影很有研究，所以他的穿着打扮也无意中显露着一种日系风。有一次，他推荐我看日本的奥斯卡获奖电影《入殓师》，我看过这部电影的介绍，但没有认真从头到尾看过，看后我们一起讨论为什么日本的电影能获得奥斯卡奖项，他的见解独到，给我很多启发。

邱添是学西医的，脑子中有明显的理工男思维；周佳宾是学中医的，我们都说他以形象思维为主。我们四个人吃饭的时候曾多次就西医和中医的问题展开辩论，有时候我们因为一两个问题意见不统一，两边各执一词，为了求证真伪，我们就打赌，赌注往往是一箱可乐。

邱添的厨艺很好，因为妈妈是四川人，所以他会烧川菜。有一次，我们说："大家因为吃不惯川菜才要自己烧，你又给我们烧川菜。"他说："其实你们街面上吃的川菜重油、重辣、重麻，我可以根据你们的口味结合家传的川菜烧法进行改良，烧出营养可口的川菜。"大家都表示："我信你个鬼！"结果他烧出来的菜确实很受欢迎。"我和赵老师的烧法不同，我代表现代派厨师，赵老师代表传统派厨师。"他说。在艰苦的岁月里，他和赵老师给我们当厨师，轮流烧，我们打心底里感谢会烧菜的邱医生。我最喜欢邱添烧的炸鸡翅，那金黄酥香的味道，总是让人情不自禁伸手去抓，他总是不忘提醒一句："小心烫，要稍微等一下才会脆。"还有他烧的炸鱼排也是一绝。对于美食，他非常用心，经常是中午吃完饭就把晚上要烧的菜备好，晚上下班可以直接烧。这样我们能早点吃饭，晚饭后可以到雅砻江边散散步，聊聊天，这成了我们在雅江期间最惬意的时光，成了我们的保留曲目。

在工作队，邱添总是主动担当作为，工作队的微信公众号"尚雅情"一直都是他在维护运营的。经营文字、编辑图片对于一个理工男来说是一个不小的挑战，当然邱添乐于学习，很快就进入了角色。我们有时候也会讨论宣传稿件的修改，图片的选择、编排等问题，他总是一丝不苟。2021年底，工作队要编辑一本画册，邱添收集图片、排版、修改，几易其稿。最后，当一本精美的杭州援雅工作队画册《上雅进行时》呈现在面前的时候，大家都赞不绝口，可见邱添在编这本画册时付出了多少心血啊！

2022年10月19日写于雅江

在雅江的援友们

在雅江的这一年半，有很多援友与我并肩作战，有教育系统的，有卫生健康系统的，还有政府的，算起来有二十多人了。浙江援甘孜州工作队雅江分队队长是雅江县委常委、挂职副县长蒋晓伟。他和郁泽升主任比我们早两个月到雅江，他俩要在雅江工作三年。

记得我第一次见到蒋副县长，是抵达雅江时他为我们献哈达。蒋副县长是警察出身的，身材匀称，看上去很精干，腰板笔挺，很有精神。一年半来，因为工作很忙，加上高原缺氧睡眠不好，他的白头发越来越多了，让人看着都心疼。

蒋副县长总是说，我们要抓大项目，也不要忘记干好一些能让雅江老百姓有获得感的关键小事。他体察民情，干工作总是以问题为导向，要求我们在调研时发现什么问题就解决什么问题，要带着研究问题的思路干工作，将问题变成课题。

在调研的基础上，我们做出判断，雅江教育发展的关键因素在教师。而雅江地域广阔，教师们参加培训需要翻山越岭，所以实际上，雅江本地教师开展教研活动是不多的。蒋副县长得知这个情况后，和我们商量到底怎么破解这个难题。经过思考，蒋副县长争取了一笔援助资金，设计了视频教研系统。系统建成后，老师们不必走出大山，只要在学校就可以参加县里组织的活动，还可以连线杭州的教师培训资源，与专家共同探讨教育问题。

2021年10月，蒋副县长带我和郁主任去德差乡中心小学做一个校服捐赠活动，上城区社会团体给德差乡中心小学捐赠了一批校服。捐赠活动后，蒋副县长深入了解了学校的发展情况。德差乡中心小学地处偏远，校长和老师们说，学校有很多困难，并提到学校没有窗帘，紫外线太强，晒得孩子们受不了，另外就是学校没有浴室，冬天孩子们的洗澡安排在周末，先用柴火烧热水，再组织学生排队洗澡一次。蒋副县长一一记录，回去后多方联系，很快解决了学校窗帘安装的问题。2022年秋季，蒋副县长打电话给我，问去年德差乡中心小学的浴室修建问题解决了没有，我说还没有。蒋副县长马上安排，在冬天到来之前，建成了学校浴室。现在学生们不要说是洗热水澡了，就是每天早上起来和睡前也能用热水洗脸、刷牙、洗脚了。在蒋副县长的帮助下，红龙镇中心小学进行了学生寝室提升改造，德差乡中心小学、木绒乡中心小学等偏远小学增加了图书储备室，麻郎措乡中心小学的孩子穿上了温暖的冬衣……

蒋副县长对我们队员既严格要求，又关爱有加。入冬以后，高原上氧气稀薄，他叮嘱郁主任为队员们购买了制氧机、取暖器、电热毯，让我们温暖过冬。

2021年教育系统来短期支教的队员还有朱一花、胡珊、徐珈历，她们在呷拉教育园区支教一个月。2022年我到呷拉镇片区寄宿制学校蹲点的时候，老师们还不时提起朱一花老师，说朱老师工作踏实，课上得好，给老师们留下很好的印象。短期支教的老师虽然时间很短，但是她们发挥自己的专业特长影响身边的老师，给当地的老师和学生留下了深刻的印象。

陈云泉老师挂职呷拉初级中学副校长，半年多时间里为他们设计田径运动会，指导老师们带足球队，还联系杭州的企业为老师和孩子们捐赠了训练服装、美术用品等。他工作认真，专业能力突出，用心用情深深感染了雅江的老师。2022年短期支教半年的有付兰老师和朱琼洁老师，还有短期支教一个月的章康、张宇骞、邱振涛老师，他们用自己的专业为当地的老师开启了一扇了解外面世界的窗。

2022年上半年，中央组织部教育人才"组团式"帮扶工作启动，来自浙江大学附属中学的周红军副校长赴任雅江县中学校长，来自杭州高级中学的朱建芬、周阳锋和来自杭州第十四中学的王真伟也于8月底来雅江，他们也成了我的援友。

对于来自卫生系统、一起在雅江工作的工作队员，因为工作上交集不多，了解得也不是特别深，在此录入十位医生的名字，以记录曾经在雅江并肩作战的时光。杭州市上城区卫生健康系统在雅江挂职人员有：2021年，王博、凌予佳在雅江工作七个月；潘坤、毛晔旦、闻成聪，在雅江工作一个月。2022年，陈金星、唐旭平在雅江工作七个月；余良刚、吴魏鹏、陈建龙在雅江工作一个月。

还有在雅江县农业银行挂职两年的龚盛副行长，在雅江县政府办公室挂职七个月的苏瀚波，在雅江县审计局挂职两个月的孙振邦，也是我在雅江的援友。

2022年11月6日写于雅江

在"天空之城"的援友们

从钱塘区派出到甘孜州的援友，只有我和周佳宾是在雅江挂职的，其他的援友都在"天空之城"——理塘。

这两年，卫生、教育系统各来了两批帮扶理塘的援友。2021年，钱塘的援友们经过雅江赴理塘的时候，我请他们吃个午餐，一起合一张影；2022年，钱塘的援友们去理塘之前，我也在雅江请他们吃个午餐，再合一张影。这些都成了我们珍贵而美好的回忆，在异乡见到亲人，不需要理由，总有种莫名的亲切与感动。

浙江省帮扶四川省甘孜州工作队理塘分队的队长是挂职理塘县委常委、副县长的叶晓明，他既是我们的领队，也是我们的贴心大哥。

记得今年中秋节前一天晚上，叶副县长打来电话，问我们中秋节怎么安排。每逢佳节倍思亲，每当中秋月圆之时有亲人打来电话，思念之情便油然而生。我说没有安排，就在雅江，其实挺想家的。叶副县长说："你和周佳宾到理塘来过中秋吧！"听到这一句话，我瞬间红了眼眶。我对周佳宾说，叶副县长邀请我们去理塘过中秋节。周佳宾问："那我们怎么去？"其实叶副县长都已经想好了，他和我们雅江工作队的队长蒋副县长说好了，请他的司机在中秋节那天送我们去理塘，过完中秋节再由叶副县长的司机送我们回来。这样周到的安排，让我们充满感激，远在两千多千米之外，钱塘人能在一起过一个中秋节，是多么的难得。

这是我们第二次上理塘和工作队会合。浙江杭州对口帮扶四川甘孜州，杭州一个区县帮扶甘孜一个县，钱塘区对口帮扶理塘县，形成"塘塘合作"。组织考虑到理塘等县海拔太高了，于是就把帮扶一年半的专业技术人才就近分配到边上的低海拔县，于是我和周佳宾便被分配到了雅江县，这也是组织对我们的关怀。去年8月，队员们去理塘的时候，还没有完全适应高原生活，因为是第一批援川人员，条件非常艰苦。生活上困难也很多，高原上，气压低，沸点低，没有高压锅米饭煮不熟，在锅里面条煮不熟，汤圆、水饺也很难煮熟，我们都试过。

记得去年我们过去的时候，援友们非常热情地招待我们。第一印象是"天空之城"理塘比雅江宽广多了，第二印象就是"天空之城"的海拔实在是高哇！我们住在虫草大酒店，半夜缺氧，头痛得睡不着，只好打电话给大堂经理，让他们开氧气送来吸氧的管子，插在鼻子上才睡了几个小时。援友们也说，刚刚到高原的时候感觉缺氧厉害，一周后才慢慢适应。

他们刚刚搬进人才公寓，我们晚上便在公寓里自己烧饭吃，那天刚好停水停电了，徐晓明、潘登、章凌飞、刘敬科、王建煜等援友自己动手煮，加上买来的熟食，摆满了一茶几（没有餐桌）。天慢慢黑了下来，我们一起用餐，拿出蜡烛和台灯，打开手机照明灯，这是一顿难忘的烛光晚餐。

那次从理塘回来后，我的身体像被掏空了一样，过了三天还没有恢复过来，好像生了一场大病。身体的感受让我意识到，三千米海拔和四千米海拔不是一个量级的。我很佩服我的两位援友徐晓明、王建煜，他们两个是二上高原的。2021年王建煜完成了半年的援川工作，回到钱塘。2022年援川工作启动后，他又主动报名，凭借良好的身体素质和对高原教育的情怀二度入川，成为一段佳话。王老师是钱塘区的一名普通科学老师，到了理塘后在理塘县第四完全小学支教。他在学校组建了第一个高原上的天文社团，自己掏了一千多元，买了一台入门级天文望远镜，让在"天空之城"离天空最近的孩子们能观察到星空，看到月亮上的环形山。高原的县城光污染很少，空气质量又好，孩子们第一次通过天文望远镜看到星空时都激动不已。王老师在"天空之城"组建天文社团，鼓励孩子丁真曲西给宇航员写信，并收到了回信，成了媒体关注的热点。

徐晓明老师2021年入川，到2022年6月底满一年，回去休整一个月后，他主动请战二度入川。他说："希望自己能做更多的事情，帮助理塘的教育发展。"

队长叶晓明是一个非常有情怀的领导，他和周丹主任要在理塘工作三年。去年他刚刚来理塘时高原反应严重，在一次县里组织的颁奖活动中不慎扭伤了脚踝，他拄着拐杖，吸着氧气坚持工作。今年，在一次从理塘赶往康定对接工作的路途中，车子开出县城一小时后因为前轮胎爆裂发生车祸，车子翻滚，前挡风玻璃爆裂，气囊弹出，车子差一点掉下悬崖。三人从车里踹开碎玻璃爬出来，惊魂未定的他们掏出手机报警求助，可是这一路段根本没有信号。叶副县长沉着冷静，危急时刻开展自救，先评估三人身体状况，分两组求助，司机对地形熟悉，爬上垭口寻找手机信号，他和周丹站在路上向过往车辆求助。还好半个多小时后一辆甘孜州交警的车经过这个路段，搭救了他们。

最后确认身体没有受到严重的伤害大家才放心，叶副县长说："我们命大，如果车子再滚出去半米掉下悬崖，我们三人都将粉身碎骨。"他说得那么轻描淡写，但我们听到这个消息的时候，心都揪了起来。

在高原上，温馨的时刻，总是让我记忆深刻。

中秋节庆祝活动开始了，工作队员自己动手买菜烧饭，叶副县长带领大家包水饺，用高压锅煮水饺，和藏族老师一起唱歌，还安排我们看"非遗"文化——藏戏。远离家乡的时候特别想家，叶副县长说："吴老师，工作队就是我们的家，我们要把心安下来，这样才能把工作做好。理塘工作队是你和周佳宾的家，雅江工作队也是你们的家。"他总是鼓励我和周佳宾注意身体，好好工作。

周丹主任平时沉默寡言，善于思考，他写的材料、组织的活动总能让人眼前一亮，对很多问题都看到点子上，对我们也很关心。

还有很多援友，他们坚守高原，为理塘的教育和卫生发展做出了自己的贡献，带去了钱塘的温暖与先进的理念。因为在工作上交集不多，在此不做一一叙述，只录下名字，纪念我们一同的援川之路。

钱塘区派出对口帮扶理塘县的工作队队员有：2021年，徐晓明，在理塘工作一年；祝丰、王建煜、周忠平、章凌飞、潘登、张函、刘敬科、韩一飞、毛林辉、张洁、骆俊哲，在理塘工作半年。2022年，徐晓明，二度入川，在理塘工作第二年；王建煜，二度入川，工作半年；马鸣五、应珂威、俞崎刚、张军贤、金伟彬、赵雷、钱淳铭、叶龙洁、凌全海、张倍溶，在理塘工作半年。

2022年11月10日写于雅江

第五辑
援川 **家书**

木心说：从前车马很慢，书信很远，一生只够爱一人。我说：当今媒体发达，交流方便，却丢了深刻。时常和家人视频聊天，但我始终认为书面沟通更具仪式感，更加深远——面对我家稚嫩的少年，我赴川时，你还在读五年级；结束时，你已读初一。当我把信写好，递给雅江邮政局的工作人员，看见她郑重地盖上邮戳，心中的一份念想便带着高原上六七月格桑花的芬芳或是冬天的雪花，飞到你的身边。脑海中常常浮现你小心翼翼拆开信封、认真阅读的样子。这些书信或探讨学习，或讨论成长，或交流情感。因为没有陪伴在孩子身边，我想说的都写在一封封纸质的信里，"援川家书"成了我这一年半对孩子最好的陪伴。孩子说，他将信放在床头，想我的时候就拿出来再读一读。

给吴冕的第一封信

吴冕:

你好!

到雅江县七天,工作、生活都基本安顿好了,今天抽空给你写封简短的信,告知你和家人我在这边的一些情况。

周三从杭州出发,今天又是周三。这一周里,身边发生了许多变化,经历了许多困难,内心的感受是复杂的。我觉得你妈妈更辛苦了,既要照顾弟弟,又要关注你的学习,所以你要懂事一些。还好,你长大了,成了一个真正的男子汉。这几天,你独自一人参加夏令营,从妈妈发过来的照片看,你很辛苦,满头大汗的。你走出了独立的第一步,你一个人离家住一周,真的很了不起。记得我小时候也有这样的经历。那一年,我读四年级,奶奶听人说离我们村十里地的底墅村有老师开办暑假班,便花了三十元钱送我去学习,那也是我第一次离开父母在学校过夜。头几天,一到傍晚太阳下山时,我就忍不住想家,甚至想哭,过了三天才慢慢适应过来。一周后,回到家的一刹那,我能更加感受到家的温暖。从这个年龄段开始锻炼独立自主能力,应该刚刚好,希望你能理解爸爸妈妈的安排,在夏令营交到好朋友。

我这边的情况并不是很好。刚来的前两天住酒店，后来雅江县教育和体育局给我们租了一套房子，两室一厅，每月租金一千四百元，但是设备不齐，卫生状况也不好。房子里没有桌子，只有两个脏兮兮的沙发，更让人恼火的是热水器是坏的。我已经两天没有洗澡了，还好这边气温比较低，没有出很多汗。另一个不如意的地方是厨房的下水有点小问题，前天房东来修过，所以我们有时候去外面吃，有时候在出租房里简单烧一点，根本没有家里那么温馨。还有，这里经常停水，据比我早来的援友说，这里一下雨就停水，一刮风就停电。可想而知，这边的生活无法与杭州相比，不过请你相信爸爸，我会照顾好自己的，有时候出来吃一点苦算不了什么，这会让人更加珍惜幸福的生活。

吴冕，我到这里之后，发现这里的教育发展很薄弱，比我想象中还要落后些。据初步了解，整个雅江县大约有五百六十多位老师，从2020年的年报数据来看，学生也不多，幼儿园一千六百人，小学四千五百三十一人，初中一千七百四十八人，高中七百八十二人。全县共有十七个乡镇（有一个俄古乡好像被撤并了），只有十四个乡镇有学校，最小的学校只有四名学生和一名专任老师。我还没有去过乡下，可以想象那是多么艰苦的环境。你要珍惜现在的美好生活，努力学习，不忘自己的目标，一件事一件事去完成。明年暑假我带你、妈妈和弟弟一起来这边玩，前提是要锻炼好身体，毕竟这里是高原。还有很多这边的情况，等我了解后再一一告诉你。因为我从网上购买的书桌还没有送到，今天只能趴在一个小床头柜上给你写信，腰都酸了。因为没有准备信纸，我就把信写在白天用的几张调查问卷的反面，你暂时克服一下吧！

有点晚了，先写到这儿吧！

爱你的父亲：吴志平

2021年7月7日晚

谈生活

吴冕：

爸爸想你们了！

虽然能经常通过视频通话的方式与你们联系，但每当空下来的时候，我就会特别想你和妈妈以及弟弟。在家里，你是最大的男子汉，爸爸不在家的时候，你就是家里的顶梁柱，要照顾好妈妈、弟弟和奶奶。成长从独立开始，你能在夏令营独立生活一周，能自己放学回家，能独立带奶奶坐火车回老家，这些都证明你长大了。当然，人的成长更重要的标志是思想的独立，你得学会思考，不管遇到什么事都要独立地思考，有自己的看法、自己的观点和自己的解决方案。比如你上学期数学模拟考试失利，我们都有些焦虑，最终你战胜了自己，考了九十一分，比我们制定的目标还高了六分。这件事证明你是能行的，你要更加自信，要相信自己。

这个暑假你很辛苦，原来制定的几个目标都在有序推进，相信辛勤的汗水能换来丰收的喜悦和成长的快乐！

与你说说我这边的情况吧！

自7月1日下午到雅江以来，已经过了半个月了，我们在慢慢地适应环境。一方面是地理环境，这里海拔两千七百米左右，是青藏高原东边段，再往西就是海拔四千米以上的高原，从这里出发往西一千六百多千米走318国道能到拉萨。因为海拔高，空气中的氧含量少，所以要防止缺氧等高原反应。目前来看，我的身体状况还算不错。另外一方面是生活和工作上的适应。这里生活条件不如杭州那样优越，虽然是县城，但经常停水停电，导致洗澡成了一件奢侈的事情。前段时间连续停水，让生活变得更加艰难。这几天虽然有水，但水质不好，很浑浊，所以我们要买大桶装的矿泉水喝，这成了一笔不小的开支。还有就是住房比较简陋，卫生状况堪忧，热水器是坏的，卧室没有窗帘，厨房勉强能烧饭，但脏兮兮的，客厅的几个沙发已经很旧且脏，只有一台老式的电视机，最令人懊恼的是房间里没有书桌。种种困难摆在我们面前，但我们没有退缩，而是积极应对。虽然房子是租的，家具是旧的，但日子是自己的，生活的每一天都是新的。于是我们从网上购买书桌，买铺在桌面上的桌布，换上新的灯泡，装上新的窗帘，让房东来修好热水器，我们还买了洗衣机（快递还没有送到）。经过一个多星期的努力，生活终于回归正常。这些经历让我相信，人的所有能力中生存能力应该是放在第一位的，其中健康的身体和面对一切困难不退缩而是积极去解决的意志力，应该排在第一位。

只有生活稳定了，才能阅读、思考、学习和工作。吴冕，人的一生要经历无数次环境的变化，要学会适应环境，改善环境。你以后读初中、高中时有可能要住校，读大学时可能要离开杭州这座城市，还可能去国外求学。每当遇到新的环境，你会短暂地感到不适应，需要以强大的内心去面对。还有一点就是到新的环境，面对的都是陌生人，要学会交往。这次到四川甘孜州来，除了钱塘区一起援川的一位医生是我原先认识的，我面对的都是陌生人，经过一周的努力，我已经认识了许多这边的同事。

我所生活的雅江县城四面都是高山、悬崖峭壁，中间有一条雅砻江穿城而过。县城只有两条主要的街道，一条叫解放街，一条叫川藏街，都只有两车道，整个县城看上去拥挤不堪。据说整个县城只有五万多人，百分之九十五以上都是藏族同胞。很多当地人用藏文书写，用藏语交流。藏文，我一个也不认识；藏语，我一句也听不懂。这半个月，我都在县城，没有去过乡下，据说乡下更加艰苦。

每当我面对困难的时候，每当体验艰苦的生活，每当离开家走向远方，心中的感受是家的分量更重了。要珍惜现在来之不易的生活，只有一家人共同努力奋斗，我们的家才会越来越好。

吴冕，我的好儿子，今天就写这些吧！

祝

快乐！进步！

爱你的父亲：吴志平

2021年7月15日

初到雅江

吴冕:

见字如面，请代我向家人问好!

吴冕，爸爸来雅江已经三周了，这是我给你写的第三封信。白天事情比较杂，没有一大段的时间给你写信，只能晚上在台灯下完成与你的书面交流。

这一周我第一次周末出去玩，去了离县城六十多千米的新都桥，看到了塔公草原。这是一个旅游景点，并不像书上描写的蒙古草原，能看到成群的牛羊。但草原上的野花、牦牛和远处的雪山还是给了我们很深的印象。

7月19日，周一，杭州市天长小学的楼校长一行到雅江考察调研。下午，我与当地的同事陪同他们到雅江县八角楼乡片区寄宿制学校。这是我第一次下乡，也是我第一次走进这里的学校。这所学校离县城不远，只有十几千米，学校有一到六年级，二百三十多名学生，二十七名教师。正值暑假，学校里没有学生，校舍还不错，挺新的，教具图书也有不少。老师介绍说，这里的学生并不是特别爱看书，所以成绩也并不是特别理想，二十七个老师水平也有待提高。幸好杭州有许多名校，有很多方面可以帮助他们，希望接下来的时间，这里的教育能在杭州的帮助下有所提升，这也许就是我们来四川援助的意义吧!

听这里的局长介绍说，近三四年，四川涉藏地区的教育已经有很大的进步了，可以想象原来是多么的落后。2018年以前，全县应有八千多名学生来小学和初中读书（接受九年制义务教育），但有两千多人不来上学，可能是去放牧了，也可能是去挖虫草了，或者是去捡松茸了。后来，政府努力落实"控辍保学"，现在基本上没有辍学的学生了。我想也对呀！如果学生都不来，学校还谈什么教育质量呢？要感谢前面几年这里的老师和干部所做出的努力。接下来我们援助四川涉藏地区，希望提高这里的教师水平和学生的学业水平。

八角楼乡片区寄宿制学校的学生都住在学校里，近的一周回家一次，最远的村庄离学校有五十多千米，学生也就不回家了。我似乎看到孩子们背着书包翻山越岭走路回家的背影。这样对比起来，吴冕你生活在杭州真的是非常幸福了。要珍惜眼前的幸福生活，努力读书，将来才有能力帮助别人。

吴冕，爸爸离开杭州后一直在思考一个问题：我这一年半到相对落后的地方，自己的水平会不会下降，到时候回来会不会跟不上杭州的节奏了？

这几天我终于想明白了。如果我跟着这边的节奏，每天上班下班，只做眼前的工作，那水平肯定会下降。所以我告诉自己，要不停地思考，不断地看书、写作，适应这边的环境后要深入学校去调查研究。不同的环境给我带来更多的灵感和思维的冲击，这样才会有进步，才能收获不同的成果。人要不停思考才会有进步。

今年暑假能完成既定目标，你真的很棒！只有一个一个小目标去实现，人生的大目标才能达成。这几天家里有好消息，佳语姐姐被温州大学录取了，虽然与她心目中的浙师大、杭师大擦肩而过，但总算家族中又多了一个本科生，况且温州大学在省内也算是一所很不错的大学。吴冕，你心目中的大学是哪一所？

我在第二封信里与你谈了人要学会生存，要有求生的技能，要有适应环境的本领，这几天的新闻你看了吧！郑州（你妈妈读大学的城市）暴雨灾害导致二十五人遇难，七人失踪，令人心痛。很多人说：灾难和明天不知道哪一个会先来临。我想说的是，学会求生的本领，有健康的生活习惯、强壮的体魄，再加上强大的内心，不管什么灾难来临都不会畏惧，还能在别人有困难的时候伸出援助之手。

吴冕，爸爸希望你做学业上的主人，主动规划自己的学习和生活，白天如果没有去游泳，就多看看书，看整本的书，如四大名著等。还要提前将老师布置的作业完成，数学做《一课四练》。我购买的五年级下和六年级上的《一课四练》也到了，明天可以开始研究。让我们共同努力！数学上一个台阶后，你的成绩会更加稳定。

今天，我和同事走进雅江的松茸市场。雅江号称"中国松茸之乡"。现在松茸还不是很多，特别贵，每斤要一百七八十元，等下周量多一点了，便宜一点了，我再买点寄回来，大家一起尝一尝。还有，这边的土豆也挺好吃的，明年暑假过来玩的时候，我带你和妈妈吃藏餐，喝酸奶，喝酥油茶。我在这边已经慢慢适应了，一切都还好，你在家照顾好弟弟和妈妈！

祝你完成你的暑假目标！

爱你的父亲：吴志平

2021年7月21日晚

雅江松茸上市了

吴冕：

展信好！

提笔给你写第四封信，和你讲一讲这些天我的思考。不知道你是否收到前面三封信了，爸爸希望你好好保存这些信件，如果想爸爸了可以打电话给我，也可以拿出信件来看一看。为什么选择用书信这样古老的方式与你交流，就是因为书面文字有一个好处，可以反复看。

吴冕，我认为要学会每一天都反思自己的行为。曾子曰：吾日三省吾身。暑假马上就要过去一半了，好好总结流逝的7月，认真谋划好8月。7月，你的收获很大，付出了很多汗水，参加夏令营、练书法、学游泳、打羽毛球、练钢琴，每一项你都按照既定的计划进行，可以说这个7月你过得很充实，月末之时总结一下、回顾一下，也是一种成长。规划生活是一门学问，接下来我们要谋划一下8月：本来我打算8月回杭州一趟，看来是要泡汤了。这两天全国疫情多点散发，其中南京最为严重，没有想到的是四川省成都市也有两个区成了中风险区，所以计划只能暂时取消，是否能回来还要看一下疫情防控的情况。并且这边的医疗技术不比杭州，如果在雅江县做核酸检测的话，要第二天甚至第三天才能拿到结果（杭州几个小时就可以了），有些地方要检查四十八小时内核酸检测结果，那么三天前的结果相当于一张废纸了。我很想回杭州一趟，因为想家了，挂念你奶奶了。

因为刚过来，我在这边的工作没有在杭州那么忙，就有更多的时间看书，这个月我的阅读量至少有一百万字。希望你也多阅读，开学后也许就没有那么多读书的时间了。青藏高原的冬天比较寒冷，也很漫长，这边的寒假会更长一些，暑假会短一些，雅江县计划8月20日开学，到时候，我们也会忙起来。

吴冕，你要安排一下自己的8月，我想两件事情是不能少的。一是坚持阅读与锻炼，有计划地看几本书，把书名列出来贴在书桌前，看完了就打钩，平时跑步、跳绳，也可以和妈妈打打羽毛球；二是尽早完成作业，攻克数学难题，我五年级下《一课四练》已经做到二十页了，这本练习很好，如果全部都能弄懂，数学考高分就很轻松了。另外，原先安排好的钢琴考级要按计划完成。听妈妈说你不怕抽血了，变得勇敢了，我很高兴，为你点赞！

吴冕，奶奶年纪大了，你要多陪陪她，我不在家的日子里，你每天都要和她聊聊天，讲讲庆元话。本来打算国庆节前后送她回庆元老家，也许会提前，等奶奶回庆元后，你就不能天天见到奶奶了，要珍惜相处的日子。

这段时间，雅江县的松茸上市了，我昨天买了一些寄给杭州的朋友，也寄一份回家，让妈妈烧给你吃。这样的山珍非常难得，生长在高原上无法人工栽培，营养价值很高，价格也很贵，所以你一定要尝一尝。如果觉得好吃，我下次再多寄一点。看来近期是回不了杭州了，过两天我给你和弟弟寄一点牛肉干吧！这里的人养牛的比较多，大多数养的是牦牛，一头牦牛养在草原上从小长到成年大约需要六七年时间，所以肉质特别好，明年暑假你和妈妈过来的时候再请你们吃牦牛肉。

我已经慢慢适应了这里的环境，现在基本没有高原反应了，一切都挺好的。你在家要照顾好妈妈和弟弟，记得平时多和奶奶聊天，时刻记牢自己的目标，做一个懂事的男孩。这几天你们都在关注奥运会比赛吗？很多冠军的成长经历告诉我们，没有人能随随便便成功，冠军的背后是辛勤的汗水，我们也要学习运动员的拼搏精神，不断努力。

我心中有一个写作计划，等下一封信的时候再告诉你吧！

爱你的父亲：吴志平

2021年7月29日

生活杂谈

吴冕：

　　开学好！

　　新的学期开始了，大家都忙碌起来了。雅江县的小学生也在今天开学报名了（原定8月20日开学，后来推迟了）。我办公室窗外就是县城里的小学——雅江县城关第一完全小学，现在老师正在给学生们上体育课。这样一来，我的窗外就比往常热闹了许多。

　　吴冕，爸爸和你谈一谈这些天读书的感受。这一周，我继续读《道德经》和《四川通史》。到一个地方必须深入了解当地的历史发展，在看《四川通史》时，我感受最深的是四川每个朝代都有战争，这里是兵家必争之地。这样想来，浙江真是很幸福的，没有经历过很多大型战争。每有战争，百姓生活必定遭受重大的创伤，哀鸿遍野，民不聊生，所以我们要倍加珍惜今天的和平生活。当然，现在的四川，特别是甘孜州等涉藏地区，在祖国和平稳定方面有着重要的战略地位。读《道德经》让我更加明白，人要依照自然规律去办事，违背了自然规律是不能把事情办好的。比如，每天都有日出日落，古人遵循自然规律，日出而作，日落而息，但现代人因科技发达打破了这个规律，晚上熬夜，这样对身体有伤害，所以我们提倡早睡早起。再如，人都有生、老、病、死的过程，这也是自然规律。每一个人从出生到长大成年都在吸收能量，你在这个阶段的主要任务就是学习，学得越好，下一个阶段就越出色；到了成年要开始工作，这个阶段是一边学习（吸收能量），一边释放能量，如果小时候不好好学习，没有吸收足够的能量，工作的时候就会很吃力，没有大的作为。人生的每一个阶段都有其主要任务，不可以打乱这个自然规律。

9月，你要读六年级了，便进入了小学最后阶段。古诗云："黑发不知勤学早，白首方悔读书迟。"要抓住机会，珍惜时间，努力学习，如果错过一个人生阶段，很多事情就很难弥补了。

吴冕，我觉得新学期你要勤于思考，学会交流和表达。听到你当音乐课代表的消息，我很高兴，大胆表达自己的思考，自信一些，你会发现读六年级的你是一个全新的自己。有什么困难及时和父母、老师联系，大家都会帮助你的。

说说我这边的情况吧！天气渐凉，这些天下雨比较多，8月25日折多山上已经下雪了，等到冬天不知道这里会有多冷，不过爸爸已做好了准备，去克服一切困难。妈妈寄来的衣服和鞋子都收到了，我寄给你的牛肉干今天应该会到了，不知道你是否喜欢。一种是风干牦牛肉干，有五香味和香辣味，不知道你喜欢哪一种；另一种是卤味的，估计挺辣。如果你喜欢，我下次再给你寄。

还有一件事情可以跟你分享。有一天晚上，快10点的时候，我关了顶灯，打开台灯在床上看书。突然，我听到窸窸窣窣的声音，接着看到窗帘在动，我想：难道是一只飞蛾躲在窗帘后面？我没有管它，依然看书。不一会儿，只听见"咚"的一声，一只小老鼠从窗帘后面掉了下来，飞快地窜过床底，藏到了衣柜后面。这地方条件艰苦也就算了，居然还有老鼠！我在衣柜和墙的间隙之间用扫把捅了几下，小老鼠掉了下来。它艰难地爬上书桌，一时找不到出口，掉下书桌两次。我真想一竿子敲过去，可转念一想，这里的民俗是不杀生的，我静静地立在一边看。第三次，老鼠找到窗户的出口溜之大吉了。从此，我晚上睡觉一定要检查一下窗户是否关严了。

没有想到，过了两天，又有一只小老鼠从门下的缝隙里钻进来，偷吃我放在书桌上的瓜子。当我听到响声打开台灯时，它又从门下面的小缝隙里逃走了，真是无孔不入。

　　吴冕，第二批从杭州派来支援雅江教育的老师昨天也到了，我们到海拔四千二百多米的康定机场去接他们。自此，杭州在雅江的老师队伍更加壮大了。

　　今日先到这儿吧！

爱你的父亲：吴志平

2021年9月1日下午

学会思考

吴冕：

你好！

雅江天气渐凉，我在这里一切均安，请勿挂念。来雅江两个多月，感受到时光流逝之快，无以言表，刚来时还是初夏，时至今日已是深秋。早晚气温很低，我已经穿上了冲锋衣。原先雅江街上松茸飘香，现在已难觅踪影，松茸季也圆满落幕了。

吴冕，春夏秋冬一年四季交替轮回，这是自然规律，人们无法抗拒，只有尊重自然、顺应自然。今年中央出台的"双减"政策也是希望中小学生顺应自然规律，健康成长。学习不是不重要，但以影响学生身体健康为代价来追求学习成绩的做法是不符合自然规律的，所以要给学生减负。你现在六年级了，学习已经很独立，很自主，要多运动，养成早睡早起的习惯，这才是顺应自然。春季抓住机会赏百花齐放的美景，同时不忘记播种；夏季享受桃李西瓜，同时不忘记施肥除草；秋季迎来收获的金色和瓜果飘香；冬季休养生息，为来年积蓄能量。所以古人说：春生、夏长、秋收、冬藏，天之正也。不可干而逆之。逆之者，虽成必败。

　　爸爸希望你学会深度思考，六年级是思考能力发展的加速期，你要抓住这一时期努力思考，遇到事情要多问问为什么。一年级的数学很简单，到了六年级就变难了，这是因为你们的思维能力发展了，学好数学有利于培养人的深度思考能力。平时那些智力题、脑筋急转弯等都不是深度思考的范畴，有时是猜想，有时是顿悟，而要培养深度思考，则要像你以前观察电话亭的专题研究那样，"深挖一口井"，进行专题研究，不断思考。所以到了高年级，你要看整本的书，要看大部头，而不是一个一个童话故事。因为像《三国演义》《红楼梦》《基度山伯爵》这样的大作品构思都是很严谨周密的，需要深度思考方可理解内在的逻辑关系。妈妈当校医也在学习深度思考，她前面构思的"关于小学生两眼视力差的研究"就是很好的例证，要向妈妈学习。爸爸也在这一方面不断努力。

　　最近，爸爸写了一篇散文《印象甘孜州》已经完成并投稿，希望能发表。写这篇文章的体会是人要学会用心去感受生活，学会及时记录。生活是丰富多彩的，你要用心去感受。你每次外出，每天上学、放学，每一节课都是不同的，只要你用心去感受，也许走的路一样，但心情不同，事物的变化都会让人有新的收获。吴冕，爸爸希望你用心感受自然，用心感受生活，这样人生会更精彩。

　　前几天，我接到浙江师范大学老师的通知，计划9月25日举行研究生毕业典礼。这两年多，备考时的辛苦付出和每次上课、完成作业的艰辛都令我记忆犹新。研究生毕业典礼是一个仪式，更重要的是在读研期间我的思考方式在改变，看问题、处理问题的能力也有了提升。所以，付出总会有回报。如果有机会，我还想读博呢！学无止境，学而知不足，我要求自己保持终身学习的状态。

　　吴冕，你要好好学习，听妈妈的话，我回来后，带你去庆元看望奶奶，带你去乡下的那个老家吃庆元美食可好？

爱你的父亲：吴志平

2021年9月9日

中秋话团圆

吴冕：

又到中秋佳节，远在四川，无法与家人团聚，感到遗憾，思念之情油然而生！此时月亮已高挂在空中，那么明亮，那么皎洁！明月让中国人的思念多了几分诗意，故学好中国文化能让人更有底蕴，中秋佳节更是要多读几首关于月亮的诗词的。"明月几时有，把酒问青天……"每到中秋，总让人想起苏轼的这首词。今年中秋节，我们在雅江的七位杭州援友一起吃地锅鸡，一起赏月，过得还算开心。我为每人买了一个月饼，没有想到，四川的月饼也是麻辣味的——真是一方水土养一方人。

吴冕，团圆的节日能让人更加深刻理解离别的含义，一次次的离别是为了更好地团聚，要珍惜和家人在一起的日子。你现在还小，将来长大了，也有可能到外地求学或工作，不能与父母家人在一起，要把家放在心中。我已订了9月24日回杭州的机票，25日参加毕业典礼，虽然错过了中秋，也算是弥补了。国庆节我打算回庆元老家看你奶奶，你们也一同前往。今日中秋，明日又上班了，先写到这儿。

爱你的父亲：吴志平

2021年9月21日中秋节

请尊重自然规律

吴冕：

你好！

回川已一周，提笔写信与你交流，希望你有空之时多翻阅我写给你的信，领悟其中真正要表达的要义。这封信，我昨夜拟好了提纲，打算与你交流三个观点，分享两件趣事。

吴冕，大自然是非常神奇的。那天从成都坐车回雅江，车子开到折多山脚下一个叫折多塘的地方，司机说接下来要翻越海拔四千多米的折多山了，大家可以下车去方便一下。我下车的时候，看到不远处是连绵的雪山，眼前的一幕令人感到非常震撼，大家纷纷拿出手机拍照。只见高耸的雪山在蓝天的映衬下格外洁白，每一座山峰都好像戴上了洁白的帽子。再过几天就是霜降节气了，这几天杭州也降温了吧？

我要与你交流的第一个观点是：人类要尊重自然，要尊重自然规律，谁违背了自然规律，都会导致严重的后果。从大的方面来讲，国家非常重视生态文明建设，严格遵守联合国《生物多样性公约》《联合国气候变化框架公约》等法规文件。这些好像离个人很远，并不具体。关系到个人的事情也有很多。爸爸希望你仔细思考辩证地看待。如，自然界的动植物都有自己的生长规律，冬天冷了，爬行动物大部分选择冬眠，人们要穿上厚厚的衣服。如果你违背了自然规律，还是穿短袖就要感冒了，这就是尊重自然规律，顺应自然规律。人早睡早起不熬夜也是自然规律。人从小学本领，长大做事情，到老了，像奶奶那样七十九岁了，就应该安享晚年，这也是自然规律。你先把身体锻炼好，学好本领，将来才会有出息，这是最好的顺应自然。听王真珍老师说，你体测时跳绳一分钟能跳二百零六个，我为你感到骄傲，这证明你坚持每天锻炼是有效果、有收获的。另外，你正在长身体，奶茶、饮料一定要少喝，一个月最多喝一次。这些深加工的食品，加工过程中添加了太多东西，已经不太是原生的味道，对人，特别是对青少年的影响是非常之大的。总之，时时事事均不可违背自然规律。

要与你谈的第二个观点是：人心中一定要有目标，一个远期的愿景，一个近期（短期）的目标。我自己的每一点成长，都是目标引领的结果。我像你这么大的时候——也是小学四五年级吧，我们村考出了第一个大学生（就是我当时的邻居范宗妙，现在在庆元当校长）。后来了解到他考上龙泉师范学校，毕业后可以当老师，不必去种地和上山砍柴了，从此我有了人生的第一个目标——考上师范学校。经过努力，我实现了目标。

吴冕，爸爸想和你交流的第三个观点是：学会总结和反思。对于你们小学生来说，没有要求写总结，更没有要求写反思，但是总结和反思是一种处事方式，是一种思维方法。读师范的时候，我们的语文老师杨建飞教我们：总结就是讲清楚你做了什么，取得了什么成绩，是成功的还是失败的；反思就是讲清楚为什么成功或者为什么失败了，找到成败的原因，总结出经验来就行了。我认为你可以总结一下体测的进步。希望你每过一个阶段能总结一下自己的学习和生活，不断提高自己。

最后和你分享两件趣事。我前些天在路边捡到一只小乌龟，现在还没有放生，昨天给它喂了十来颗龟粮，今天一看它一颗也没有吃，也许是要开始冬眠了，一动也不动，再过一天如果不吃，我就决定将它放生了。今早上班路上，一只小老鼠从我脚下窜过去，吓了我一跳。它在我面前快速跑了十多米，看样子和上次爬进我房间的那只差不多大小，不会是同一只吧？难道它认识我？

亲爱的儿子，爸爸不在家的日子里，你要照顾好妈妈和弟弟，我这边一切安好。

祝

学习进步！全家安康！

爱你的父亲：吴志平

2021年10月17日

生命的意义

吴冕：

　　你好！

　　这是我在雅江给你写的第十封信。先和你说一说这周我两次下乡的经历吧！这一周工作比较辛苦，连续两次下乡，周一去的是最偏远的雅江县德差乡中心小学，这所小学只有一到三年级，七十多名学生，九位老师。那天早上，我们很早出发，为孩子们捐校服，为这里的老师联系杭州专家结对，帮助他们进步。今天去的是雅江县海拔最高的红龙镇中心小学，一路过去，看到山顶已经是皑皑白雪，到了学校，看到孩子们很艰苦，很冷，山上都是积雪，学校门前也是雪。我们看到这样的情况，更加觉得应该叫杭州的老师多帮帮他们。

　　这次有杭州的领导过来，看到我们在这样艰苦的环境下做出成效，给予了表扬。你也应该感到光荣，爸爸能参与东西部协作和对口支援的工作，全家都是值得骄傲的，你和妈妈的支持也是这项工作的一部分。你好好学习，坚强、勇敢，爸爸就放心了，这是对爸爸工作最大的支持，相信你一定能做到。

　　今天这封信，爸爸想和你谈谈两个观点：一是关于离别；二是关于生命。

　　人的一生中会遇到很多次离别，感谢你和三姑姑那天来机场送我。离别是一种重要的人生体验，你十岁前，爸爸妈妈几乎每天和你在一起，你没有体会过离别。你幼儿园、小学每次毕业都是一次离别，毕业后虽然大多数人还在同一所学校，但是你们不可能在同一个班了。到高中、大学以后，相聚的机会就更少了。那么我们怎么样对待离别呢？我想有三点非常重要：一是学会告别，一份毕业礼物，一声珍重或者机场里一个温暖的拥抱，都是很好的告别；二是珍惜在一起的日子，国庆节爸爸回来，我们一起去看奶奶，过得很愉快，下次爸爸回来，全家人一定会开心过好每一天；三是用心体验想念、思念、牵挂的感受。你体会到想念家人是一种什么味道了吗？要用心去体验，同时享受重逢时的惊喜。如果你能体会到这三点，证明你长大了。

现在已夜深人静，我想和你谈一谈生命这一个古老而又深沉的话题。上次和你说过，生命是有自然规律的，人类发展，生老病死无法改变，所以我们要珍爱生命，过好每一天，同时敬畏生命，生命的意义在于做了对人类、对别人有利的事情。奶奶今年七十九岁了，回顾她所做过的事情，我觉得她这一辈子过得很有意义，对家族发展的贡献很大。她养育了儿女六人，每一个都成家立业，传承了良好的家风。从她身上可以看到三样最明显的优秀品质：勤劳、善良、坚毅。这三样是她留给孩子们最好的礼物。她曾经说，有乞丐来家门口要饭，哪怕锅里已经没有饭了，她也会把碗里没有吃过的一边拨一半给乞丐。这样善良的心会感动上天，得到福报。今天就写这些吧！

爱你的父亲：吴志平
2021年10月21日

谈学习

吴冕：

你好！

今日是立冬节气，正逢周末，有空给你写封信，这应该是我给你写的第十二封信了。

今天想和你谈一谈学习方法的问题，因为教育是一门科学，学习本身就是一门科学，所以我们要正确认识它。是科学就一定有其规律，学习方法的选择与掌握至关重要，用科学的方法学习会变得轻松有效，没有找到学习方法的人则学得很痛苦，看似很用功，效果却不好，成绩也不理想，更让自己失去了信心。

我想有几个学习规律你应该掌握。

第一个是各种学习都应该预习，要有预先的准备。语文学科的读课文、学生字、提问题是预习；数学学科先看懂例题、先了解学习内容也是预习；音乐的先唱一唱曲调，钢琴的先识谱、试弹，体育的器材准备、热身运动，都是预习。提前知晓学习内容、准备学习工具和心理准备能让你自信从容地提升学习效率。如果没有一定准备就进入课堂，学习效果就会大打折扣，所以请你养成预习的习惯，并长期坚持。比如前段时间，我在这边给课堂评比当评委，我肯定预先学习，点评的时候我就能从容自信，有的放矢，效果很好。还有每次下乡前，我都会提前了解第二天要去的学校有多少学生、多少老师，做到心中有数，这个其实也是预习。

第二个是不同的学科应该有不同的学习方法。文科要多积累，理科要多思考，文体艺术学科要多实践。语文、英语等要多读多记，趁青少年记性好时多背诵经典，积累深厚的人文底蕴，将来你一生都受用。其实小学语文课中就有安排语文学习方法策略的单元，你要认真去学习回顾，把这些方法都学会：有快速阅读、学会提问、学会预测等方法。数学当然也有自己独特的方法，一方面是联系生活实际，比如空间想象等，你要在实际中去操作，运算方面要多练习，最重要的是要多思考，要经常琢磨数学问题，这样脑子会越用越灵活的。音乐、美术等学科最重要的是实践，平时要多练习，有机会多展示，学校艺术节上，希望你大胆报名，充分准备，展示自我，我和你妈妈会为你加油的。你要掌握学习方法，趁青春年少这个黄金时间，让学习事半功倍。

第三个是学习的核心是思维，不管是文科还是理科，都离不开思考，这是学习的本质。不管是弹琴还是唱歌，不管是游泳还是打球，更不要说是学语文、数学了，学习的时候都要思考。

吴冕，学习是终身的事，要掌握方法，一刻也不能停，我从未停止对学习的追求。

上次与你提到过作家推荐给我一本《创作技巧谈》的书，可是网上找不到，于是我买了另外一本同名的杭州大学1981年编的书，里面讲了如何创作散文，怎样写小说。我想学会了之后，我的写作水平定会提高一个层次。

前几天成都有了新冠确诊病例，整个四川省都紧张起来，学校管控也严格起来，你要学会保护自己，注意个人卫生。爸爸估计要到放寒假时才能回家了。你要努力成为家里的小男子汉，承担一些责任。

冬天的积累是为了春天的萌发。冬天到了，春天还会远吗?

爱你的父亲：吴志平

2021年11月7日

谈处事

吴冕:

你好!

今天是小雪节气,真是奇妙,雅江昨晚真的下了一场小雪。早上起来看到山头都白了,如同给山峰献上了洁白的哈达,甚是好看。早上起来体感很冷,据天气预报,本周会越来越冷,看来高原的冬天真正来了。

寒冷的冬天最适合围炉读书。古代读书人都有自己的书斋,并且取了有趣的书斋名号,在很多作品中都有体现,比如清代志怪小说家蒲松龄的书斋叫"聊斋",后来他最出名的小说集就叫《聊斋志异》。唐代著名诗人刘禹锡的书斋叫"陋室",后来他写了一篇著名的散文《陋室铭》流传于世。每一个名人的书斋取名都和他的生活学习相关,含义深刻。爸爸在这边没有专门的书房,只能在卧室里放一张小书桌,作为平时学习写作的主要场所。经过一段时间的思考,我将书斋取名为"移座斋"。只因卧室太小,只有九平方米,放下一张床后再放一张小书桌已经很挤,再放一把椅子就无法通过了,如果要从书桌前走过,必须移开座位才行。为此,我写了一首打油诗:

移座斋

援川之行入雅江，租得卧室九平方。

屋小难容一书桌，移座方能侧身出。

三五卷书灯下放，一两支笔搁砚上。

学无止境不敢忘，发奋读书心莫慌。

希望以此激励自己不断学习，告诫自己，不管身处何方都要有一张书桌，不忘学习。

吴冕，我与你的书信讨论更多的是学习这个主题，今天想与你讨论三个问题。

第一个问题，当今世界，学习边界不断拓展，我们将如何去适应？广义的学习不仅指在学校里学习，一切有利于自己成长的活动均可称为学习。未来的学习是怎么样的，无法预测，但不断变革是肯定的，学习方式手段也会不断变化。比如，我小学的时候根本没有线上课程这一说法，都是老师们面对面教学，学科知识的学习很多是在学校里完成的；到你读小学的时候，已经有了线上线下多种选择。相信未来的学习方式、学习资源会更丰富，选择性会更强。从学习场所来看，以往都是学校，接下来会发展到社区，城市图书馆等。因为移动终端的普及，甚至地铁、高铁、飞机都可以成为学习场所。我现在每次坐飞机都争取在候机室和航班上看完一本书（十万字左右），可见学习是无处不在、变化无穷的。

吴冕，你现在要从小学迈向初中，所以爸爸希望你掌握学习方法，到初中越来越好地发挥男生的优势，成为一个真正的学习者。在小学向初中过渡的过程中，很多同学会被外界干扰。比如，很多同学到初中开始使用手机后，学习成绩一落千丈，有的同学开始追星，对学习没有兴趣。外界事物纷繁复杂，对中学生的吸引力很大，爸爸希望你要有自己的判断，成为一个有主见的人，努力排除对学习的干扰，走向优秀。

第二个问题，我想和你谈一谈如何处理突发事件。上一次，你们小队组织活动，我一直等着从群里看到你的照片，但最后你没有赶上，后来听妈妈说你是骑车去的，半路上车子坏了。从这件事中我意识到，你要学会处理突发事件，今后不管遇到什么问题，都要学会自己处理。我意识到，你是最棒的，爸爸相信你。

不过，爸爸想提醒你两个处理突发事情的原则。一是沉着冷静不慌张。心理学研究表明，情绪会影响人的思考，人在紧张时做出的判断和决策往往是不正确的。因为在这个时候，人没有了思考力，处理事情时肯定受到影响，所以不管多大的事情都不要慌。二是生命至上，寻求支援。因为是突发事件，所以很可能会危及生命，不管什么时候，生命都是第一位的。当你单独一人在外，遇事要学会求助，一方面求助亲人父母，一方面求助身边在场的人，哪怕是陌生人也要大胆求助。请你记住这两个原则。

第三个问题，想和你谈一谈如何突破自我。吴冕，这一周我会有两篇文章刊出，这对于我来说是一个突破。我不断学习写作，不断挑战自己，就会有突破。往常一年发表一篇文章，如果变成一个月发表一篇，那么从量上来说就是重大突破。听到你报名参加学校艺术节，我很高兴，你在突破自己。希望你不断挑战，不断突破，绽放自己。

本周三，我们放建州节的假，有五天时间休息，我想用这个时间构思我的一篇小说《桑珠的学校》，希望能成功。接下来几天都很冷，你和弟弟要注意保暖，不要感冒，平安度过这个冬天。我这边一切安好，想念奶奶，想念你们了。

今天就写到这儿吧！

祝

学习进步！

爱你的父亲：吴志平

2021年11月22日

谈写作

吴冕：

你好！

两周没有给你写信了。你的来信上周就收到了，看到你的来信，爸爸很高兴。信中所言和所提的问题证明你很会思考，其实在我看来，期中考试只是一个诊断，看看自己还有哪些没有掌握的，成绩当然很重要，但是不能纠结于一时的分数。爸爸始终认为，学会学习才是最重要的，期末马上又要到了，希望你课前预习，课中思考，勤记笔记，课后复习，按这个方法，你的成绩才会提高。你每天都很努力坚持，爸爸知道你很辛苦，为了美好未来，重要的事情要长期坚持做。

吴冕，昨夜这边又下小雪了，天气越来越冷，这是我在高原上度过的第一个冬天，寒冷、早晚温差大，与杭州有很大的差别，爸爸还在适应中。昨天在去雅江中学的路上，我看到路边有很长的冰凌，足足有两尺多长呢！前天我还去了一个乡村小学——麻郎措乡中心小学，组织了一场捐赠仪式，杭州的两家企业为这里的一百九十六位同学捐赠了棉衣、棉裤和棉鞋。看到孩子们穿上温暖的冬装，我感到很欣慰，也算是做了一件善事，希望今后再做些力所能及的好事，多帮助这边的孩子。

吴冕，我一直在学习写作，这段时间主要学习写散文。你也许会觉得奇怪，你不是语文老师吗？还要学吗？正所谓学无止境，不停学习才能有进步。昨天，又一本大学写作课程的书到了，这是关于写作方面的第四本书。我想趁援川的机会多体验生活，多写作，多学习，把自己升级成为一个业余作家。这是我的短期目标，长远的目标是成为一名作家，学会写小说，把这边的故事讲好。这样的写作是文学写作，不是我教孩子写作文，它要具有审美价值。当然，想成为作家并不那么容易，我投稿七八篇，但真正发表的才两篇。第三篇本来应在11月20日发表的，编辑都已经出了样稿，后来让主编给"毙"了。可见，想成为作家并没有那么容易，不过既然选择了远方，便只顾风雨兼程。现在我争取一个月投稿一篇，10月和11月都实现了发表，12月加油！

吴冕，看到你参加艺术节登台唱歌，我很高兴，舞台是给有准备的人设置的。希望你以后不断接受挑战，登上艺术舞台，也在人生的舞台上有精彩的表现。

一个多月后，我将回到你们身边，到时候我们一起去老家陪奶奶过年，我心里一直记挂着奶奶。期末复习这段时间，你要好好规划自己的时间，建议不看电视、多复习功课，预祝你取得好成绩！

我在这边一切安好！当前疫情多点频发，注意保护好自己。

祝

一家健康快乐！

爱你的父亲：吴志平

2021年12月12日上午

谈春天

吴冕：

全家好！

回雅江已有一周，我在这边一切安好！先讲讲这边的情况：上周日住成都，周一坐汽车用了九个多小时才到雅江，跋山涉水，翻山越岭，穿越了无数个隧道，看到了许多座神圣的雪山，路上的艰难可见一斑，真切地体会到了援川之艰辛。到雅江后做了核酸，一切正常，还参加了单位组织的庆祝"三八妇女节"活动。

已是初春3月，这边的天气也稍微暖了一些，这两天早上温度也已经超过零摄氏度，中午能晒到太阳的地方则超过二十摄氏度，一天中温差很大。春天的到来，让人更加期待高原的美景。你也要在春日里安排好作息时间，早睡早起，加强锻炼，增加营养，促进身体发育长高。据说这边的藏历三四月是斋月，藏传佛教徒在这个时间是要吃斋礼佛的，所以这段时间是不杀牦牛的，菜场里也只卖外地进货的冰冻牛肉。其实想来也很有科学依据，春天，大自然中大部分动物都在孕育生命，用斋月的形式来修复生态，我认为还是很好的。只有深入当地，才能体会到藏族文化的丰富多彩。

因为工作需要，接下来我要到乡下的学校去蹲点一个月，那里条件更加艰苦。蹲点的学校问题不少，我会全力以赴提升那里的教育教学质量。我对当地的老师说，我来自浙江，出于公心，不谋私利，只要是对学生、对老师、对学校有利的事，我都会去做好。老师们对我也有期望。希望尽我所能为他们做点事。下周再与你叙述我下乡蹲点的体会。

爱你的父亲：吴志平

2022年3月13日上午

第五辑　援川家书

下乡蹲点见闻

吴冕:

你好!

今天周末,下午1点半去爬山,4点多才回。我爬到雅江县城后山,走了三千米平路,来回一趟就是六千米,微信运动显示我走了一万多步,路上看到两处桃花(同事说可能是李花)已经开放。这几天气温在上升,早晨已有两三摄氏度,中午则高达二十七摄氏度,热得人直冒汗,温差太大,我都不知道如何穿衣才好。

温暖,花开,预示着春到雅江了。记得去年在信里与你讨论过自然规律不可阻挡这一个话题,春夏秋冬四季交替不会因人的意志而改变,我们要顺应自然,尊重、敬畏自然。春天是万物复苏生长的季节,人也一样。在春天长得最快,你要依照这个规律早起早睡,加强锻炼,增加营养,这样今年春天你会长高许多。

一年之计在于春。春天也是播种的季节,只有春季定好目标,努力耕耘,秋天才会有收获。朱自清二十四岁就写下散文名篇《匆匆》,当时他在浙江台州第六师范学校任教,在文坛小有名气,但还是表达了自己虚度光阴的忧心,所以我们要珍惜时间，努力学习，将来才会有成就。我到雅江后，这里一直没有下雨，气候很干燥，真是春雨贵如油！到这里后，我一直很忙，工作也很多，雅江县教育和体育局的领导很信任我，派我到下面一所学校去蹲点一个月，下面和你谈一谈下乡的感受和见闻。

我下乡蹲点的地方叫呷拉镇，"呷拉"在藏语中是打铁的意思，也有锤炼意志之意。我蹲点的学校叫呷拉镇片区寄宿制学校，中学有一千七百一十名学生，小学有一千一百名学生，我们蹲点调研的是小学。学生大多数都住在学校，离家很远，一个学期才回去一次，条件挺艰苦的。这里的学生周六还要上半天课，虽然很用功，但成绩并不是很好。上周我听了三位老师的课，发现老师们的业务能力也不是很强，很多地方有待提高。老师们都很敬业，但在交谈中，老师们似乎有点不乐于改变。他们上课还是以讲为主，没有很好地发挥学生的主动性，下周我准备开一两场讲座，引导老师们去改变。当然每个人要改变自我都是很难的，但我有信心。

从这件事，我也得到一个启示：人的改变有时是很难的，但人要不断改变。如果不努力让自己变得更好，将被时代淘汰。正所谓"人无远虑，必有近忧"，今天不改变，明天将有忧患，从长远来看，要乐于改变自己，让自己变得更加优秀。

这里的孩子生活条件不太好，午餐我看他们吃的是盖浇饭，用一个大饭碗盛好饭，打两个菜混在一起吃。还有他们早上洗脸刷牙、晚上洗脚时都没有热水，现在虽然气温在零摄氏度以上，但早上的水依然冷得刺骨，可以想象去年冬天，不，是每一个冬天，在零下七八摄氏度滴水成冰的日子里他们是怎么过来的。真是怪可怜的！吴冕，你和弟弟现在生活很幸福，家里很温暖，打开水龙头就能出热水，要感谢家人，好好珍惜，努力学习，将来才有能力温暖别人。

我在这边工作很忙，但没有忘记阅读和写作，我已经读完了《坎坷人生》（五十一万字），正在读《流俗地》，也在读其他教学的书。写作没有停，我正在构思写两篇散文投稿，一篇读后感也在写作中，争取发表。告诉你两个好消息，我主持的课题在四川省教育厅立项了，我将带领这边的老师一起研究，并教会他们怎样研究。另外，上周得知我去年写的征文入选浙师大校友杂志，不久将刊出，所以付出总会有回报的。

愿我们一家人都积极上进，一起努力，加油！我在这边一切安好！

爱你的父亲：吴志平

·2022年3月19夜

谈学校管理

吴冕：

你好！展信快乐！

又一周过去了，不知上周寄出的信是否收到，你和家人在杭州一切可好？杭州疫情尚未平息，要注意防护。

今天这封信，与你谈一谈我下乡的感受。前面一周是我在乡下蹲点学校的第二周，我周日中午从雅江县城出发，赴呷拉镇片区寄宿制学校，在乡下住五天四晚。因周五我作为专家要参加雅江县中学的课题开题指导，故周四晚上要回县城来做一些准备。

乡下的学校条件比较艰苦，孩子们的行为习惯并不是很好。我们下去这段时间，各方面都有所变化，比如现在学校要求学生不准带零食来学校，但个别孩子还是偷偷把零食放在包里，上面盖一件衣服，企图蒙混过关，还好我们的值周老师严格检查，火眼金睛，识破了孩子们的小把戏。当然，经过一个月的严格管理，带零食的学生已经少了百分之九十以上了。家长们也很支持，为老师们的严格管理点赞。因为零食管控好了，学生的卫生也好了很多。

吴冕，我一直没有忘记在我援川结束的时候出版一本书的目标，这次下乡也给我提供了很多写作素材，让我看到了不同的东西。可是这一周太忙了，我都没有时间记录下来。下周，我要合理安排时间，及时写下感受。这几天这边的天气变化挺大的，昨天还下雪了，山头一片雪白，气温也降了很多，放进衣柜的羽绒服又被我重新拿出来穿上身。

上一周，我在呷拉小学开设了师德师风专题讲座，雅江县教育和体育局的局长也来听了，老师们反映我讲得很好，于是局长又安排我昨天（周六）为城区的老师讲了一场。这场听的人更多了，连雅江县电视台也来拍了，效果也非常好，估计下周一的微信上会有相关的报道。付出总会有回报，我精心准备的课受到了老师们的认可，平时努力学习、辛苦调研也值得了。

下周还要下乡，有新的见闻，我再继续与你分享。

祝

全家健康！

爱你的父亲：吴志平

2022年3月27日晚

人要如何面对困难

吴冕：

见信好！

春到雅江，前段时间气温升高，江边的樱花已经盛开，我感觉到春天已经降临雅江了。可上周五（4月1日）来了一场让人猝不及防的降温，下了一夜的大雪，海拔高的红龙镇、柯垃乡积了两尺厚的雪，比冬天的雪还大。今天早上醒来，我发现昨天下半夜停电了，手机的电没有充满，电饭锅里预约好的粥也没有一点动静，还好没有停水。一个令人瑟瑟发抖的早晨，就这样开启了新的一周。到中午11点，太阳出来了，气温略微有点升高。12点，电来了，生活恢复正常。因为早上停电，很多工作都没有做，所以下午就变得更加忙碌了。很多时候困难艰苦会与你不期而遇，但内心足够强大就可以战胜任何困难。

今天与你谈论两个观点：

到四川以后少了家庭的牵绊，家里的事情也由你妈妈操持，我有更多时间来阅读与思考，于是心中就升腾起一个写作计划，如果可以，我想往后转型当作家，或者边教书，边写作，当一个业余作家。这个念头在我心中越来越强烈。我一直认为写作是有技巧、有门道的，包括写什么、怎么写，先写什么、后写什么，用什么文体表达更好，这些都是有讲究的，甚至作家看到的生活和普通人看到的世界都是不一样的。

在之前的信里提到，钱塘区作家协会主席沈小玲老师向我推荐了一本书《创作技巧谈》。这是一本四十年前出版的老书，我在网上找了很久都没能买到。越是得不到，越是觉得这本书好。上次，周大彬说找到了，帮我买了一本，付了钱，对方却说没有书了，只好退款，但我一直没有放弃。几经辗转，周大彬推荐了一个专门卖旧书的网站，这次我终于买到了这本书。书是旧的，出版于1982年，保存得还算完好，和你妈妈同龄，而且发货地安徽安庆正好是你妈妈出生地。冥冥之中，好像这本书是专门为我而出的，看得出书的前一位主人读得很认真，画了不少线。

我要认真学习，每天阅读三五万字，每周写几千字，积少成多，希望援川结束的时候可以出版一本书。我认为人每一个阶段都应该有一个阶段的目标，并为之奋斗。此为第一个与你交流的观点。

这些天，上海新冠疫情暴发，全国各地的形势都非常严峻。4月5日0时—24时，全国本土病例报告一千三百八十三例。这是2020年以来波及面最广、数量最多的一次。杭州这次疫情也让你有切身感受，网上听课、做核酸已是家常便饭，这些事情就发生在我们身边，那么真切，那么具体，要用心去体会。

我不禁想问：吴冕，在这些当前正在发生的事件中，你体会到了什么？有什么启示？

这几天我都在想，人要如何面对困难。在此与你交流一下我的想法。人类将长期面临各种困难，可能是疾病，可能是战争，也可能是现在都无法预知的其他什么灾难。一个人在一生中少经历灾难、不经历灾难是一种幸运，一种福分，要惜福。但如果碰上了困难，甚至是灾难，也不要怕，要勇敢面对，有信心克服，不管多么难，人类终将战胜一切。面对困难，我们作为个人要做些什么呢？我认为首先要有信心，人最大的失败是放弃，失去信心、主动放弃就注定真的失败了。历史上，红军长征二万五千里是最艰难的时刻，最终共产党带领人民取得了胜利。每一代人有每一代人的长征，只是困难的表现形式不同罢了，我们都会遇到艰难。

面对困难，我们要学会思考，只有会思考，才会有思路。同时，要有健康强壮的体格、积极向上的精神面貌，还要爱学习。学习是增长本领的一种方式，要坚持不懈去学习，提高自己的能力。

要有信心、有能力面对一个未知的世界，哪怕未来很难，我们也要乐观面对，困难过后将是美好的明天。

你对当前全国疫情有什么思考？与我交流吧，我希望听听你的思考！问候吴限与家人。

爱你的父亲：吴志平

2022年4月6日下午

谈谈读书这件事

吴冕：

　　你好！

　　给你写封信，向你和家人报平安，我在高原一切安好！今天写信与你谈谈读书这件事。

　　4月23日"世界读书日"已悄然过去。今年，中国举行了首届中国阅读大会，习近平总书记发去了贺信，可见整个国家、整个社会更加重视推动阅读这项工作了，这应该是一个好的现象。

　　记得你很小的时候，在世界读书日，我带你到钱江新城逛书展，看到很多很多书，我们走进了书的海洋，你很喜欢。最后，我们买了你房间里现在在用的旋转书柜，爸爸在台湾地区的展位上买了一本关于汉字研究的书，你买了喜欢的绘本《我的爸爸是电车司机》。这些都是关于你的、关于世界读书日的美好记忆。后来每年的世界读书日，我们都在读书，但因为没有参加什么活动，所以也就没有特别的记忆。在我印象中，你从小就喜欢读书，很爱阅读，现在弟弟在你的影响下，也很爱读书，妈妈也是个爱看书的人，一个家庭的书香氛围浓郁，那是多么幸福的一件事！

　　我们这个家族往上追溯三代都是贫民。你太爷爷应该是不认字的，或者不能算读书人。爷爷是村子里能识字的人，可以帮村里人读信，帮着回信。我小时候，你爷爷就给我讲《说岳全传》，讲岳飞"精忠报国"的故事、"岳母刺字"的故事。到爸爸这一代，赶上了好时代，大家都能读书了，但真正养成阅读习惯的只有我一人。你大伯伯、姑姑或忙于生计无暇读书，或因家中无藏书、无书房，并没有养成读书的习惯，三姑姑稍微好一些，有时会看几本书。就阅读这件事来说，我成了整个家族的期望。都说培养一个贵族需要三代以上，到你们这一代已经是衣食无忧，我希望你和弟弟能持续阅读，并带动周边的人读书。

至于人为什么要读书，这个问题不知道你想过没有？我以前没有深入思考，今年世界读书日前后，我仔细思考了几遍。你也应该独立思考，在心中有自己的答案。在这里，我谈一谈自己的思考。

从近期来看，特别是学生，读书是为了争取更优质的学习资源。吴冕，请你记住，社会上的优质资源永远是不够的。你努力读书，争取好的成绩，就有可能进更好的高中，义务教育已在全国普及，差别或许还不是很大，高中便是一个分水岭了。读书用功，考进好的高中，你的老师水平更高，同学们的学习氛围更好，你成才的可能性就越高。好的老师可遇而不可求，但是好的学校是可以自己去奋斗、去争取的。

从长远来看，读书是净化心灵、增长智慧的最好方法。人要处理好三对关系，即人与自然的关系、人与人的社会关系、人与内心的关系。这当中，人与内心的关系最难处理。人最怕的孤独、绝望就来自内心，人的乐观和自信也来自内心。修炼内心最有效的途径便是读书和思考（冥想），要想拥有一颗强大的内心，唯有读书。平时读书丰富内心，为的是遇到困难之时甚至是在灾难之下也能够从容面对。在突如其来的困难面前，有人张皇失措，有人从容不迫，比如，疫情期间，没有养成阅读习惯的人被隔离，就像坐牢一样痛苦；而养成阅读习惯的人被隔离，则可借此机会多读几本平时没时间读的好书，享受书香，修炼自己。读书，让人从容面对未知世界，用有序的思维去思考问题。当然，读书还有其他更多的好处，这个由你去想。

既然读书的好处多多，那如何读书与思考呢？我想读书还是有一定方法的。

首先，读一本书就像打开一个世界，读整本书与读一篇文章的不同在于整本书是有结构编排的，作者的思考更加深入，所以，建议你读整本的书。同时，读一本书，书中可能介绍到另外一本书，或者另外一个作者，于是你读书的面就越来越广阔，比如，我读《创作技巧谈》时，里面提到叶圣陶、夏丏尊的《文心》，我就买了《文心》一书。《文心》的序言是朱自清写的，我又去读朱自清的书……就这样，书越读越多，越读越有趣。

其次，在读书的选择上，你这几年都做得很好，你这个年纪应多读些传记、多读经典。希望你早上坚持背诵古诗文。所谓晨读暮省，就是早上读书，晚上睡前反省自己一天的得失。另外，专题阅读也是被提倡的，以前你读"二战系列""核武器系列"，就是很好的做法，是"深挖一口井"的做法。读书多了，自然能融会贯通。

最后，最重要的，是要边读边思考。我不太提倡做摘抄。特别重要的书，我才会做读书笔记。读一般的书，手上拿支笔，在书上写写批注、画一画就足够了。一边思考，一边读书，会让人更有收获。

你也静下心来想一想关于读书这件事，有空回信告诉我你的思考，以及你最近在读的书。

回顾一下，我这次入川一个多月来读的书。程树臻的《坎坷人生》（五十一万字），阿来的《尘埃落定》（三十一万字），崔道怡的《创作技巧谈》（十七万字），海飞的《长亭镇》（十二万字），《人民文学》一至四期（八十万字），俞正强的专著《低头找幸福》《种子课》（六十万字），这样算来一个月有两百多万字的阅读量，坚持一年，就有两千多万字的阅读量。读书贵在坚持，贵在日积月累，切莫忘记。

人越读书就会越觉得自己还有很多书没有读，有更多的书想去读，这样就形成了良性循环。人间四月，正是读书时，吴冕，努力读书吧！

爱你的父亲：吴志平

2022年4月24日

谈成长

吴冕：

　　你好！

　　你即将小学毕业了。小学毕业话离别。幼儿园时还很难感知离愁别绪，六年级的人正处青春年少，多愁善感，毕业之时必有几分留恋与感伤。人生要经历好多次离别，每一次分别都是为了更好地相聚，那就珍惜当下、好好告别。告别，外在的形式是写毕业赠言、互赠毕业礼物等，这些形式虽然是外在的，但也非常重要，值得将来好好回忆，故需要认真对待。赠言要深刻表达真切之情，不可肤浅。内在的则要怀有感恩之心，记住老师同学的好，记住同窗六载有趣的事。向小学告别是内心一个立志的过程，有了新的目标，即将奔向新的征程。此为与你讨论的第一个话题，不知你此刻如何看待毕业离别这件事。

　　五一假期时，我回杭州，发现你又长高了，开始变声了，这让我感到欣喜。那天视频聊天，看见你脸上长了人生的第一颗青春痘，成长是一件值得庆贺的事！这个时期应该注意卫生和营养，健康饮食，科学锻炼，接下来身体会有一些变化，长胡须、体毛、喉结，这些都是正常的。青春期更重要的变化是大脑的发育，脑体积增大，人变得更加聪明，可以挑战更高难度的学习，所以在教材的编排上，幼儿园和小学相对简单些，初高中难些，因为青春期的到来让大脑运算能力更强了。当然能力增强也意味着承担更多的责任——社会责任和家庭责任，心理方面更加成熟，想问题也更加全面。都说青春期是皱纹最少、烦恼最多的时期，要心中有目标才不至于迷失。再过十多天，高三的学生就要参加高考了，你们也将迎来毕业考，佳琪姐姐也要中考了。人生要经历多个关口，只有平时充分准备，过关时才能从容不迫。过几天是你十二周岁生日，从此你步入少年，要抓紧时间学习，不枉度少年每一日。祝你十二周岁生日快乐！生日礼物《哈利·波特》过几日便能寄到。我在雅江一切平安，勿念！

　　祝

全家安康！

爱你的父亲：吴志平

2022年5月20日

人的核心素养有哪些

吴冕：

你好！

周日午后提笔与你写信，和你聊一聊近况，交流一直在思考的问题，讨论一些当前遇到的问题，希望你也能一直思考，一直进步。

端午节将至，预示着杭州的夏天到来了。奶奶那一代人在老家有句俗语：吃了端午粽，火笼（烤火用具）远远送。意思是说过了端午节，气温升高了，不再需要用火笼来取暖了。进入6月，2022年也将过半。时间过得真快，马上就要迎来暑假，你对暑假要做的事应尽早安排，有些事现在看来并不紧急，但因为没有提前计划，到了时间就会手忙脚乱，故凡事要提前谋划。

吴冕，你想一想暑假有哪些事要做，并按重要程度和紧急程度做一个排序，这样就很清楚了。我想你暑假有两件事是要重点安排的：一是一家人来四川——来看我，也来看看国宝大熊猫；二是和尚尚一起再学一期游泳。其他的事情你再想一想，早点安排总没有错。

吴冕，马上就要进入中学了，你既感到陌生，又充满好奇，我们今天一起聊一聊中学。曾听很多家长说，小学一年级最关键，也有人说三年级最关键，还有人说六年级毕业班最重要……在我看来，不管你在小学还是中学，每一个年级都是重要的，因为学习的本质没有变，只不过每个阶段的侧重点不同罢了。幼儿园、小学侧重习惯的养成；初中侧重知识的系统学习和能力的提升；大学侧重做研究、做学问，提高综合能力，为工作打好基础。没有哪一个阶段最重要、最关键的说法。爸爸希望你真正认清终身学习的本质，树立终身学习的思想。你面临初中最严峻的竞争是在初中三年后要进行一次分流，初中毕业的时候，一半人升入普通高中，一半人升入职业高中，这也是根据社会的需要而设定的。所以，你要直面挑战，努力读书，争取考入好高中，将来争取升入好的大学。

我想与你讨论面向未来的话题。你今天的学习是为将来走向社会做准备。接下来，你要读六年中学，四年大学，如果读硕士还要三年，读博士还要三四年，那么我们现在每一天的努力都是在为十年以后打基础、做准备。那时正值2035年国家中长远规划的一个时间点，我们思考一下：后面的十多年里，社会在发展，科技在进步，我们面临很多未知因素，就像二十年前谁也想不到手机能如此深度地参与我们的生活一样。我们此刻也无法想象十五年后的中国、十五年后的世界将是什么样子。那么我们要思考：你身上的哪些能力是不管社会怎么变、科技如何发展都需要的，这就是人的核心素养。

吴冕，你思考过没有，你需要具备哪些核心素养来面对未来的世界？

我认为，学习就像跑马拉松，是一个漫长的过程。首先要有健康的身体。没有强壮的身体，再好的设想也无法实现，健康的身体又源于健康的生活习惯，包括科学的锻炼和科学的饮食。平时要坚持锻炼，早睡早起，抵挡住诱惑，不吃不健康的食品，这一点比什么都重要。其次是坚韧不拔的意志。十年寒窗，读书是很苦的，没有坚毅的品质，人很快就会被眼前的苦所打败，放弃了。而放弃就是投降，是最大的失败。再次，我认为是学会学习。不管对什么新领域、新知识，你都要充满好奇，都要乐于尝试，不要拒绝新事物。将来社会上的新事物会层出不穷，要理性面对新事物，热情拥抱新世界，要掌握学习方法，提高学习能力，这样才能不断拓展新领域。最后，学会交往也是核心素养，人是社会动物，不能把自己封闭起来，要大方地走出去，表达自己的想法和观点，真诚以待，不自私、不小气，你会有很多朋友，人生才会精彩。

今后这十年的学习，请切记以上四项核心素养的训练。心中有目标，坚定往前走，你才能发现自己有无限的潜能。

我在这边一切安好，上周末与同事一起去高原的山顶上挖虫草，体验了一回牧民的不易。海拔四千二百多米的高尔寺山上有个村寨叫同达村，我们上午去的时候山顶上还有雪。下午，太阳出来了，我们才开始挖。我亲手挖了五根，但这些都是牧民找到的，让我体验一把，自己找实在是太难了。午后下了一场雨，现在太阳出来了，气温也升高了。高原天气多变，一时雨一时晴也是常有的事。现在草原上已是满目苍翠，花开也指日可待，你和弟弟、妈妈一定要来看看。

爱你的父亲：吴志平

2022年5月29日下午

说说高考这件事

吴冕：

你好！

明天就是全国高考的日子了，这几天我和同事们都在全力以赴，准备高考的各项工作。昨天开了考务会，今天上午考生到考点熟悉考场，并进行了防地震演练。一切准备就绪，等待明日早上9点开考第一门——语文。

我想和你聊一聊关于高考这件事。几年前，我带你到南京参观过科举博物馆，看到过贡院——也就是古代的高考考场。清朝以前都是通过科举制度来选拔国家管理人才的。中华人民共和国成立后，1952年开始实行第一次全国统一高考（全国统一命题，统一答案和评分标准），一直实行到1966年。1966年"文化大革命"开始后，废除高考，高校停止招生。1977年，国家恢复高考。高考是国家选拔人才最为公平的制度，所以高考的第一个功能就是选拔。虽然现在大学录取率已经很高，绝大多数学生都能考上大学，但大学分级分类还是存在的。大学里的师资水平差异也比较大，所以要想上一所自己心仪的大学，一定要付出百倍的艰辛与努力。梅贻琦在1931年就职清华大学校长演讲时说："所谓大学者，非谓有大楼之谓也，有大师之谓也。"好的大学有很好的老师，做学问、做研究的风气也很好，学生们也很努力。普通大学虽然校园也建得很漂亮，但学习研究之风气和一流大学是存在差距的。你心中要有自己的目标并为之奋斗。

其实，在终身学习的理念下，高考是一种经历。经历高考，只是为了检验自己的学习成果。高考很重要，但并非学习的终点。我在这边也和高三的学生交流，我鼓励他们发挥正常水平，考上自己心仪的大学，毕竟这是人生中最重要的一次选择，你考出好成绩，就拥有更多选择的余地。

至于今天的高考防震演习，在浙江是没有这个环节的。杭州每年的防震减灾演习都安排在5月12日前后。四川是个地震多发的地区，今年，我在这里已经历了两次有感地震了，还好雅江县离震源较远，没有多少破坏性，但还是让人担心，毕竟平安是第一位的。今天的演练很成功，一切顺利！希望后面三天的高考也一切平安顺利！

吴冕，端午节假期我哪里也没有去，就在雅江看书、写字，思考我准备出书的事情。现在初稿框架已经基本定下来了，你也参与进来，发挥你的聪明才智，一起完成我们家族第一本公开出版的书。上次，看了你书桌上的《湘行散记》，我受到启发，想把书名取为"援川散记"或者"援川手记"，你觉得怎么样？我初步设想将全书分为七个章节：第一章"援川这件事"，第二章"援友侧记"，第三章"援川散记"，第四章"援川日记"，第五章"援川家书"，第六章"读书笔记"，第七章"雅江风物记"。如果你是一名读者，你最想看书里面的什么内容呢？正式出版一本书是一件很不容易的事情，非常辛苦，有很多事要做。因为是第一本，所以会更加辛苦，但不管有多难，我都有信心完成。当然，写作水平也在出书的过程中、在不断的写作实践中逐步提升。

吴冕，为了写好这本书，我看了许多关于写作的书，观察能力也在不断提升。如果想当一名作家，必须学会观察生活。这几天为了写好雅江风物记，我到县城各条街走走逛逛，观察生活在那里的人们，从穿着打扮到言谈举止，我都一一记在脑子中，到动笔的时候脑子中就会呈现这个画面，这样就能生动地写出来了。你也要学会细心观察生活，在上学路上、放学回家时，不管到哪里都要养成观察的习惯，你的作文素材才会越来越丰富。

吴冕，我和你妈妈商量了，想与这边藏族小朋友结对，资助一两个小学生，给这边的孩子打开一扇更广阔的窗看世界，同时给予一点经济上的帮助。等下次确定了再和你说，你平时也节省一点，攒点钱为这边的同学买点学习用品吧！

　　天气渐热，我在这边一切安好！你和家人也要保重，特别是晚上，少出去玩，和同学的活动一定要约在白天，并且活动时要多组织几个同学，这样更安全。马上就到期末了，加油！

爱你的父亲：吴志平

2022年6月6日

谈登山

吴冕:

你好!

窗外下起了淅淅沥沥的雨,雅江进入了雨季。高原上的雨季比较长,从6月到7月都经常下雨。雨水多了,草原上的草就更加苍翠了,气温在升高,过一段时间,森林落叶下的松茸就会一个一个地长出来了。雅江是中国松茸之乡,这里的松茸产量高、品质好,去年我发表的两篇文章里都有提到。期待今年松茸飘香的季节,我在想,现在松茸的菌丝一定在努力生长,忘了告诉你,松茸是食用菌的一种,目前为止,尚无法通过人工栽培。

这两周天天下雨,有时还一天下几场,一会儿出太阳,一会儿又是倾盆大雨,有时是太阳雨。所以,一天当中早晚很冷,可以穿两三件长袖衣服,而有太阳的中午又很热,可以穿短袖。

因为连日下雨,雅江水厂取水口发生了泥石流,我们停水两天。这给生活带来诸多不便:衣服没办法洗了,洗碗也成问题,洗脸刷牙都困难,只能用桶装水,但桶装水挺贵的,一桶十二升的农夫山泉要二十元。有一次我们洗一次碗,用了两桶半桶装水,算下来要五十元了,真不划算!过了两天,水终于来了,但打开水龙头一看，这水和泥浆差不多。放了很多水以后，才稍有好转。我们接了一桶，两个小时后一看，桶底沉淀了一层黄泥沙。一位老师的白衣服用这个水洗后，变成了灰黄色。估计要等雨停几天后，水质才会有好转。

6月12日（星期天）下午，我们工作队四个人相约去爬山。县城对面有一座叫公孜德莫的山，非常陡峭，只有一条很小的路沿着石壁蜿蜒而上，要绕许多个"之"字形才行。在高原，因为含氧量低，平时走路快一些或者爬楼梯都让人气喘吁吁，更不用说是爬那么高的山了。我们四人决定挑战登顶，还好天公作美，那天是阴天，太阳不大，也没有下雨。

第一段还好，穿过一片玉米地，往上爬几百米就到了第一个亭子，我们便坐下来休息。虽然刚刚开始，我们已是鼻尖冒汗，大喘粗气。休息了几分钟，喝了一点水，我们继续沿着山石小路攀登。一路上山崖陡峭，我们花了好大的力气才爬到第二个亭子。在这里可以鸟瞰整个雅江县城，远远望去，小小的县城好像对面山脉上长出来的一个三角形，很像上海的陆家嘴，虽然小，但高楼林立，颇为繁华，边上一条雅砻江绕城而过。在这个亭子里，我们遇见了一群小学生，大大小小有十来个，有男孩也有女孩，他们没有大人带领，应该是大的带小的，一块爬山玩，真佩服他们的爬山能力。我打量了一下，最小的估计只有五六岁。

过了第二个亭子，离目标又近了一步，但是我们知道，行百里者半九十，离登顶还有很大的困难，果然越往上爬越困难。山上长了一些青杠树，小路从林下的岩石上穿过去，这路又小又陡，还很滑，我们小心翼翼地往上攀。这时，大家都感到疲劳，身上的衣服已经被汗水湿透了，喘气也更加急了。年纪最大的赵老师一马当先，走在最前头，我们互相鼓励，路边有许多当地藏族群众挂在树枝上的五色经幡随风飘动，离目标越来越近了。

用了六十八分钟，我们终于登顶。山高人为峰，我们终于征服了公孜德莫神山。山顶上有一个小小的六角亭，路的两边挂满了五色经幡，看来到山上祈福的藏族群众还真多。

因为山很陡，下山当然也不轻松，每一步都让人双腿发抖，到山脚的时候，大家都累坏了。自古文人都喜爱登山，有孟子的"孔子登东山而小鲁，登泰山而小天下"，有杜甫的"会当凌绝顶，一览众山小"……登山，能锤炼人的意志，登高望远，能让人开阔眼界，所以人要不断攀登。学习也一样，不断往高处走，才能遇见更美的风景。

另，周末时爸爸给雅江县四百多名老师讲课，很成功。

祝期末一切顺利！

爱你的父亲：吴志平

2022年6月15日

父亲的责任

吴冕：

　　你好！

　　每当周末，若是我没有加班或者下乡，我都会抽出时间给你写信。今天早起刚刚洗完衣服，听到手机"叮咚"一声响，我看了一下微信，是妈妈发来了弟弟为我画的画，祝我父亲节快乐！我非常欣喜，感谢你和弟弟给我和家人带来了快乐！因为有了你们兄弟俩，我才可以当一个幸福的爸爸。

　　自从你出生，我就开始学当一位好父亲，学着、学着，我开始迷茫。今天是父亲节，此刻你的父亲并没有在你身边，不能用宽厚的肩膀做你的依靠，而是远在两千多千米之外的四川甘孜州雅江县，瞬间感觉愧对"父亲"这个称谓。无数个与你们相处的瞬间、伴你们成长的点点滴滴都记录在了手机相册里。可这一年，手机相册里少了你和弟弟的身影，翻到更多的是甘孜州略带高原红的孩子们的笑脸、雅江学校的课堂，下乡路上见到的草原和雪山，还有藏族特色房屋、牦牛与蓝天白云。

　　吴冕，你是男子汉，今天我们谈一谈父亲节这个话题。父亲节是每年6月第三个星期日，据说起源于美国，中国的父亲节是8月8日（谐音：爸爸），在我看来这些都无关紧要。我认为当父亲就是要扛起肩上的责任，营造一个温馨的家，与孩子同成长，用宽厚的肩膀做孩子自由行走于天下的坚强后盾和精神支柱。我不在家的时候，你能照顾妈妈和弟弟，在家承担了一个男子汉的责任，爸爸要表扬你。

不知道如何与你分享我对父亲这一角色的理解。我一直以来都敬畏生命，在你出生之前，我和你妈妈做好了迎接你的一切准备，可是你的到来还是让我们又惊喜又忙乱。从那一刻起，我用心地学做一位好父亲，陪伴你成长。

吴冕，你已经六年级，可以试着去理解国家为什么制定东西部帮扶协作政策。我们是社会主义国家，在这种制度下，我们要共同富裕。东西部发展有差异，所以2021年6月底我和其他援友一起背上行囊，告别家人，踏上援川的路。这是一个舍小家顾大家的举动。我知道奶奶的不舍，你和妈妈送我到机场，我也看到了你们的不舍。有时候，有些事情总是那么难抉择，我选择了远行援川，就是扛起了肩上的责任，同时也是对自己的一个考验，我希望通过援川的过程促进自己的成长。你也随着成长了，承担了更多的责任。为了和你深度交流，我定期给你写信，讨论你成长的问题，讨论读书的问题，讨论社会热点问题。我希望，我一年半的缺位可以通过这种原始形式的交流来弥补，同时希望你明白，爸爸正在做一件非常有意义的事情。

上次，有朋友在微信朋友圈里说："请不要在孩子成长关键期缺位。"我留言："人生成长每一步都是关键期。"朋友回复我："那你还在吴冕六年级升初中的时候缺位？"我无言以对，但是请你理解，你的父亲正在做一件能让你为之骄傲的事情。去年7月到雅江之后，我不断下乡调研，翻山越岭，跑遍了雅江县每一个学校，和老师学生访谈，了解这里的教育发展状况。到目前为止，我们已做了很多促进这边老师和孩子们成长的好事情，我们还推出了"卓魅读书工程"，我成了这里推动教师学生阅读的人。前不久，我还给这里的老师做了三场讲座，看到这边的老师和孩子们一点一滴的变化，我感到很欣慰。

我想，父亲不一定要天天陪在孩子身边。爸爸能为国家、为西部做出一点贡献，也算是为我们家争光了。希望你长大了也心怀家国，做出一些让你的父亲、你的孩子感到骄傲的事情，这也许才是做父亲最大的意义吧！

前两周爸爸都很忙，在这边组织高考和中考。接下来，马上就是小学期末考试，当然，期待已久的暑假马上就要到了。其实假期的本质是让人的生活和工作张弛有度，提高工作效率，有利于人的发展，所以核心的问题就是学会安排假期的时间。上次和你谈起过暑期的安排，我希望你制定切实可行的计划，在假期里有所收获。

我在这边一切安好。明天，我将随雅江的考察团去四川省宜宾市考察学习一周，希望能有新收获。我会沿途记录我的感受，下一封信里再和你细说。

爱你的父亲：吴志平

2022年6月19日

关于未来

吴冕：

　　你好！

　　7月，暑气渐渐升腾起来，每个7月对成长中的人来说都是值得铭记的。今年7月，你将小学毕业，走进初中。小学毕业是你人生一个学习阶段的结束，也是一个新学习阶段的开启。老师倡导家长们给孩子写封信，我觉得很好。书信是一种最原始的交流方式，虽然现在交流的渠道丰富、方式多样，但是书信交流的优点是更加理性、更加深刻。

　　吴冕，我一直都认为人是需要终身学习的，不存在哪一个阶段特别关键。所以，小学毕业步入初中只是一件再正常不过的事情。但是，人生需要仪式感，需要在平凡的日子里，把生活过成诗，让自己在结束一个学习阶段后，开启新征程时更加有动力。

　　那么就用这封信来交流一个关于毕业、关于未来的话题吧！

　　因为援川的关系，这一年来，我很少在你身边。接下来，我还要在远离杭州的甘孜州待上半年，希望你能理解爸爸的决定。让我们一起克服眼前的困难，收获成长——你的成长，我的成长。看到你长高了，变得懂事了，我很高兴。你很有自己的想法和主见，你坚持练习声乐和钢琴，你从小养成了爱阅读的习惯……这些都会成为你后面一个阶段成长的基础和动力，请相信辛苦的付出都不会白费。岁月为老人留下的是沧桑，为孩子们留下的是成长，你们正处于享受成长精彩的年龄，要努力把握，拼搏奋斗，让成长之根扎得更深，让人生之树枝繁叶茂。

毕业之际，我想和你谈谈未来。人的发展最怕的就是没有志向，没有梦想，你们这个年龄正是拥有梦想并为之奋斗的年龄。

我曾经在学正小学工作，我问自己的学生：毕业的时候，当你背着书包走出学正小学大门的那一刻，蓦然回首，你会是一种怎么样的感觉？孩子们的回答很有意思：有的说想穿越回一年级，重新来一遍；有的说不想长大，不想离开……在校门内，你还是学生，跨出这一步，你再回来便是校友了，因为你毕业了。你要感谢你的母校，是母校把你们聚集在一起，见证你们的成长，你们是学正小学迎来的第一批"10后"，你在一年级入学的时候说："我们这一代是不可思议的一代。"希望你们能让这个时代变得超出想象。

拥有梦想并为之奋斗，一路上会碰到很多困难。最近流行《孤勇者》这首歌，想必你们每一位同学都会唱："爱你孤身走暗巷，爱你不跪的模样，爱你对峙过绝望，不肯哭一场……"

并不是嘻嘻哈哈就能成就人生，很多时候要静下心来——"孤身走暗巷"；面对困难不屈服——"爱你不跪的模样"；甚至很多时候会遇到让人绝望的境遇——"爱你对峙过绝望"。

告别小学生活，感恩你的母校和老师！感恩遇见的同窗好友！大胆迈开你的脚步，迎接光的挑战！虽然爸爸并没有每天陪在你身边，但一定是你成长中最坚实的后盾！为了美好的未来，勇敢去奋斗吧！

还有，别忘了和你的同学朋友保持联络、相互鼓励，你们很可能要并肩作战一辈子，因为你们是同一代人，共同拥有中华民族伟大复兴这个中国梦。

祝成长快乐！

爱你的父亲：吴志平

2022年7月1日早

进入中学，你准备好了吗

吴冕：

你好！

杭州很热吧？看手机里的天气预报，这几天杭州都在四十摄氏度以上，真为你们担心。我这里还好，早上十几摄氏度，挺凉快的，中午超过了三十摄氏度，不到太阳底下活动都还好。

今天已经是8月17日了，暑期马上就要结束了。提笔写信，是想和你谈谈关于读初中的话题。

吴冕，从小学升入初中既是正常的年级上升，又是从小学到中学的一大跨越。你在生理上、心理上都准备好了吗？升学的核心思想是什么？我们一起思考，一起讨论，但愿对你顺利升学有些帮助。

第一，从六年级升入七年级是一次再正常不过的升学，你要用平常心去对待。曾经听很多人谈到初中是关键期，人有第一个叛逆期、第二个叛逆期……反正各种"期"有不少，但我认为一切都源于自然。人生是一场长跑，每一个时期都很重要，只是侧重点不同罢了。青少年时期以长身体、学知识、形成能力、完善人格为重点，这个时期的重点就是学习、锻炼、健康成长。大学毕业后，学习、锻炼仍然是重要的，但从时间上来看，大部分都分配给了工作，已无法像读书时那样有大把的时间了。这时，人生进入第二个重要阶段，以工作为重点。接下来，还要组建幸福的家庭，培养可爱的孩子，重心又会变为事业和家庭兼顾。如果把小学升初中放到人生的长河中去看，那只是一个小小的时间节点而已。

第二，从小学到初中的跨越，年龄阶段不同，学习任务侧重点有所不同，所以学习方法也应该随之调整优化。小学重在习惯养成，你学会了阅读，这几年阅读量也很大，暑假里读了好几百万字的文学作品，真不错，要表扬你。你养成了锻炼的习惯，养成了良好的生活习惯，这些都是你今后学习、生活的基础，但这些仅仅是基础。初中的学习难度会加大，强度会增大，爸爸希望你从整体去把握，系统地去思考，每一个学科其实都有一个知识体系，你要在头脑中建立一个体系，把新学的知识放到已有的知识体系中，这样才能真正理解。每一个学科都会有不同的学习方法，每一个人也有自己不同的学习习惯，有些偏好文科，有些擅长理科，你要有自己的判断，找到自己最优的学习方法。总之，找到适合自己的、不同学科的学习方法很重要。

第三，要树立坚定的信心。困难越大，信心越要坚定，不要太计较一次的得失，要从长远去看。自信源自充分的准备，开学前从生理到心理全方位准备，接下来的初中三年会很辛苦，你要有思想准备，朝着自己的目标前进。当你实现了目标，回头来看，这点辛苦又算得了什么呢？这三年里你要坚持跑步，长跑是最能锻炼人意志的，练就坚强的毅力才可承受这过程中可能遇到的挫败，克服散漫，让自己变得优秀。

初中正值青春期，这是一个最美的花季，要正常与女生交往。这是人生成长中必修的一课，既不可交往过密，更不可以封闭自己，和女生说句话都脸红，要在班级中活出自己的样子，保持自由、自信、快乐、阳光。

第四，初中这三年，爸爸希望你保持独立，善于思考，与家庭保持良好的沟通。你要清楚自己要什么，不要什么，喜欢什么，讨厌什么……但不管你走多远，飞多高，你都是父母的孩子，家永远是你温暖的港湾和坚强的后盾。很多时候，对于你们孩子来说是天大的事、天大的困难，对于大人、对于整个家族来说都是小事，没有什么困难是不可以逾越的。遇到困难时，一定要让父母知道，不方便当面说的就留个言，写张纸条都可以。

爸爸希望你调整状态，迎接新的学习旅程。

我在这边一切安好，慢慢适应了高原的气候，工作有序推进，学习、看书、写作都没有懈怠，一般是早上起来朗读诗词，白天工作，夜里看书，周末写作。今天停电了（这里经常停电），不过不影响我的时间安排，同事们停电了干不了活，我却趁这个时间给你写封信，再看看书，理一理近期的工作。

家中事务你和妈妈商量着办，你是长子，爸爸妈妈慢慢把你当作大人看了。你要有自己的想法、自己的看法。牙齿矫正期间，记得勤刷牙，每天保证充足睡眠，这些重要而并不紧急的事，要长久坚持才好。

爱你的父亲：吴志平

2022年8月17日

无负今日

吴冕：

今日雅江海拔高的乡镇山头上已经下雪，县城虽未见雪，但也冷了许多。

吴冕，你入初中已一月有余，爸爸看到你很努力，状态也不错，十分欣慰。今日，我想与你谈一谈成绩的事。很快你就会迎来各学科的第一次测试，你要正确面对每一个分数。成绩有时是一种压力，你会在成绩达不到预期之时产生压迫感，这是正常反应。你要将压力转化为动力，正确对待，这是一种学习诊断，助你找到不足之处和问题所在，不要过于悲观。取得好成绩时要总结经验，想想哪些好做法要坚持；成绩不如意时重点分析问题在哪里，如何改进。你初中阶段会经历很多次考试（或者学业检测），都要认真对待，正确面对。初中学习难度加大了，容量变大了，遇到挫折很正常，不要轻易自我否定，否定多了，就变得不自信了。切记，认定了事情，定下了目标，就要持之以恒，坚持到底，不可中途放弃。

中学是人生最美好的时光，要在拼搏奋斗中用心享受。近日，我看了一部微电影《无负今日》，讲述前辈大师为了求学而努力的故事，感触颇深。我找来梁启超的原文诵读：何惧流年匆匆，但求不负今日。是啊！美好的未来都是由每一个今日堆积起来的，过好每一个今日是对自己的未来负责。爸爸相信你能抓住当下，拥抱美好明天。窗外出太阳了，出去走走，下午写作。

爱你的父亲：吴志平

2022年9月24日

第六辑

读书**笔记**

　　当人们已经很久没有静下心来读书，当读书的氛围已经不再浓厚的时候，大家摆龙门阵都会被各种短视频媒体上的奇闻逸事占据了空间和时间。

　　"卓魅"在藏语中是灯光的意思。2021年11月，杭州援雅工作队在雅江县教育系统启动"卓魅读书工程"。

　　读书对人的影响并不是立竿见影的，这就像雅江松茸的菌丝一样，慢慢地在地下蔓延、生长，谁也没有察觉，等到日照、温度合适的时候，总会破土而出。援川期间少了家庭琐事的牵绊，有更多静心读书的时间，阅读量增加了不少，选几篇读书笔记，收入此辑。

川蜀的酒与苏轼的词

6月底入川支教，对川蜀多了一份了解。

一方水土养一方人，川蜀大地属盆地与高原地形，湿气重，故饮酒吃辣盛行。特别是花椒在川菜中的使用，更是成为四川饮食的灵魂。

每到一地，我都用心体验，广泛阅读。入川半个月后，我便到图书馆借阅了《四川通史》。翻阅厚重的史书，从巴蜀的巴蜀到中国的巴蜀，一页一页翻阅，战事纷扰，诸侯杀戮，民生起伏，一幕幕就像历史画卷般投射在我的脑海里。在阅读中，我也产生了许多联想与疑问：四川为什么会有那么多的酒？宋朝的酒与苏轼的词之间有关联吗？

四川是茶马古道"川藏道"的起点，物产丰富，商贸发达，在"茶马互市"的唐宋时期，纺织业已经相当发达，宋朝成立了成都锦院，专门向皇宫进贡蜀锦。酿酒业在宋朝也得到了空前的发展。

据《四川通史》（第四卷·五代两宋卷）记载，北宋熙宁十年（1077）前四川有酒务四百一十七个，占全国酒务数的百分之二十三；四川酒课收入为二百二十万贯，占全国酒课收入的百分之十五。这说明北宋时期四川酿酒行业在全国来说还是比较发达的。南宋建炎三年（1129），赵开行隔槽酒法，建炎四年（1130）岁课增至六百九十万余缗。南宋时期，四川酒课占全国酒课收入的百分之二十八至百分之四十九，酿酒业的发展更是居于全国的前茅。

酒在诗人眼里是抒情的催化剂，大多数文人都善饮酒，在诗词中都写到酒。从曹操的"对酒当歌，人生几何"到杜甫的"李白斗酒诗百篇，长安市上酒家眠。天子呼来不上船，自称臣是酒中仙"，再到苏轼的"明月几时有？把酒问青天"……我不禁在想，苏轼的诗词与宋朝的酒有何联系？

《四川通史》这样记载：四川酿酒历史悠久，名酒迭出，包括巴蜀的五加皮、剑南的春酒、云安的巴乡酒、郫县（现郫都区）的郫筒酒、青城山的乳酒、嘉州的东岩酒等。元代开始出现蒸馏酒技术，到明代"温德丰"第一代老板陈氏总结了历史上各类酿酒经验，创造出以大米、糯米、荞子、高粱、玉米等五种粮食配合为原料的杂粮酒，经后人改进，才有当今享誉世界的五粮液。

从历史规律来看，一个行业的发展很多时候取决于技术和制度两个主要因素，酿酒行业也不例外。从制度上来看，宋代的酒是专卖物品，官府设置酒务，管理酒的酿造、贩卖和课税收入。南宋时期连年征战，川陕驻军费用骤升，王朝财政危机严重，便随时增加酒课，提高酒价。南宋时期，从四川的全部收入来看，如建炎四年（1130）酒税收入占了四川全部财政收入的五分之一，酒课的收入超全部军费开支的五分之一，可见四川酒业在国计民生中的重要地位。

这笔庞大的酒税，自然落在四川的百姓身上。从表面上看，酒税并非按人头征收，饮酒的大多数是富人，看似有钱人纳酒税多而穷人纳酒税少。其实不然，富人饮酒数量虽多，但人数较少，酒的消费总量也少。百姓虽过不上"金樽清酒斗十千，玉盘珍羞直万钱"的奢靡生活，但祭祖宗、祀鬼神、男婚女嫁、年节迎送、丧者入土等都少不了酒，这成了寻常百姓家里不可缺少的刚需消费，再加上当时达官权贵可以仗势逃避酒税，小民百姓只能依法纳税，故真正负担繁重酒税的仍是普通百姓。

宋代，酒为专卖品，后来，元世祖以"川蜀地多岚瘴（岚瘴即烟瘴湿气、风湿病）"的理由，而给予"弛酒禁"的特殊优惠政策。元至元二十二年（1285）二月，罢除酒禁，听民酿造，四川的酿酒行业随之繁荣。

川蜀的酒孕育了无数才情盖世之人，其中当数苏轼对文坛的影响最甚。

苏轼《送张嘉州》诗云："颇愿身为汉嘉守，载酒时作凌云游……笑谈万事真何有，一时付与东岩酒。"此诗写于元祐四年（1089），苏轼时任杭州太守，虽不在四川，但当好友来家乡任职之时，仍不忘嘱咐其多饮家乡的东岩酒。

苏轼爱酒爱到"痴"的境界。据说他的名篇《念奴娇·大江东去》《赤壁赋》《水调歌头·明月几时有》都是酒后之作。酒给了他文思与灵感，又融入他的愁肠，化作一首首瑰丽的诗篇。但是细细阅读苏轼的生平，发现他生命中的绝大多数时间并不在四川。二十一岁的苏轼于嘉祐二年（1057）首次出川赴京，参加朝廷的科举考试便名动京师。自此成为朝中之人，只有父母病故服丧期间在家乡四川，其余时间均在外做官。从京师到江苏徐州、江南杭州，再到山东密州，被贬黄州，流落儋州，终于常州。他饮遍世间美酒，二任杭州期间所饮用的据说是绍兴黄酒，以至于制作东坡肉的主要原料也必定要选用上好的绍酒。相传苏轼被贬黄州、儋州时，还尝试自己酿酒。

苏轼对酒的追求，被很多专家学者解读为生活情趣所至，他是一位美食家，是一位很有生活品质的诗人。但从几次被贬的凄惨境遇和《定风波》中"一蓑烟雨任平生""也无风雨也无晴"的豪迈态度来看，我更认为这是他对人生的态度。

中国传统文化中，酒和乡愁似乎总是有着天然的联系，喜事临门日、人生挫折时都会想到酒。人生需醉与醒两种状态，不管是诗人还是百姓，也不管是宋朝还是当今。若长期沉醉不复醒，那人生定是一塌糊涂；若永远清醒不曾醉，也许人生少了生动与朦胧。其实，苏轼说自己酒量并不好，只是喜欢喝酒，喜欢借酒交流，借酒追求人生低谷时的三分微醺和巅峰时的七分清醒。这与苏轼人生的前二十一年生活在多酒的四川不无关系，我想。

2021年11月26日写于雅江

陈立群校长给我的力量

——一名支教老师读《陈立群：我在苗乡当校长》有感

入川三个月后，我网购了《陈立群：我在苗乡当校长》一书。收到快递当日，我便在灯下迫不及待地读起来，一直到深夜。这本书成了我的案头书。遇到困难时，读一读就有了力量；心怀困惑时，读一读就有了思路。我还将这本书推荐给来自四川宜宾一起在雅江支教的老师。

援川给了我很多切身的感受，给了我很多思考。一来，读书更多了。只身一人来到千里之遥的川西康巴高原，少了家庭琐事的牵绊，心更静了，也有了更多读书的时间。为了更好了解当地的人文历史、民族风情，我先后阅读了《四川通史》《雅江县志》（两册）和阿来的《格萨尔王》《尘埃落定》等很多关于四川的、关于藏族的书籍。二来，对教育的理解更深了。当我的脚落在高原的土地上，真切地体会到高原上孩子们的学习状态和坚守高原的老师、校长的工作状态时，我发现自己对教育有了更加全面、立体的观察与理解。

本书讲述了陈立群校长自2016年3月29日赴贵州黔东南支教以来五年多的工作、生活，一个个生动的教育故事直击心灵。该书有四辑——"我和孩子们的故事""教师是最重要的学生""打造苗乡精神高地""谈谈脱贫和教育"，附录是"我们眼中的陈立群"——从学生、同事和媒体记者的角度讲述陈立群的教育故事。纵向来看，先写学生、学校，后写教师，再写从社会层面打造当地精神高地，最后总结出在脱贫攻坚背景下教育对脱贫的非凡意义。

书中的二十一幅照片，直观生动地展现了陈校长支教期间的精神面貌。他精神抖擞地和老师们、孩子们在一起：或背着双肩包行走在家访的路上，或走进苗寨给孩子们送喜报，或坐在火盆旁与孩子们交谈……

从序中，我深刻地体会到陈校长身上迸发出"爱与责任无问西东"的使命感，这种使命感源于家风的影响，源于对教育的热爱和对教育初心的坚守。他在序中写道："我是一名普通教师，做了一点很平常的支教工作，只希望能够尽自己所能，安安静静地帮一把处在相对薄弱教育环境中的孩子，同时提升当地民众整体的文化水平。我将此视为我的责任，我的使命。""我始终认为，我为教育而生，一生只做一件事——做好人，教好书。"

2021年6月底，我从杭州市钱塘区赴四川省甘孜州雅江县对口支援一年半，踏上了支教的路。与陈立群校长虽未谋面，但感到特别亲切，一方面是因为他也来自杭州，另一方面，在我们硕士研究生班毕业聚餐时，浙江师范大学的叶志雄处长说："时代楷模陈立群校长本科就读于浙江师范大学，硕士是我们'中澳班'学员，这样算起来他是你们的师兄。"经叶处长这么一说，亲切感更是油然而生，我在心底里暗暗下定决心，要以陈校长为榜样，做好支教工作。

到雅江后，众多困难迎面而来。高原反应带来的身体不适，麻辣饮食带来的肠胃不适，人生地不熟带来的孤独感，远离家乡带来的思乡愁绪，经常停水停电带来的生活不便，特别是入冬后让人瑟瑟发抖的极度寒冷……眼前的困难给了我一记重重的组合拳。出发前，我其实已经做了一些心理建设，知道来高原会很难，但没想到会这么艰难。这个冬天，陈校长的这本书给了我精神力量。

我们要做的首先是适应环境——从身体上的适应到心理上的适应。援雅工作队要求我们站在雅江的角度去观察、去思考。我挂职雅江县教研室副主任，重点负责制定全县教师发展目标，搭建教师发展平台，组织教师培训，对接杭州大后方资源，多渠道改变教育理念、提升教师业务能力、坚定教育信念。

稍做休整，我们便投入全面调研中，先后进行了针对教师和社会各界关于教育的问卷调查；查阅雅江县近年来的教育事业年报数据和教学成绩数据；走访了当地老师和学生，甚至走进超市、餐饮店、理发店、菜市场，与当地人聊教育。经过分析，我们认为雅江教育近年来取得了很大的成绩，特别是脱贫攻坚以来

"控辍保学"措施的有力执行，保证了每一个适龄儿童都能接受教育。目前，雅江正处于"从能读书到读好书"的重要转变阶段，在"有学校，能读书"的基础上，提升教育教学质量成了当地百姓的迫切需求。经过分析，制约当前学校教育教学发展的关键因素是教师专业素质有待提高，因为教育事业的发展，教育目标的达成，教育理念的落地，最终都要靠教师一堂课、一堂课地去落实。我们把教育发展的帮扶重点目标确定为：促进雅江县本地教师的成长。

雅江全县有五百六十多名专任教师，三十五周岁以下的有二百一十七人，三十五至四十四周岁的有一百八十七人，四十五周岁以上的少一些，从这个数字来看，年龄结构还算合理。2021年底，我们针对雅江县教师做了一个关于读书的问卷调查。数据显示，2021年读书少于三本的占百分之五十八点四二，很多人一年到头一本书也未曾读。不读书，观念就很难改变。我们适时组织"卓魅读书工程"。根据当地教师建议，我们和杭州的教育专家一起挑选适合教师读的书，做到精准推荐，为不同学科、不同岗位的老师送书七百多本，组织教师们利用寒假时间一起读书、一起讨论，交流读书心得、写读后感，评比书香家庭。

到这里之后，我发现老师们缺乏自信。我刚来的第二周，雅江县教育和体育局组织了教育系统校长、教师代表座谈，其中一位呷拉镇片区寄宿制学校的教师给我留下了深刻的印象。老师很年轻，自我介绍说刚工作三年。他给我们讲了一个故事："有一天，一个初中生问我：'老师，你一年的工资是多少？'我说：'没多少，七八万元吧。'学生笑了，说：'那读书有什么用？我爸爸妈妈一年挖虫草、捡松茸有二十多万元呢！我认为读书没有用，你赚得还没有我爸妈多，我爸妈一个字也不认识……'"老师最后说："我从心底里被打败了——连我自己都觉得读书没有多少用，我还怎么说服我的学生去努力读书？"

还有一次，我到一个学校去做教学调研。在微信中我问老师：你认为制约学校教育教学质量提高的关键因素是什么？老师回复我：（1）学生的家庭教育为零；（2）学生和家长都没有学习意识；（3）学生学习没有自觉性；（4）部分学生的行为习惯比较糟糕；（5）学生个人学习情况参差不齐。老师一口气写出了五个理由——全都是学生的。我陷入了沉思。诚然，这位老师说的都是客观存在的困难，但将所有的困难都归于学生，更是教师不自信、不负责的具体表现。

我想我要做的工作是唤醒老师们的信心，要和老师们一起走出困境。

我想起了书中《给教师扶志》和《少喝一千斤米酒，多考一千个本科生》两篇文章。陈校长刚到贵州的时候，也遇到老师们没有斗志的情况，他用自己的智慧给老师们建立了自信。几年来，那里的很多老师少喝一千斤米酒，学校多考出一千个本科生。"痛苦"的改变，得到了"痛快"的结果，这是老师们真切的体会。

人要改变是非常痛苦的，我愿意陪老师们一起经历痛苦的改变。

半年多来，我翻山越岭到过雅江县十七乡镇中的十五个，我们送培训下乡，听课调研，组织全县优质课评比；开展师德师风专题讲座、教育教学管理培训，带领老师们做课题（目前已有一项省级课题立项）。虽然前面的路很艰难，但我和当地的教师还是一步一步往前走，从未停下脚步。

春节假期，与老同学吴任清聊起援川的情况。他说："你的工作很有意义，你是那个往水潭里丢下一个小石子的人，希望这个小石子能激起一点涟漪，形成一点波澜，一圈一圈地荡开去，给当地的年轻老师一些积极的影响。"

今年3月，春到雅江，山谷里的冰雪开始消融。开学后，我欣喜地发现教师们的状态正在发生变化：傍晚，有教师发来微信和我探讨教学问题；深夜，有教师发来一篇文章，与我一起商讨如何修改；教师们邀请我去听她的课……一点一滴的变化让我感受到希望在成长。我们所做的都是基础工作，是着眼于长远的工作。这改变，就像雅江松茸长在地下的菌丝，你看不到它，它却慢慢地在蔓延、积蓄力量，等到日照、温度合适的时候，总会破土而出。

感动于陈校长的事迹，受益于陈校长的精神支持。几年来，陈校长翻山越岭、走家串户，走进学生家门的同时，也走进了学生的心、家长的心。我将继续以陈校长为榜样，牢记爱与责任，坚守教育初心，全力以赴做好支教工作，推动雅江县教育发展、教师成长。

2022年4月22日写于雅江

读两本《创作技巧谈》的一点思考

我一直认为写作是有规律可循、有技巧可学的。

当了很多年语文老师，也曾有一些描写所见所闻、所感所想的小散文见诸报端。因为没有受过专业的文学创作训练，所以长进并不大，没能写出更好的作品。

我听到很多语文老师对学生说："你努力去写，熟能生巧，写着写着慢慢就会了……"成为作家的条件有很多，其中掌握创作技巧是重要的一条。若未在写作实践中不断学习、感悟写作方法，就像在不断地重复着昨天的故事，虽然写了很多，但都在同一个水平上徘徊。虽然写作离不开时间，但我认为"熟能生巧"这一理念在文学创作等创造性的工作中并不完全适用。打个并不恰当的比方：文学创作好比工匠完成一件雕塑作品，生活是创作原料，雕塑中要用到锯子、斧头、凿子、刨子等工具，如果你手里头只有一把斧头，显然无法像明代奇匠王叔远那样完成核舟的雕刻。《核舟记》中记载的精美绝伦的雕刻，我无法想象是用什么样奇妙的工具和怎么样的高超技法雕琢而成的。文学创作技巧的掌握就像工匠拥有了更多的工具，掌握了更多的技法，当你有一百种工具的时候，从中选出几种来完成作品，那挑选余地就更大了。

基于这样的想法，我很想自学一些文学创作的技巧，于是请教钱塘区作家协会主席沈小玲老师，她推荐我看《人民文学》杂志原副主编崔道怡著的《创作技巧谈》。从照片上看，这本书有一定年代了，我马上到网上去搜寻，遗憾的是找遍全网都没有这本书。后来学长周大彬帮我查到浙江省图书馆有这本书，但只提供馆内借阅不能外借，我人在外地暂不能回杭，只能作罢。旧书网店的客服非常热情地向我推荐了一本同名的书，我花六十五元"重金"买下这本书，期待给我一些惊喜。

拿到书一看，并不是我要买的那本。这是一本未正式出版的文集，由杭州大学中文系写作教研室和《浙江日报》资料组合编而成，从书本的后记来看应该完成于1981年3月，书本距今已经有四十多年了。书本封面为淡蓝色，设计简洁，书页的纸张已经泛黄变脆，很有年代感，捧在手中备感厚重。

书本收录了从1961年到1981年期间的名家谈写作技巧的相关文章，既有谈选材方面的技巧，也有观察生活需要留心等方面的指导，以及提炼主题，描写细节，意境、虚实、曲折等文法和文字提炼等，内容包罗万象，包含文学创作中的方方面面。该书按创作体裁来编，分为诗歌、散文、小说、戏剧，最后还有观察提炼等方面的论述。书中收录的绝大多数都是那个年代文学大家的经典论述，有冰心、茅盾、老舍、叶圣陶、王蒙、唐弢、曹禺、赵树理等名家。虽然不是正式出版物，细细读来给我的收获还是不少。

读着读着，我感受到自己打开了一扇思考的新门。

我开始尝试观察生活，并把眼前写的文字和选题等联系起来思考。纵然生活多姿多彩，却依然让人难以下笔，即使每天重复的生活看似千篇一律，但是内心的感受却都不一样。所以，学会观察生活是选择文学创作主题的一项重要技能。书本第二篇《有了生活就有了主题和人物》中，赵树理谈主题和人物时说道："创作与教书不同。教书，书中有什么内容就教什么，创作则不同，没有新的东西就写不出来，创作是书上没有的或者有而不足的东西，是来自生活的新东西。"所以，要善于观察生活，如果掌握了观察生活的技巧，那么你的脑子中就会积累很多素材，这是文学创作的源泉。再如冰心先生在《从〈一只木屐〉谈散文的写作》中讲到，她在访日期间看到一只木屐的情景，一直萦绕于脑海，但是因为主题没有提炼好，曾经想写成诗，但不满意，直到十五年后提炼出主题，一气呵成写成了名篇《一只木屐》。冰心先生用亲身经历告诉我们，写作要学会观察生活，并提炼好主题思想，才能写出来。可见，文学创作的第一项技能是学会观察生活和提炼主题。

要创作，不得不想一想选择什么文体更有利于表达的问题。我们很多读者并没有成为创作者，是因为你提取了其中的信息，但并不知道其中的奥秘。要充分表达情感，必定要想一想用什么文体来写才好。大文豪歌德说过："内容人人看得见，含义只有有心人得之，而形式对于大多数人是一个秘密。"我们说的语文意识，主要指的就是语言表达的形式。作为创作者，当然应该揭露这个秘密，掌握这个写作密码。

我开始尝试在写诗和写散文时运用这些现学的技巧。比如，诗歌用赋比兴，散文用比喻拟人等修辞。书中比较系统地介绍了诗歌写作可能遇到的问题、需要注意的事项，散文中主要用到的修辞，等等。技巧其实是一种技能，学会了，能潜移默化地影响你的创作，不知不觉地用到你的作品中去。如果不能熟练掌握技巧或者掌握的方法不多，用起来不纯熟，总感觉生硬。

我和雅江的老师交流成人写作和小学生习作的本质区别。我们很多人都知道孩子们在课堂上的写作文是练习，当然新的课程标准更提倡创设真实的情境，让学生说真话、说实话。成人文学创作是为了表达情感，练习的目的是掌握技巧，掌握表达技巧的目的又是什么呢？当然是更好地表达自己的真实情感。成人的写作要有思考、有深度，当然更要有适切的表达技巧。

也许有人认为技巧只是雕虫小技，我也非常反对机械的炫技式的写作。我们需要重新认识写作目的，曾经有个印象，课堂上老师问学生：你知道这篇文章的中心思想吗？学生摇摇头。老师又问：那你知道作者为什么写这篇文章吗？也就是写作的目的是什么？学生想了半天说，写作目的应该是得到稿费吧！因为作者当时生活很困难，所以需要通过写作来维持生计。听了让人哭笑不得，其实孩子的认识只达到这一水平，我们不必怪孩子。

读书，读到温暖的地方总是让人感慨，读到情深处，总是让人感动，殊不知写作之前，作者定是下了苦心学习创作技法，为创作深入观察，颇费了一番心思的。

后来，经过三番五次在网上旧书店里淘，我终于买到了崔道怡的《创作技巧谈》，这是一本来自安徽安庆的二手书，出版至今已经有四十年了，从书中的批注可以看出第一任主人很认真地阅读过此书。

书本从不同专题介绍了小说的创作。我从来没有写过小说，原因就是我没有掌握创作小说的技巧。我如饥似渴地读起来。阅读一般书时，我总是手拿一支笔，读到有共鸣处会圈圈画画，或者写点批注。对于眼前的这本书我像阅读教科书一样，一页一页认真细读，拿出笔记本一章一章、一节一节地做笔记。若是日后我能写出小说来，定和自学这本书有一定的关系。

从观察生活到分析人物，从提炼主题到环境描写，从人称视角的转换到人物姓名的确定，都是有规律、有讲究的。我第一次知道鲁迅先生《孔乙己》中的"我"为什么设计为站在柜台后面的那个小伙计。我第一次认真找寻《红楼梦》中人物姓名与作者表达之间的关系……

由一本书读开去，从此一发不可收拾。之后，我又买了毕飞宇的《小说课》，叶圣陶和夏丏尊的《文心》，我甚至重新阅读了大学的写作课程教材。越读书，我越感受到自己的浅薄，我还有那么多书没有读，必须要更加用功啊！书中提到朱自清的散文，我就去找来读，文中列举汪曾祺先生的作品，我马上购买了《汪曾祺散文集》，希望在不断的阅读实践中学习创作技巧。

其实阅读是学习写作方法最好的途径，掌握了写作的基本技巧，养成了细致观察生活的习惯，再拿起笔书写生活，表达感觉，也许能更加从容。

2022年6月2日写于雅江

第七辑

关于援川这件事

早就有去支教的心愿，今日入川终成行。一眨眼，一年半的援川工作即将结束，关于为什么要来援川，说不清也道不明。当我们说不清的时候，往往说是命中注定，或者是上天的安排。不管怎么说，能参与东西部协作和对口支援这项工作，我深感荣幸。因为来援川，才有了这本散文集《援川散记——此生必念雅江情》。

援川去

一直想去新疆支教。一来是想体验一下有别于江南的异域风光，二来是想了却我支教的心愿。浙江省对口支援贵州省的时候，我在教育局接待过很多次贵州来的客人，也参与组织过很多次与支教有关的活动，自己却没有去过贵州，有点小遗憾。于是，我和同事帅惠华老师相约：要是有机会一定去支教。

一

2021年4月左右，同事提起说今年支教要开始报名了，我说我也报个名。负责此事的毛孝燕老师说，这次支教是去四川甘孜州，并非新疆。我问：新疆有吗？毛老师说：现在没有收到通知。我想了想，管他四川还是新疆呢，想必支教都一样，于是就报了名，填了表。

填了表格，并不意味着马上就能去支教。往后的日子一如既往地平静，该上班就上班，该加班还是加班，天天忙得不可开交，差不多把这事给忘却了。正值庆祝建党一百周年，进入6月愈加忙碌：组织各种先进人员的评选材料，筹备各色庆典活动。大小事务烦不胜烦，无暇顾及其他，我已不曾记起还在援川这件事中填了表，报了名。

此时，援川人选已经初步选定，先派第一批老师去体检。听说，因为要上高原，派出的都是男老师，多个体育老师位列其中。没过几天，体检结果出来了，第一批老师好像都有指标不合格。

2021年6月27日，我全身心地投入钱塘区教育系统庆祝建党一百周年的活动中。庆祝建党一百周年，各种活动丰富多彩，高规格、高要求。几日来，连续加班，通常是白天跑现场，晚上加班整材料。今天也一样，各类先进人选的材料还要一一修改。加班到晚上10时许，人事科的田建军科长打电话给我："志平，你在哪里？"我说："在加班，加不完的班呀！""你赶紧回家，明天去杭州市红十字会医院体检。你上次不是报名去援川了吗？第一批的体检都没过，你们预备批的替补上去。"我一脸蒙，心想，这段时间整天加班，明显处于亚健康状态，我这体格能过吗？于是，我匆忙保存文件，关了电脑回家。

第二天一早，我按照要求，空腹去杭州市红十字会医院体检。看来组织部已经将要体检的人员名单报给红会医院了，护士看了一下我的身份证，做了一番登记后就带我去体检。体检的项目很多，从这幢楼到那幢楼，从这个科室到那个科室，楼上楼下跑了大半天，把绝大部分项目都做好了。护士说，还有一个叫平板运动的项目要做。这个体检项目我连名字也没听过。到了另外一幢楼，护士将我的表格交给医生，让我在边上等候。我看见前面一位体检的老师光着上身，胸腹部连接了很多线，在跑步机上跑，旁边的小屏幕上，各种数据在变化，心电图一样的曲线在波动，还时不时从打印机里吐出一张长长的纸。医生一边看着各种数据，一边用笔在纸上记录着。大约过了十多分钟就轮到了我，医生告诉我，上高原的人体检都要做这个项目，重点看你心脏的承受能力，不仅仅要看你心率从低到高的曲线，还要看你心率从高到低的平复过程，我没有完全听懂，觉得很复杂、很高大上。这个项目结束后，医生看了半天的单子，说我的各项指标都不错。

最后一个项目是做心理测试，在手机上答完测试题，护士让我先回去，体检结果他们会反馈给区委组织部的。

从医院出来后，我坐上地铁回下沙直奔文海实验学校，因为在那里，我们的庆典活动正在彩排，孩子们的美术作品正在布展。到了文海实验学校六艺楼会场，我和老师们边吃午饭边讨论场外美术作品布展和下午彩排的事情。没过几分钟，组织部打来电话告知我体检过关了，要求我下午3点到组织部谈话。那一瞬间，我觉得幸福来得太突然了，还没有来得及想就已经确定了，也没有来得及和家人好好商量。我匆匆忙忙和爱人打了个电话，告知她体检过关了，现在要去组织部谈话。在去组织部的路上，各路人马电话轰炸，听上去都很急，有要我报身份证号码帮忙订第二天机票的，有要我的身份证号码为我买保险的，还有让我填各类个人信息表格的……回到教育局，我拿了一本笔记本、一支笔，直接去区委组织部。在停车的时候碰到了刚刚从楼上下来的周佳宾，他说："吴老师，区委组织部陈月松副部长在办公室等你，你快上去。"我这才知道周佳宾是钱塘区卫生健康系统派出的援川一年半的人选。

陈副部长询问了我的基本情况，问我家庭有什么困难。我说还没有和家里人商量，有什么困难自己尽量克服。陈副部长说，实在有克服不了的困难就和组织上说。陈副部长要求我遵守纪律，服务大局，发挥杭州援川人员的专业特长，做好各项工作，体现杭州精神……

最后，陈副部长说："明天就出发了，时间紧迫，你回单位把工作简单交接一下，早点回家，和家人吃顿晚饭，收拾一下行李，祝一切顺利！"

我回单位拿硬盘拷了一点资料，和同事戚国军老师简单做了工作交接，收拾了几本书就回家了。

二

家里人对我去援川是很支持的，只是觉得这个决定太突然了，那天在杭州的所有至亲都到家里来吃晚饭。读五年级的儿子拿出手机导航，有些担心地说："有两千多千米，连续不停地开车，一天一夜也到不了。"只有四岁的小儿子并不能理解爸爸要去援川是怎么回事，在一边顾自己玩。

晚饭后没有更多的闲情逸致聊天，分别忙开了——收拾行李。

母亲年纪大了，走不动了。第二天一早，母亲和姐姐带着小儿子依依不舍地送我到小区门口，爱人和大儿子到机场为我送行。高荣华科长也赶到机场来送我，他很用心，送了我一块很好的乒乓球拍，鼓励我到那边要好好生活、好好工作。机场布置了庆祝建党一百周年的场景，营造了浓厚的氛围——机场大厅里悬挂了大幅的国旗和党旗；候机厅地面还布置了一组建党一百周年的主题小品景观，中间放着巨大的庆祝建党一百周年的标识，边上摆满了鲜花；值机大厅的每一根柱子上都被红色的庆祝建党一百周年的海报包裹，气氛热烈而隆重。

我们拍照留影，用手机记录下这次意义非凡的远行。带着时代的使命，带着组织的嘱托，带着家人的牵挂，我踏上了新的征程。与家人相拥告别，儿子快有爱人那么高了，稚嫩、清澈的目光里闪着泪花，这是对父亲远离家乡的不舍。我们三人紧紧拥抱，体会家的温暖。很多时候家的温暖、亲人的血脉相连就像空气一样存在，我们没有用心去体会时甚至感觉不到。只有当我们在水下憋气到极限，必须要冒出来吸一口气的时候，才会感觉到空气的重要。家的温暖很多时候无法言表，只有在离别的时候最能在心中体会，却无法言说。

鼓鼓囊囊的背包，塞满衣物的密码箱，还有胸前鲜红的党徽随我奔赴高原。

三

组织上非常重视浙江第一批入川的专业技术人才，浙江省驻川工作队队长、挂职四川省政府副秘书长王峻亲自带队到机场迎接我们。每人手上的熊猫纪念品煞是可爱，它是川蜀的标志，更是人们心目中的国宝。这批专业技术人才来自杭州、金华、台州三地，大部分是男同胞，只有四位是女同胞，拍照的时候她们四位理所当然地站在了中间，手捧鲜花，显得更加美丽。

简短的欢迎仪式后，我们马不停蹄地奔赴甘孜藏族自治州首府——康定市。

汽车前行三个小时，穿过无数个隧道，爬了无数的坡，从盆地到高原，手机里的海拔数据不断攀升，窗外风景不断变化，高山越来越多，汽车钻进著名的二郎山隧道，行驶了很久也见不到尽头。可以想象，当年没有隧道的时候要翻越这座高山有多么艰难，在修筑318国道的时候，多少解放军战士付出了血汗甚至是宝贵的生命。

又穿过数个隧道群，高山峡谷中出现了一座高大的拉索桥，两个红色的斜拉桥塔巍峨耸立，很是壮观。司机说这是大渡河上著名的网红桥，过了这座桥，要不了多久，我们就到康定了。又穿过隧道群，不多久就到了高速路的尽头——康定高速出口。

车子靠边打开车门的一瞬间，寒气逼人，随车工作人员说："高原上气温低，大家都把外套穿上，甘孜州副州长程静来迎接大家了。"程静副州长很热情地向我们献上了洁白的哈达，关心地让我们注意保暖。从车上走下来，第一个脚印踩在甘孜大地的时候，我心想，我将在这里奋斗一年半。还来不及好好了解这块敦厚的土地，高原反应就向我袭来，脚好像是踩在云朵上一样——轻飘飘的。

6月30日，到康定时已经是傍晚，不过康定比起杭州日落时间更晚，七八点吃饭是正常的。吃晚饭的时候，我们见到了雅江县教育和体育局陈银军局长，他是特意来接我们去雅江的。饭后，州里组织了一个会议，介绍了情况，部署了任务，强调了纪律。

第二天早上，我们收看了中国共产党成立一百周年庆祝大会直播。午饭后，我们坐上了雅江县教育和体育局的车子赴目的地，杭州援雅工作队队长蒋晓伟在雅江迎接我们，并召集了第一次工作会议。我们四个新来雅江挂职一年半的专业技术人才，正式成了浙江省赴四川省甘孜州帮扶工作队雅江分队的一员，开启了在雅江学习、生活、工作的一年半的特别时光。

四

这一年半来，我深深地融入雅江这片圣洁的土地，到过雅江县除波斯河乡（这个乡没有学校）外的每一个乡镇，到过全县每一所学校。调研、听课、讲座，所到之处、所见之人、所做的事都给我心灵触动。也许是因为用了心、动了情，这里的一草一木、每一座神山、每一块石头，都对我特别眷顾。每一次翻山越岭下乡，孩子们纯真的笑脸、清澈的眼睛和老师们坚守高原的背影，都冲击着我的心灵。我拿起笔，把这些都记录下来，于是就有了这本书。这一年半在雅江经历的、思考的、感受的点点滴滴，都将在这本书中为您——呈现。

因为远离家乡，时时牵挂家人。来援川时，大儿子正准备迎接五年级的暑假；等我援川结束，他已经读初一了。虽然现在通信手段丰富，也经常通过电话、视频联系家人，但我始终认为书面交流更加深刻。在这不长不短的一年半时间里，我每隔一两周就会写一封纸质的信给儿子，或讨论读书，或讨论写作，更多的时候是讨论成长、讨论生命、讨论未来、讨论人生……一年半，我给儿子写了很多信，以至于和雅江邮局的人都熟悉了，他们表扬我信封上的字写得清爽。我将部分书信收入这本书，试图反映我的家庭教育观，也许读者可以从中借鉴。

2022年10月19日写于雅江

附　录

一份教育初心　千里奔赴巴蜀
——记援川教师吴志平

一份教育初心，千里奔赴巴蜀。虽然山高路远，条件艰苦，但他信念坚定，乐观面对。他注重调研，足迹遍布雅江县高原上的每一所乡村学校，用自己的智慧与真情做好援川工作，推动教育共富、乡村振兴，受到当地群众、老师、领导的高度赞扬。

——题记

这是怎样的一位吴老师

在雅江，几乎全县老师都认识来自浙江杭州的吴老师，都听过他的讲座；县委书记、县长多次在公开场合表扬吴老师：吴老师是带着真情来援川的，他专业能力过硬，是难得的人才，是大家学习的榜样！呷拉小学的孩子们都喜欢他，因为他在那里蹲点一个多月，天天去班里听课，还给同学们上示范课……

大家所说的吴老师，便是杭州市钱塘区教育局在甘孜州雅江县对口支援的吴志平。他是一名党员，高级教师，曾被评为区教坛新秀、区名师，2021年度被授予浙江省驻甘孜州工作队先进专业技术人才。2021年6月底，吴志平入川，挂职四川省甘孜州雅江县教育和体育局教研室副主任，为期一年半，主要负责县域内教育调研、教育政策制定、教师培养和联系杭州教育资源开展结对帮扶等工作。

这一年多，他用自己的行动践行教育初心，一步一个脚印地走在援川的路上。援川的路很远很远，面对的困难很多很多，他信念坚定、自信乐观，发挥专业特长，培养当地教师，助推雅江教育发展，做出了突出贡献。

踏遍千山万水 追寻教育初心

为了追寻教育初心，他翻越千山万水从江南钱塘到康巴高原。2021年6月底，受组织选派，吴志平告别四岁的儿子和七十九岁的母亲，背着行囊踏上了援川之路。这次出远门不是三五天，而是一年半，并且离家实在是太远了。从浙江杭州到四川甘孜有两千多千米。从海拔几乎为零的钱塘之畔到雅江县，要翻越海拔四千二百多米的折多山、高尔寺山，有时去下乡还要翻越海拔四千七百多米的卡子拉山，高原缺氧、天气极寒，对身体是一个很大的考验。

蜀道难，难于上青天。虽然现在交通条件已经有了很大的改善，入川的路还是特别远。吴老师要先从杭州乘坐飞机三个小时到成都，在成都住上一夜，第二天一大早赶每天唯一的班车，再在汽车上颠簸八个多小时，这一路上不知要翻越多少座雪山，跨过多少座桥梁，穿越多少个峡谷，穿行过成百上千个隧道，拐过成千上万个弯道，才能到达援川的目的地——雅江县。

吴老师说，到高原的第一天，"身体明显感觉不适，头晕、气喘、心跳加快，这是轻度高原反应的一个外显表现，走路时感觉脚踩在云朵上似的——轻飘飘的。"来接他们的同事随车备了氧气，嘱咐如果不舒服就马上吸氧。吴老师讲述自己入川经历是那么平淡从容，但我们都感同身受。"援友在翻越折多山垭口的时候感觉头晕，默默拿出氧气吸上一口，好似在闭目享受高原的恩赐。车子里变得安静，只听到氧气输出的嗤嗤声按照呼吸的节奏一声一声地传来，高原反应就这样不知不觉地陪伴着我们一路过来。"同行的医生说："吴老师，你们俩的嘴唇还是有点紫，要避免剧烈运动，慢慢适应过来就好了。"

山高路远，吴老师说，千里奔赴巴蜀，只为追寻那一份教育初心。

受尽千辛万苦 锤炼坚强意志

翻山越岭来到雅江县。落脚第三天，吴老师在当地同事的帮助下一起租房子、搞卫生、买生活必需品，开启了新的生活。租来的卧室不到九平方米，放下一张一米五的床，买了一个简易的小衣柜，窗边放一张从网上买来的简易小书桌，再放下一张椅子，就拥挤不堪了，每次都要移开椅子才能通行。吴老师将自己的卧室兼"书房"取名"移座斋"，并为之赋了一首打油诗："援川之行入雅江，租得卧室九平方。屋小难容一书桌，移座方能侧身出。三五卷书灯下放，一两支笔搁砚上。学无止境不敢忘，发奋读书心莫慌。"用以激励自己努力学习，不忘教育初心。

吴老师爱学习，他家里的书房两面墙的落地书柜里都装满了书，阅读成了他的一种生活习惯。到雅江后，为了更多了解当地文化，他借来《四川通史》《雅江县志》《雅江中学校史》《格萨尔王》等关于藏族、四川、雅江的书籍，又从学校图书馆借阅《四川教育》《甘孜州教育》等教育方面的杂志，始终不忘从教育的角度观察思考。他白天下乡调研、听课、讲座，晚上就在小小的"移座斋"里阅读写作，其间多篇写援川经历的散文在杭州的媒体上发表。他计划在援川结束之时出版一本散文集《援川散记——此生必念雅江情》，将自己对当地教育的观察与思考、对当地人文地理的认识等都写出来。

为了提高当地教师的阅读水平，吴老师策划的"卓魅读书工程"成了当地的读书品牌，受到县委书记的表扬，他也成了当地的阅读推广人。

入川没几天，当地下起了暴雨，停水了。当地同事说，因为水厂的基础设施老化，夏天经常"下雨就停水"；因为防火要求高，冬天经常"刮风就停电"。2021年7月，雅江经历了一次连续七天的全城停水，县里安排消防车一天送水两趟，生活勉强维持，洗澡却成了一种奢望。平常时不时停水两三天，那都是常事，虽然经常停水停电，但这并不影响吴老师援川的工作生活。刚到几天，网上购买的小桌子还没有到，吴老师只能将床头柜搬到客厅，趴在上面加班加点地梳理调查问卷，撰写文件材料直到深夜。

四川饮食以麻辣为主，吴老师到雅江后很不习惯，单位没有食堂，吃饭成了一大难题，吴老师和其他援友一起购买锅碗瓢盆，添置桌椅板凳，自己动手，丰衣足食。刚开始，屋里没有洗衣机，衣服都是手洗的，一个多月后他们才购置了一台洗衣机……种种生活上的艰苦都是他在杭州时无法想象的，他没有叫苦，没有抱怨，一项一项克服，乐观面对。他总是笑着说：历经一些艰辛，对生活的理解能更加深刻，意志也更加坚强。

经过千锤百炼 树立杭州标杆

吴老师在一次讲座中说："学校里有两群人：一群是学生，一群是老师。现实中，不可能由学生改变来推动老师改变，只能由老师改变来推动学生改变，推动学校改变，最终实现社会和国家层面的变化。"一语道破了当地教育发展的本质，这句话被当地媒体报道时称为金句。刚来雅江的时候，吴老师看了年报数据和学生成绩，感觉制约当地教育发展的问题不少。他俯身高原大地，着手调研，用半年多时间跑遍了雅江县所有的乡村学校。他发现影响当地教育发展的关键问题在老师。吴老师根据调研情况，和同事们一起推动出台雅江县委、雅江县人民政府《关于进一步提升教育教学质量的实施意见》等教育振兴相关文件五个，推动县委县政府实施每年教育投入"五个百万"工程，启动县域内优质课评比、学科带头人评选等教师培养活动。

有一天，他去离县城最偏远的木绒乡做调研，因为道路塌陷，车子要在新挖的临时便道开一个多小时。当车子从悬崖边蜿蜒的山路上通过时，大家都心惊胆寒，回来的路上，同事们都说自己是冒着生命危险下乡的，要在手机备忘录里记下这个日子。当吴老师翻开手机日历，才想起了今天是自己的生日。这一天他们天黑才平安返回县城，晚上，看到手机里四岁的儿子发来祝福语时，吴老师流泪了。

还有一次，吴老师去海拔最高的红龙镇（海拔四千二百米）调研，原本打算做一次教材解读的讲座，因为缺氧、高原反应强烈，只能临时取消，他不得不吸着氧赶紧回县城。

雅江县地广人稀，百分之九十五以上是藏族同胞，各乡镇之间的生活习惯、饮食习惯、文化背景都存在巨大差异，影响当地教育发展的因素极其复杂。他持续下乡调研，同时为全县教师做业务指导、上示范课、送培训下乡，为全县教师做师德师风专题讲座，培训当地教师一千多人次（注：全县专任教师五百六十多人）。他带领老师们开展课题研究，一项思政课题在四川省级立项。完成多所学校的图书、校服（冬衣）、幼儿园教学具精准捐赠，总价值六十多万元；策划杭州名师名校长送教雅江、理塘活动，组织当地教师开展"卓魅读书工程""普通话推广周"等活动，有效促进民族团结。只要是吴老师负责的工作都能高质量完成，扎实高效的工作作风和过硬的专业能力在雅江县树立起了杭州标杆，当地领导、群众对杭州援川工作队的工作成果赞不绝口。

千言万语道不尽亲情牵挂

吴老师是一个孝子，母亲一直跟随他在杭州生活。赴川一个多月后，家里打来电话告知母亲身体检查结果很不好，吴老师连夜订了机票赶回杭州。母亲动了手术。出院第二天，吴老师匆匆赶回雅江，因为他负责的雅江县教育发展大会还有很多工作要做。含泪告别母亲，他说："忠孝难以两全，请母亲大人原谅！"老太太虽然识字不多，但是通情达理，说："你是吃公家饭的人，要听国家的安排，到那边好好工作。"寒假回家后，吴老师一直陪在母亲床前，直到老人安详离去，享年八十岁。他不无遗憾地说：树欲静而风不止，子欲养而亲不待。亏欠了母亲太多。办理完母亲的丧事，吴老师继续踏上了援川的路。

（本文是吴志平"杭州市优秀教师"推荐材料）

后记一

爸爸来信了

我读五年级的时候，爸爸去援川了。2021年6月30日，爸爸踏上了援川的征程，我去机场送他。后来，他就给我写信。每次打开爸爸寄来的信，我都感觉这信有一种亲切感，就好像爸爸在和我说话一样。

因为爸爸去的地方很远，是高原——海拔很高，交通也没有这边便利，所以爸爸到了四川后，我们每天都会和他视频通话，关心他在那边的生活。爸爸说那边的同事都很好，他已经慢慢适应了高原环境。

爸爸去四川一周后，我收到他寄来的一个快递，没想到这是爸爸给我寄来的一封信，也是他援川期间给我寄来的第一封信。在这封信中，他告诉我那边的教育和杭州相比还有些差距，所以他才要去援川，这是一件很有意义的事情。

后来，爸爸答应每周或每两周给我写一封信，他在信中跟我谈读书、谈学习、谈生命、谈成长……他说不同的学科有不同的学习方法，要不断获取新知识并与旧知识相联系，构建自己的知识体系；他说应该理性去看待成绩，它只能反映你这段时间的学习，并不能说明全部问题，学习很重要但并非紧急的短期任务，而是要一生坚持去做的事情。爸爸也会跟我谈谈他的生活，比如：他今天去爬了哪座山，景色怎么样；又或是他今天去哪里下乡了，那里的学生又怎么样；等等。总之，每一次我都很期待收到爸爸的来信。读完信我都会仰面躺在床上，或是靠在书房的椅子上，用信纸盖在脸上，静静地思考几分钟，回味爸爸说的话。

记得有一次，他给我写了一封信，信里说他捡了一只小乌龟，是要放生呢？还是继续养着它？爸爸想征求一下我的意见。爸爸给我写了这么多封信，我也要给他回一两封。我在信中建议爸爸，还是放生吧，毕竟这只小乌龟也是一条生命。爸爸在他的回信中说，我的建议不错，他打算有空的时候把小乌龟放生到小溪里去。

爸爸能在工作之余抽空给我写信，我很感激。他的信有时候是用毛笔在宣纸上写的小楷，有时候是用钢笔在单位的信笺纸上写就的，有一次还用他们调查问卷的A4纸的反面写。每封信都字迹工整、文字流畅，看得出他很用心。我虽然只给他写了两封回信，但心里也是思念爸爸的，不管他在不在我身边，他都很关心我。

写信是一种很好的交流方式，可惜时代进步了，大家追求更方便的交流方式，写信就被人们遗忘了。现在大家都在手机上交流，已经很少有人写信了。可我觉得没有了书信的来往，我的很多感情没法更好地表达出来。爸爸能经常给我写信，我很感动。他是一位对我很关爱的父亲，即便工作再忙，也未曾忘记家人。

最后，祝爸爸的这本书顺利出版！

吴　冕

2022年11月24日

后记二

缘分使然，我对雅江动了真情。纸短情长，千言万语也书不尽心中的情愫。一年半的援川工作结束之时，我的书稿终于完成。谨以此书献给与我并肩作战的援友（包括后续从浙江赴川的所有援友）和生活在雅江这片热土上的人们。

2021年6月底，我们浙江省派往四川省甘孜州的第一批专业技术人才入川。蓝天白云、草原雪山、牦牛骏马和高原反应同时那么真实地刺激着我的各种感官。慢慢适应高原环境后，我开始思考：这一段特殊的经历将留给我什么？在与儿子的书信交往中，在不断地思索中，答案慢慢清晰起来：我应该用文字记录这一年半时间里最真实的感受。我和家人都一致认为，这是一件有意义的事情，如果用心观察与记录，那将会是一笔精神财富。

于是，我开始思考写作的方向和思路：应该从教育的角度去观察，去思考，这样就能够有一条串起珍珠的主线。在雅江，不管是坐出租车，还是去菜场，或是吃饭、聊天、逛超市，我都会和所遇见的人聊教育问题；下乡听课、蹲点调研时，我更是从教育的视角去看这个世界。孩子们纯真的笑脸、老师们坚毅的脸庞，触手可及的雪山冰川、辽阔的草原牧场，以及像针一样刺痛皮肤的强烈的紫外线，那么真实，那么真切，我就在其中。经过一年半的亲身体验，我对教育有了更丰富、立体、准确的理解。

出发时，儿子读五年级，回来时，他已是初中生。在男子汉长大的过程中，父亲却去了四川，我有点遗憾。对陪伴上的缺席，我想用一封封家书来弥补。或是谈论成长，或是谈论毕业，书信中所表达的个人教育观点，都是我在当时认真思考过的，也许读者有不同的看法，非常欢迎一起来交流探讨。

书中对援友的书写，都是真情使然，想到了就写下来，几处幽默的笔调，几句调侃的话语，有的甚至看起来不那么尊重……写的时候我就是这样想的，也就这样写了下来，记录下最真实的状态，我不再去更改。书中所用照片绝大部分标注了拍摄者，但有的合影是雅江街头热情的人们帮忙拍摄的，已找不到拍摄者，若是您正好读到这本书，又正好是拍摄者，请与出版社或我联系，我将向您表示感谢并支付稿酬。

感谢圣洁的雅江给予我灵感！感谢阿错教授为本书作序！阿错教授是我敬重的人，他是雅江人民的榜样，其传奇的奋斗历程让人肃然起敬。感谢浙江师范大学教授、博士生导师章剑锋老师，著名儿童文学作家毛芦芦女士，作家、钱塘区作协主席沈小玲女士，为这本书写推荐语！感谢《钱塘新区报》《甘孜州日报》的编辑蒋王儿、李莫薇和王兵老师的鼓励和指导，援川期间多篇散文的发表增强了我继续写作的信心！感谢浙江工商大学出版社郑建、徐凌、朱嘉怡老师的辛勤付出，让本书出版精益求精！感谢徐虹敏老师为本书篆刻金石！

感谢与我并肩作战的援友赵兴祥、邱添、周佳宾、周红军、龚盛为我的书出谋划策！感谢雅江的领导与同事对我的帮助与关心，他们带我走遍雅江的每一所乡村学校，让我看到高原上不同的教育世界！一人去援川，全家受锻炼。最要感谢的是家人对我援川工作的全力支持！

感谢工作队领导叶晓明、蒋晓伟、周丹、郁泽升对本书出版的大力支持！感谢雅江工作队和理塘工作队的伙伴们！感谢我的学长周大彬，我的好友刘华正，我的学生章可、孙娜媛、叶振辉、徐思瑶、韩婷，对本书出版提出的建议！特别感谢文字功底深厚的余骏兄弟为我辛苦校对文稿！

虽是真情书写，但难免存在谬误、疏漏，恳请广大读者批评指正，我将不胜感激！

吴志平
2023年1月5日